DAS BUCH

Holbæk, Dänemark: In der verschlafenen Hafenstadt werden kurz hintereinander zwei grausame Morde verübt: Die pensionierte Buchhändlerin Anne Holst wird in ihrem Haus erstochen – mit einer Waffe aus ihrer eigenen Sammlung. Dann verbrennt der Arzt Hendrik Engdal qualvoll in seiner Garage – gefesselt im eigenen Auto. Jakob Nordsted übernimmt die Ermittlungen. Der knallharte Ex-Militärmann ist so mysteriös wie die beiden Mordfälle: Zahlreiche Mythen ranken sich um den hoch dotierten Kriminalkommissar, der einmal Hauptmann der Königlichen Leibgarde war und mit sämtlichen militärischen Auszeichnungen geehrt wurde, die man sich in Dänemark verdienen kann. Ihm zugeteilt wird die junge Tanya Nielsen, wovon der abgebrühte Nordsted nicht besonders angetan ist. Aber die zähe und engagierte Tanya lässt sich nicht abschrecken. Und die Uhr tickt, bald geschieht ein weiterer Mordversuch. Das ungleiche Duo muss sich zusammenraufen, um weitere Opfer zu verhindern.

DER AUTOR

Steffen Jacobsen, 1956 geboren, hat lange als Chirurg gearbeitet, bevor er sich ganz dem Schreiben widmete. Er lebt mit seiner Frau und seinen fünf Kindern in Hornbæk. Seine Bücher wurden unter anderem in den USA, England und Italien veröffentlicht. Bei Heyne sind seine Thrillerreihe um die Kommissarin Lene Jensen und den Ermittler Michael Sander sowie sein historischer Thriller *Schach mit dem Tod* erschienen.

Steffen Jacobsen

Strafe muss sein

THRILLER

Aus dem Dänischen
von Maike Dörries

WILHELM HEYNE VERLAG
MÜNCHEN

Die Originalausgabe PROXY erschien erstmals 2020
bei Lindhardt og Ringhof, Kopenhagen.

Sollte diese Publikation Links auf Webseiten Dritter enthalten,
so übernehmen wir für deren Inhalte keine Haftung,
da wir uns diese nicht zu eigen machen, sondern lediglich
auf deren Stand zum Zeitpunkt der Erstveröffentlichung verweisen.

Penguin Random House Verlagsgruppe FSC® N001967

Deutsche Erstausgabe 07/2023
Copyright © 2020 by Steffen Jacobsen
Copyright © 2023 der deutschsprachigen Ausgabe
by Wilhelm Heyne Verlag, München,
in der Penguin Random House Verlagsgruppe GmbH,
Neumarkter Str. 28, 81673 München
Redaktion: Hanne Hammer
Umschlaggestaltung: Nele Schütz Design
unter Verwendung von Shutterstock.com (Bjorn Beheydt)
und AdobeStock (Lars Meinel)
Satz: Leingärtner, Nabburg
Druck und Bindung: GGP Media GmbH, Pößneck
Printed in Germany
ISBN: 978-3-453-27389-4

www.heyne.de

Alles hat seine Zeit

Geboren werden hat seine Zeit, sterben hat seine Zeit;
pflanzen hat seine Zeit,
ausreißen, was gepflanzt ist, hat seine Zeit;
töten hat seine Zeit, heilen hat seine Zeit;
abbrechen hat seine Zeit, bauen hat seine Zeit.

Prediger 3, 2–3

Holbæk, 15. September

Anne Holst schaute von ihrem Buch auf. Die Türglocke schellte melodisch. Gleich darauf klopfte es dreimal kurz hintereinander. Ein ungeduldiger Besucher, der sie zu Hause vermutete; ihr Rad lehnte neben dem Windfang an der Mauer, und das Auto stand im Carport. Zwischen ihren Augenbrauen bildete sich eine Falte. Sie konnte es gar nicht leiden, wenn man sie in ihrer Freizeit störte, und schielte zu der filigranen Rokokouhr auf der Anrichte hin, die zwischen den hohen Bücherregalen stand. Zu jeder vollen Stunde tänzelte eine Porzellanballerina in einem akkuraten Halbkreis vor der Uhrscheibe entlang und verschwand dann wieder durch eine kleine Luke ins Uhrwerk.

Ihre stets pünktliche Nordic-Walking-Gruppe würde erst in einer halben Stunde klingeln, vielleicht war es ja der Paketdienst. Sie hatte im Internet sechs teure Garnrollen bestellt, um das Weihnachtsgeschenk für ihre Nichte rechtzeitig stricken zu können, einen färöischen Wollpullover. Anne Holst legte ein gehäkeltes Lesezeichen in ihr Buch, trank den Becher mit dem inzwischen kalten Tee aus, legte die Lesebrille auf den Esstisch und erhob sich seufzend.

Sie lächelte vor sich hin. Ihr verstorbener geliebter Mann

Niels hatte immer gesagt, dass sie sogar einen Meteoreinschlag überhören würde, wenn sie in ein Buch vertieft war.

»Ich komme ja«, rief sie.

Sie lief durch das Wohnzimmer in den Flur. Die pensionierte, schlanke Buchhalterin war schon einundsiebzig, bewegte sich aber noch wie eine junge Frau.

Anne öffnete die Tür und kniff die Augen zusammen ob des klaren Septemberlichts. Ein Schwarm Graugänse zog in einer V-Formation über den bleichen Himmel gen Süden. Die Gestalt im Windfang stand unbeweglich da. Der Reißverschluss des knielangen Parkas war bis unters Kinn hochgezogen, die Kapuze warf einen schwarzen Schatten über die obere Gesichtshälfte.

Es vergingen ein paar stumme Sekunden, ehe Annes Willkommenslächeln verblasste und sie einen Schritt nach hinten machte.

Der Gast schob die Kapuze zurück.

»Aber ...«

Annes freie Hand griff nach der Goldkette mit dem Kreuzanhänger, ihre andere lag noch auf dem Türknauf.

»Darf ich reinkommen?«, fragte ihr Gegenüber mit tränenerstickter Stimme. »Anne? Darf ich? Du bist die Einzige, die mir jetzt noch helfen kann. Es tut mir so leid.«

Anne holte tief Luft und riss sich zusammen. Sie hatte mit ihrem Mann, dem Ingenieur, in den gottverlassensten Regionen Afrikas und Asiens gelebt und schon ganz andere Situationen gemeistert, also würde sie auch die hier hinbekommen.

Sie nickte, nahm die Hand von der Klinke und ließ den Besucher eintreten. Ehe sie die Tür schloss, schaute sie beklommen den friedlichen, menschenleeren Villenweg hinunter.

»Komm schon rein«, murmelte sie. »Mein Gott, ich versteh nur nicht ...«

Stumm standen sie einander im Wohnzimmer gegenüber.

Anne warf einen nervösen Blick auf ihre Armbanduhr und versuchte, ihre wirren Gedanken zu sortieren.

Ihr Gegenüber zog die Kapuze herunter und lächelte.

»Erwartest du jemanden?«

Jetzt war von der Verzweiflung nichts mehr zu hören.

»Ich? Nein, nur meine Nordic-Walking-Gruppe. Aber die kommen erst in einer halben Stunde.«

»Ihr walkt zusammen? Das ist doch wunderbar, oder? Zu walken, meine ich.«

»Ja, das ist es.«

»Du hattest recht, Anne.«

»Hatte ich das? Aber ...«

»Ja.«

Die ganze Situation war so surreal. Sie starrte verkrampft die Wände ihres Wohnzimmers an, die ihre und Niels' Lebensgeschichte erzählten: groteske längliche Holzmasken aus Benin, tödliche antike Waffen aus Südafrika – Knobkieries, diverse Speere und Kampfwaffen. Alle waren mit Erinnerungen an ihr früheres Leben verknüpft.

Sie stützte sich an einem Sessel mit hoher Rückenlehne ab. Ihr Mund war staubtrocken.

Der unerwartete Besuch schlenderte lässig durch das Wohnzimmer und weiter in den offenen Essbereich mit dem großen Mahagonitisch, an dem zehn Stühle standen, obgleich Anne nur noch selten Gäste hatte. Abendeinladungen und Lachen gehörten der Vergangenheit an. Niels hatte zu seinen Lebzeiten gerne Gäste im Haus gehabt und war ein vollendeter, herzlicher und gemütlicher Gastgeber gewesen. Es gab immer einen neuen selbst gebrannten Kräuterschnaps, der probiert werden wollte, frisch gebrautes Bier aus dem Schuppen. Von allem immer nur das Beste. Sein rundes, strahlendes Gesicht, die Augen mit den Lachfalten. Der grau melierte Vollbart und der unerschöpfliche Schatz absurder und komischer Anekdoten aus Afrika und Asien. Er war der selbstverständliche Mittelpunkt jeder Gesellschaft gewesen.

Der Gast drehte das Buch auf dem Esstisch um und studierte den Umschlag.

Seine Augen verengten sich. Anne schwankte.

»Geht es darin um mich?«

»Natürlich nicht«, murmelte Anne.

»Ganz sicher?«

»Ganz sicher. Aber … Ich verstehe das hier nicht. Solltest du nicht mit deinem Arzt reden?«

»Das habe ich mir auch schon überlegt. Ihr scheint euch ja vollkommen einig zu sein, stimmt's?« Ihr Gegenüber lächelte sie freundlich an. »Ich weiß genau, wie du dich gerade fühlst. Es ist, als würde einem alles entgleiten, als würde es niemals aufhören, egal wie sehr man sich das wünscht. Ist es nicht so?«

»Ja. Das trifft es wohl einigermaßen.«

Anne schloss die Augen.

Als sie sie wieder aufschlug, war ihr Gast aus ihrem Blickfeld verschwunden.

Sie drehte sich um und stand ihm wieder gegenüber.

Irgendetwas stimmte nicht, dachte Anne. Etwas fehlte. Die vertrauten Muster waren gestört. Etwas im Wohnzimmer war anders. Die Wand über dem Sofa?

Aber kein Mensch konnte sich so schnell und lautlos bewegen.

Sie schaute zu Boden, als der Stoß sie traf und der weiß glühende Schmerz wie ein neugeborener Stern in ihr explodierte.

Die Klinge durchstieß Annes Zwerchfell und den Herzbeutel, die rechte Herzhälfte und die große Lungenschlagader. Das Herz blieb ruckartig stehen, die linke Herzhälfte krampfte sich in wenigen starken Spasmen zusammen, die das letzte Blut aus dem Brustkorb in ihre Bauchhöhle pumpten. Blutleer und bar jeden Widerstands zitterte das Herz kurz. Flimmerte. Stand still.

Das Gehirn schaltete ab.

»Niels«, flüsterte sie.

Sie sah ihren Gast an, der seine behandschuhten Hände vor das Gesicht gehoben hatte, sie aber durch die gespreizten Finger hindurch mit einem Blick voller Schrecken und Triumph beobachtete.

So eine hasserfüllte Kraft in den Armen, war Annes letzter bewusster Gedanke.

Dann gaben ihre Knie nach. Sie war tot.

Kriminalkommissar Jakob Nordsted fuhr vier Grundstücke vor Anne Holsts Haus langsam mit dem Jaguar an den Bordstein. Er schaltete den Motor ab, stieg aus und betrachtete zufrieden seinen fabrikneuen XE Portfolio. Strich liebkosend mit den Fingerkuppen über das kühle Dach, bevor er die Tür zuschlug. Es klang, als würde ein Schweizer Tresor ins Schloss fallen. Nordsted lächelte genussvoll beim Anblick des zimtfarbenen Windsorleders, mit dem Innenraum, Armaturenbrett und Lenkrad ausgekleidet waren, aktivierte die Verriegelung und steckte den Schlüssel in die Tasche seiner dicken Seemannsjacke.

Mit einem feindseligen Seufzer schaute er den ordentlichen Villenweg mit seinen monoton weiß und gelb gestrichenen Einfamilienhäusern hinunter, den breiten Bürgersteigen, den Kinderfahrrädern und abgedeckten Weber-Grills, den verwaisten Carports und der kleinen Gruppe frierender, siebzigjähriger Nordic-Walkerinnen, die von zwei Polizistinnen mit blonden Pferdeschwänzen verhört wurden.

Das Viertel schien für kleine Kinder ebenso ideal wie für verletzliche alte Menschen, als wäre es in den Siebzigern von Physiotherapeuten entworfen und gebaut worden. Er machte ein paar Schritte, dann drehte er sich wieder zu seinem Auto um, als wollte er sich versichern, dass es in diesem Jammertal, in dem die Menschen sich gegenseitig umbrachten, auch noch Gutes,

Schönes, Zivilisiertes, hervorragend Konstruiertes und Edles gab. Er ging in einem großen Bogen um die blassen Nordic-Walkerinnen herum und ignorierte die fragenden Blicke der Polizistinnen.

Vor dem eingeschossigen gelben Einfamilienhaus mit den Staudenbeeten und der Feldsteinmauer standen ein Leichenwagen der Feuerwehr, zwei weiße unbeschriftete Kastenwagen der Kriminaltechnischen Abteilung und zwei Streifenwagen der örtlichen Polizei von Westseeland. Vermutlich die gesamten verfügbaren Einsatzkräfte, dachte Jakob: Nach all den Reformen und Zentralisierungen, die effektiv das Vertrauen der Bürger in die zunehmend unsichtbarere, bürokratisierte und immer unzugänglichere Polizei angefressen hatten, war das wohl alles, was noch übrig geblieben war.

Jakob hob die Hand und grüßte zwei breitschultrige Feuerwehrleute, die rauchend auf dem Bürgersteig standen. Sobald die Techniker mit der ersten Untersuchung des Tatorts durch waren, würden die zwei wortkargen Männer die Verstorbene für weitere Untersuchungen ins Rechtsmedizinische Institut nach Kopenhagen bringen. Ein Job, um den er die beiden nicht benedete.

Er ging den ungepflegten Gartenweg entlang, auf dem Fallobst und Blätter lagen, vorbei an einem blitzsauberen violetten VW UP im Carport. Beim Anblick der Fensterläden aus Holzimitat, die dem Haus vermutlich so etwas wie Mittelmeerflair verleihen sollten, runzelte er missbilligend die Stirn.

Durch die Scheiben sah Nordsted, wie ein weiß gekleideter Kriminaltechniker die Fenster mit schwarzen Abdeckungen für den Luminoltest verkleidete. Er schien den Kommissar nicht zu bemerken, der weiter um das Haus herum in den hinteren

Garten ging. Im Vorbeigehen pflückte er eine Birne von einem Spalier und biss hinein, was er augenblicklich bereute, die Birne war überreif und mehlig. Er warf sie in einem hohen Bogen in den Garten zurück, wo eine Ringeltaube von den oberen Ästen einer Kiefer aufflatterte.

Irgendwann hatte er aufgehört zu zählen, in wie vielen Häusern wie diesem er schon gewesen war: diesen Hüllen eines Lebens, zerstört durch einen Mörder, der das Lebensband durchtrennt hatte und deswegen aufgespürt und zur Rechenschaft gezogen werden musste.

So verlangte es das Gesetz.

In dem Viertel war es bis auf die krächzenden Funksprüche der Polizei still. Als dämpfte der Mord alle Geräusche. Als hielte die Stadt den Atem an. Als wäre der freundliche, kleine Ort am Fjord von einem zerstörerischen meteorologischen Phänomen heimgesucht worden.

Der Abteilungsleiter der Kriminaltechnischen Abteilung, Hans Schmidt, stand in Anne Holsts makellos sauberer Küche und beaufsichtigte zwei jüngere Techniker, die damit beschäftigt waren, Fingerabdrücke auf dem Küchentisch unter dem Fenster zum hinteren Garten zu sichern und den Siphon unter der Spüle auseinanderzunehmen, um mögliche Haare, Schuppen oder Fasern aus dem Ablauf sicherzustellen. Man wusste ja nie, ob der Mörder nicht der ordentliche Typ war, der sich die Hände wusch, nachdem er einen Menschen umgebracht hatte. Schmidt glaubte nicht daran.

Der Techniker mit dem Pinsel und dem Fingerabdruckpulver richtete sich auf und zeigte aus dem Fenster.

»Wer ist das?«

Schmidt sah zu der Gestalt in dem langen, schmalen Garten hin. Der große breitschultrige Mann mit den grauen, kurz geschnittenen Haaren und den in den Jackentaschen vergrabenen Händen stand unbeweglich mit dem Rücken zum Haus.

»Jakob Nordsted«, murmelte Schmidt.

Bei Schmidts Worten faltete sich der andere Techniker aus seiner verkrampften Haltung unter der Spüle auseinander und stand auf.

»*Der* Nordstedt? Jesus, ich dachte ...«

»Du hast gar nichts gedacht. Und Gott sei Dank gibt es nur den *einen*.«

Der jüngste Techniker, der, wie Schmidt bereits wusste, ihn an dem Tag ablösen würde, wenn er sich nur noch um seine Frau, Kulturreisen und die Lachsfischerei zu kümmern brauchte, trat einen Schritt auf die Küchentür zu, wurde aber von seinem Chef gebremst.

»Wo, bitte, willst du hin?«

»Ich will ihm nur sagen, wo er langgehen muss, damit er nicht durchs Wohnzimmer latscht.«

Schmidt lächelte spöttisch hinter seiner Gesichtsmaske.

»Vergiss es. Jakob denkt nach. Jakob spürt nach. Voodoo. Außerdem weiß er längst, dass du hier stehst und ihn beobachtest.«

»Quatsch, wie soll das denn gehen? Hat er etwa Augen im Hinterkopf?«

»So ist es. Er war Soldat, und zwar keiner von denen, die hinterm Schreibtisch sitzen oder Soldatenmemoiren schreiben, ohne jemals einen Schuss gehört zu haben. Er war selbst da draußen.«

»Voodoo?«, fragte der andere.

Schmidt zuckte die Schultern.

»Nenn es, wie du willst, aber komm ja nicht auf die Idee, ihn dabei zu stören. Da ist der Abfluss, kümmere dich darum.«

Hans Schmidt nahm Jakob an der Tür in Empfang und überreichte ihm ein Paar blaue Schuhüberzieher.

Schmidt war der Beste in seinem Fach und einer der wenigen, dessen Meinung Jakob respektierte. Er folgte dem Kriminaltechniker ins Wohnzimmer, wo Anne Holst in der vollkommenen Entspannung des Todes auf dem grauen Teppich lag, mit einem Ausdruck letzten großen Erstaunens auf dem Gesicht. Ihre Haut war kalkweiß, die Bauchhöhle aufgebläht. Gestalten in weißen Schutzanzügen schwebten durch das abgedunkelte Haus wie Gespenster. Die Verdunklung war komplett, nachdem einer von Schmidts jungen Kollegen den letzten blickdichten Stoffschirm vor dem letzten Fenster angebracht hatte.

»Keiner rührt sich vom Fleck«, kommandierte Schmidt, worauf zwei Mann begannen, Teppiche, Wände, Möbel und alle Oberflächen im Wohnzimmer mit Luminollösung zu besprühen. Luminol verband sich mit dem Eisen in selbst mikroskopisch kleinen Blutspritzern, sogar auf Oberflächen, die mit allen gängigen Putzmitteln gereinigt worden waren. Unter einer bestimmten Lichtquelle fluoreszierten die Blutpartikel. Aus der Anordnung der Blutspritzer, ihrer Entfernung voneinander und dem Trocknungsgrad konnte der Tathergang rekonstruiert werden. Theoretisch.

Die Blutlache, die sich wie eine lange Zunge von der Sofaecke aus in den Raum erstreckte, leuchtete bläulich in der Dunkelheit.

Das war alles. Kein einziger Tropfen irgendwo sonst. Kein Fußabdruck.

»Okay, entfernt die Scheißverdunklung wieder, damit wir was sehen können!«, rief Schmidt gereizt.

Er drehte sich mit vor der Brust verschränkten Armen zu Jakob um.

»Einen Versuch war's wert«, murmelte der tröstend.

Schmidt nickte energisch. »Natürlich.«

Der Kriminalkommissar sah ihn an. »Könntest du bitte den Mundschutz abnehmen, Hans? Ich gehe mal davon aus, dass die Gute nicht von Ebola dahingerafft wurde?«

Schmidt zog die Kapuze vom Kopf und nahm die Maske ab, unter der ein beeindruckender, äußerst gepflegter Schnurrbart zum Vorschein kam. Der Abteilungsleiter war weitsichtig, und die dicken Brillengläser gaben seinem Blick einen verschwommenen, zerstreuten Ausdruck.

Aber Schmidt war alles andere als zerstreut, wie Jakob wusste.

Sein Blick wanderte zu Schmidts lautlos arbeitenden, weiß gekleideten DNA-Jägern. Dann studierte er die südliche Zimmerwand, an der eine Auswahl authentischer Ethnografika aus Afrika hing.

Die penibel aufgeräumten Zimmer mit den vielen Büchern ließen auf eine Bewohnerin schließen, die die Gesellschaft ihrer Bücher der anderer Menschen vorgezogen hatte.

Jakob zeigte auf eine Stelle an der Wand. Dort deutete ein blasser Abdruck darauf hin, dass hier eine Stichwaffe mit kurzem Schaft gehangen hatte. Er sah Schmidt an.

Der Techniker nickte. »Eine nette Kollektion exotischer Mordwerkzeuge hatte sie hier hängen. Sieh dir das an.«

Sie gingen neben der Tatwaffe in die Hocke, die in einem durchsichtigen Beweismittelbeutel auf dem Boden lag.

Schmidt räusperte sich. »Nach einer ersten Beurteilung durch den Polizeiarzt ist die Tatwaffe direkt unterhalb des Brustbeins eingedrungen, dann weiter durchs Zwerchfell und den Herzbeutel hindurch direkt ins Herz. Sie ist innerhalb weniger Sekunden verblutet, der größte Teil des Blutes ist in die Bauchhöhle gelaufen. Darum ist auch verhältnismäßig wenig davon zu sehen. Sie ist an der Stelle umgefallen, an der sie erstochen wurde.«

»Gibt es Abwehrspuren an Händen oder Unterarmen?«, fragte Jakob.

»Nein. Sie hat mit nichts Bösem gerechnet.«

»Dann muss sie den Täter gekannt haben«, schlussfolgerte Jakob. »Wie üblich.«

»Vermutlich. Sie hat dem Betreffenden selbst die Tür geöffnet. Schloss und Türrahmen sind intakt, die Tür ist selbstschließend.«

Sie erhoben sich.

»Ein südafrikanischer Assegai«, murmelte Schmidt. »Grundgütiger, so was ist mir in meiner Karriere noch nicht untergekommen.«

»Das ist kein Assegai. Das ist ein Iklwa-Speer. Eine kurze Stichwaffe, die von dem mächtigen Zulu-König Shaka persönlich für den Nahkampf entwickelt wurde. Der Name beschreibt das schmatzende Geräusch beim Herausziehen des Speers aus dem Körper des getöteten Feindes. Sehr effektiv.«

Hans Schmidt wunderte sich schon lange nicht mehr über Jakob Nordsteds enzyklopädisches Wissen und bezweifelte keine Sekunde die Korrektheit der Informationen.

»Ein Ilkwa. Na gut.«

»Iklwa«, berichtigte Jakob geistesabwesend. »Und wer ist die Tote?«

Schmidt machte eine alles umfassende Geste Richtung Zimmer und Eingangsbereich.

»So nah am Durchschnitt der dänischen Statistik wie irgend möglich für ihre Altersklasse. Einundsiebzig Jahre alt. Buchliebhaberin. Nordic-Walkerin. Pensionierte Buchhalterin. Seit drei Jahren Witwe. Ihr Mann war Elektroingenieur, das Paar hat jahrelang in Afrika gelebt und gearbeitet. Danach in Kambodscha, Nepal und Bhutan. Das ist bislang die einzige Abweichung. Im Übrigen war sie ausgebildete Kraniosakraltherapeutin. Ob das auch eine Abweichung darstellt, kann ich noch nicht sagen.«

»Therapeutin, okay.« Jakob sprach das Wort wie eine hässliche Hautkrankheit aus. »Das ist wohl eher alltäglich. Wir sind inzwischen doch eine Nation aus Behandelnden und Behandelten.«

»Aber du bist doch selbst behan…«, setzte Schmidt an, verstummte jedoch augenblicklich, als er den warnenden Ausdruck im Gesicht des Kriminalkommissars sah.

Jakob schaute auf seine Uhr. »Seid ihr fertig mit ihr? Die Feuerwehrmänner frieren sich da draußen den Arsch ab. Todeszeitpunkt?«

Schmidt schielte zu einem digitalen Display auf dem Boden hin, das über ein weißes Kabel mit einer Temperatursonde im Rektum der Toten verbunden war. Die blinkenden roten Ziffern zeigten 25,7 Grad Celsius.

»Ausgehend von Kern- und Raumtemperatur würde ich sagen, vor ungefähr drei Stunden.«

»Was ist mit der Nordic-Walking-Truppe vor dem Haus?«

»Pünktlich wie die Uhr der Domkirche. Sie waren mit Anne Holst verabredet, um zum Maglesø zu laufen mit anschließendem Stullenpicknick beim Observatorium in Brorfelde. Eine von ihnen hat gesehen, dass die Haustür angelehnt war, und ist reingegangen. Sie liegt jetzt mit einem gehörigen Schock im Krankenhaus.«

»Das kann ich mir vorstellen«, sagte Jakob. »Die haben sich ihre Wanderung bestimmt anders vorgestellt.«

»Sie sind alle ziemlich gut in Form, wie es aussieht«, sagte Schmidt. »Dünn wie Windhunde.«

»Fußspuren auf dem Gartenweg?«

»Von einem halben Dutzend aufgeregt hin und her laufender Pensionäre.«

»Na, großartig. *Well, follow me, my dear Watson*«, murmelte Jakob und ging voran ins Esszimmer.

Er blieb am Esstisch stehen und betrachtete die leere Tasse und die hässliche Teekanne, in der ein paar Teebeutel hingen. Ein schmerzliches Zucken lief über sein Gesicht. Er stammte aus einer erzkonservativen Familie, für die Teebeutel in Teekannen gebrauchten Kondomen gleichkamen.

Und wieder checkte er seine rostfreie Rolex, was Schmidt nicht verborgen blieb. »Wartest du auf jemanden?«

»Auf irgendeine Kommissaranwärterin, die auf ihrer Rotationsrunde drei Monate in der Abteilung für personengefährdende Kriminalität verbringen soll. Natasha heißt sie, glaube ich. Hat so gut wie keine Praxiserfahrung. Wieso zum Teufel trifft es eigentlich immer mich? Bin ich ein Tier aus dem Zoo?«

Schmidt nickte betrübt. »Eher aus dem naturhistorischen Museum. Bei mir landen sie auch, Jakob. Wir sind halt Dinosaurier und sie die Klassenausflügler, die einen Blick auf eine ausgestorbene Spezies werfen sollen.«

»Ich finde das jedenfalls scheißnervig. Es mag schwer zu glauben sein, aber meine pädagogischen Fähigkeiten bewegen sich auf einem äußerst niedrigen Niveau.«

»Was für eine Überraschung?«, erwiderte Schmidt.

Etwa fünfzig Meter von Anne Holsts Haus entfernt, fiel Tanya in der Gruppe von Frauen und Kindern, die auf dem Bürgersteig der Wohnstraße zusammengeströmt waren, ein junger Mann auf. Alle verhielten sich erstaunlich ruhig. Ein paar Smartphones blitzten auf. Gerade war der Leichenwagen der Feuerwehr an ihr vorbeigefahren, ein umgebauter Krankenwagen, den man nach dem Transport problemlos mit dem Hochdruckreiniger desinfizieren konnte. Ausrüstung, Sirenen und Blaulichter waren entfernt worden.

Natürlich erregte ein Tatort wie dieser Aufmerksamkeit. Es war mehr die beunruhigende Intensität, die von dem jungen Mann ausging, der an eine Mönchskutte erinnernde, hochgeschlossene Parka, das leichenblasse, ausdruckslose Gesicht und die stechend blauen Augen unter der Kapuze, die Tanya veranlassten, das Tempo zu drosseln und sich nach ihm umzudrehen.

Tanya besaß die begnadete Gabe der selbstvergessenen Konzentration im Überfluss, was nicht immer praktisch war. Wie jetzt. Außerdem war sie eine unheilbar miese Autofahrerin, die fünfmal durch die interne Fahrprüfung der Polizei gefallen war, bis ein Prüfer aus reiner Verzweiflung und Mitleid seine Unterschrift auf den Schein gesetzt hatte.

»Shit …!«

Adrenalin schoss bei dem Knall, der auf der rechten Seite ihres ramponierten Fiats zu hören war, durch ihren Körper.

»So eine Scheiße!«

Sie parkte am Straßenrand, überprüfte in dem zerbrochenen Spiegel des Sonnenschutzes blitzschnell ihren fast unsichtbaren Lippenstift und die Mascara, bevor sie ausstieg.

Tanya schloss diskret die Autotür und sah sich um. Offenbar hatte niemand ihr kleines Missgeschick bemerkt. Sie atmete erleichtert auf, dann sah sie sich den nagelneuen Jaguar hinter ihrem Fiat genauer an.

»Fuck ...«

Sie zog kurz in Erwägung, schleunigst einen anderen Parkplatz zu suchen, aber ihr Anstand ließ sie dann doch ein Blatt aus ihrem Notizbuch reißen, ihre Handynummer darauf schreiben und ihn unter den rechten Scheibenwischer klemmen.

Dann marschierte sie zügig auf den Tatort zu und bemerkte verärgert, wie schnell ihr Atem ging. Sie schaute zum ungefähr zwanzigsten Mal an diesem Tag an sich herunter. Nach dem Duschen heute Morgen hatte sie sich mehr Mühe mit ihrer Garderobe gegeben als sonst. Schließlich traf man nicht jeden Tag eine lebende Legende wie Nordsted. Am Ende hatte sie sich für einen unauffälligen dunklen Hosenanzug mit schwarzen ECCO-Schuhen entschieden, eine schlichte weiße Bluse, ein Minimum an Make-up und einen praktischen Pferdeschwanz.

Das Ganze sollte Frische, Dynamik und lernwillige Demut ausstrahlen.

Hoffte sie.

Sie hatte sich bestmöglich vorbereitet, unter anderem mithilfe einer guten Freundin aus der Personalabteilung der Rigspoliti, die sie so lange genervt hatte, bis sie Tanya Einblick in ausgewählte Passagen aus Jakob Nordsteds umfangreicher Personalakte gewährt hatte. Vieles war unter Verschluss und der Rest Ehrfurcht gebietend. Jakob Nordsted war mit gerade mal achtundzwanzig Jahren zum Hauptmann der Königlichen Leibgarde ernannt worden. Er war an gefährlichen Missionen in den Krisengebieten in Bosnien, Kosovo und Afghanistan beteiligt gewesen und hatte so ziemlich jede Auszeichnung und jeden Militärorden eingeheimst, den die Armee zu vergeben hatte. Bis seine vielversprechende Karriere aus unbekannten Gründen ein jähes Ende gefunden hatte.

Ein Jahr nach seinem Abschied hatte er sich bei der Polizei beworben und das Kunststück wiederholt, die traditionell massiven Barrieren des Staatsdienstes in Rekordzeit zu überwinden. Zuerst als Polizeioberrat beim Spezialeinsatzkommando der dänischen Nationalpolizei, für das er wegen seiner militärischen Vorgeschichte als »besonders geeignet« befunden worden war. Er hatte die wertvolle Zusammenarbeit mit dem Froschmann- und dem Jägerkorps etabliert.

Danach war es wieder zu einer dieser Veränderungen gekommen, über die alle spekulierten, aber niemand etwas Genaues wusste. Nordsted hatte von einem Tag auf den anderen das Spezialeinsatzkommando verlassen und sich von seiner gleichaltrigen Zahnarztgattin scheiden lassen, mit der er einen inzwischen vierzehnjährigen Sohn hatte. Ein halbes Jahr Urlaub hatte er bewilligt bekommen, den er angeblich im Alkoholrausch irgendwo in Südostasien verbracht hatte, bis der legendäre Leiter des Dezernats für personengefährdende Kriminalität, Poul Wilhelmsen, nach Vietnam gereist war, Nordsted angeblich in Gesellschaft eines Prostituierten-Zwillingspärchens in einem versifften Hotelzimmer in Ho-Chi-Minh-Stadt aufgespürt und ihn in eine Entzugsklinik geschickt hatte.

Nach seiner Wiederauferstehung hatte Jakob Nordsted auf dramatische Weise die Morde an fünf jungen ukrainischen Frauen im Großraum Kopenhagen aufgeklärt, die in einem Zeitraum von vierzehn Monaten verübt worden waren. Man hatte die Frauen über ein seriöses Datingportal mit einer großzügigen Reisekasse und teuren Geschenken nach Dänemark gelockt. Sie waren zwischen 24 und 27 Jahre alt, langbeinig, gepflegt, gut ausgebildet, kinderlos, hübsch und blond. Alle waren am Flughafen Kastrup in ein Taxi gestiegen und am späten Abend an einer Küstenbahnstation abgesetzt worden. Danach verloren sich ihre Spuren – bis ihre misshandelten Leichen Wochen später im Öresund wieder aufgetaucht waren.

Die Verhaftung der Täter und die folgenden Geständnisse hatten weltweit für Schlagzeilen gesorgt. Bei den Mördern handelte es sich um zwei Brüder mittleren Alters, die zur absoluten Spitze des dänischen Pantheons zählten. Der eine war Staatssekretär, der andere Direktor des Nationalmuseums, außerdem waren sie zwanghafte Psychopathen, Sadisten, Athleten und herausragende Jäger. Nordsted war auf eigene Faust und gegen alle Befehle seiner Vorgesetzten in die riesige Villa im schicken Botschaftsviertel Kopenhagens eingedrungen, wo er das sechste Opfer im Keller an ein Bettgestell gefesselt gefunden hatte, fast zu Tode gefoltert und misshandelt. Er konnte dem älteren Bruder noch den Kiefer und einen Oberschenkelknochen brechen, ehe er von dem jüngeren Bruder mit einem Jagdgewehr angeschossen wurde.

Drei Wochen lang schwebte Nordsted auf der Intensivstation zwischen Leben und Tod. Man hatte ihm vorübergehend einen künstlichen Darmausgang gelegt, dreißig Blutkonserven hatte er bekommen.

Der Parnass war noch immer dabei, sich neu zu sortieren. Die Brüder hatten zu seinen Stützen gehört. Tanya unterbrach ihren Gedankenspaziergang und starrte die Straße hinunter. Der junge Mann in dem schwarzen Parka mit dem intensiven Blick und dem blassen Gesicht war verschwunden, als hätte er nie dort gestanden.

Jakob saß mitten im Wohnzimmer auf einem Lederpuff, während Schmidt mit einem Lasermessgerät Winkel und Abstände ausmaß, als die Haustür aufging. Licht fiel in den Eingangsbereich, gleich darauf war ein Krachen zu hören, als draußen etwas Zerbrechliches zu Boden ging.

»Scheiße, verdammt! Sorry!«

Die Stimme gehörte eindeutig einer Frau.

»Ich glaube, dein Date ist da«, sagte Schmidt.

Jakob nickte finster.

Er betrachtete die mittelgroße Frau, die nun in der Türöffnung zum Wohnzimmer auftauchte. Ebenmäßige Gesichtszüge, schlank, kräftiges hellbraunes Haar in einem Pferdeschwanz. Grauenhafte Schuhe. Volle Lippen und schöne Zähne. Ende zwanzig.

Er ignorierte ihr freundliches Lächeln, das daraufhin erlosch, und betrachtete stattdessen fasziniert ihre tropfenförmigen Nasenlöcher, die sich unbewusst öffneten und schlossen wie bei einem Jagdhund. Dann zündete er sich mit seinem Dunhill-Feuerzeug eine Davidoff-Zigarette an und betrachtete den Teppich zwischen seinen Wüstenboots, die in blauen Überziehern steckten.

Tanya hätte den Mann am liebsten angeschnauzt, dass er an einem Tatort gefälligst nicht zu rauchen hatte, aber die Worte blieben ihr im Hals stecken.

Der ältere, graubärtige Kriminaltechniker lächelte sie freundlich an und reichte ihr die Hand.

»Hans Schmidt. Und Sie sind … Natasha …?«

»Tanya.«

»Was ist da eben passiert?«

Sie wurde rot.

»Ein Wandteller oder so was. Ich hoffe mal nichts Unersetzliches.«

Sie hüpfte ein wenig auf der Stelle, als sie die Überzieher über die Schuhe zog, die Schmidt ihr gegeben hatte. Sie betrachtete Nordsted über die Schulter des Technikers. Die Beschreibungen des Kriminalkommissars wichen stark voneinander ab, konnten aber grob in zwei Lager eingeteilt werden: Die jüngeren Polizisten hielten ihn für ein ausgebranntes Arschloch, das eigentlich wegen posttraumatischer Belastungsstörung in Frührente gehen sollte, die älteren Kollegen waren etwas differenzierter und vorsichtiger in ihrem Urteil. Tanya vermutete, dass sie sehr viel mehr über Jakob Nordsted wussten, als sie einem Neuling wie ihr auf die Nase binden würden. Die meisten waren sich jedoch einig, dass der Mann ein störrischer, einsamer Wolf war – natürlich. Schwierig bis unmöglich in der Zusammenarbeit. Aber es gab auch sporadische Berichte von Nächstenliebe: dass Nordsted für Opfer von Verbrechen und deren Angehörige zu jeder Tages- und Nachtzeit zu erreichen war, dass er Höllenqualen litt, wenn Ermittlungen im Sand verliefen. Er hielt tagelang durch, wenn andere längst zusammenbrachen, und er hatte … so etwas wie Visionen. Er *sah* Dinge und kam zu Schlussfolgerungen, auf die man nach menschlichem Ermessen nicht kommen konnte, außer man war selbst der Täter. Nach der Verhaftung der beiden prominenten Brüder konnten weder sein bester Freund und Vorgesetzter Poul Wilhelmsen noch die Psychologen sich erklären, woher der Kommissar *gewusst hatte*, dass die Brüder ihre bestialischen Fantasien ausgerechnet in jener Villa im Gammel Vartov Vej im Ryvangsviertel auslebten. Rein geografisch betrachtet war die Villa die Radnabe der Ziele, die die Taxifahrer und ihre Navis angegeben hatten. Aber es gab weder Papierdokumente noch handfeste Beweise, die die Brüder mit der Villa in Verbindung brachten. Nordsted und andere Ermittler waren unzählige Male durch das Viertel gefahren, bis Nordsted eines Abends vor ein paar beleuchteten Kellerfenstern in die Eisen gegangen war.

»Hier ist es«, hatte er zu seinem Kollegen gesagt. »Du bleibst im Wagen und forderst Verstärkung an.«

So die Überlieferung.

Eine halbe Stunde später war Nordsted, lebensgefährlich verletzt und fast verblutet, auf dem Weg ins Traumazentrum des Rigshospitals gewesen.

Der Mann erhob sich von seinem Sitzpuff und begrüßte sie. Seine Hand war trocken wie Mehl. Er musterte sie ernst mit seinen großen blauen Augen.

»Hallo. Ich heiße Tanya.«

»Gibt es auch einen Nachnamen?«

»Sorry. Nielsen.«

Seine Aufmerksamkeit schweifte ab.

In diesem Moment tendierte sie eindeutig zu der Meinung der jüngeren Kollegen.

Der Kriminaltechniker legte eine Hand auf ihren Arm.

»Nata ... ich meine Tanya, kommen Sie doch mit mir mit.

Überlassen wir den Hauptkommissar eine Weile seiner zweifelsohne inspirierenden und fruchtbaren Meditation.«

»Okay.«

Ihre Nasenflügel begannen wieder zu vibrieren.«

»Vertragen Sie keinen Blutgeruch?«, fragte Nordsted. »Dann sollten Sie Ihre Berufswahl noch mal überdenken.«

Tanya schüttelte den Kopf und lächelte tapfer. »Nein, nein, es ist nur so, dass ich ...«

»Was?«

»Nichts.«

Der Griff des Kriminaltechnikers um ihren Arm wurde fester, und sie ließ sich dankbar durch das Haus mit den fremdartigen Gerüchen führen.

Als sie außer Hörweite waren, entzog Tanya ihm den Arm und fragte: »Ist der immer so?«

»Wie ›so‹?«

»Herablassend. Schroff. Unfreundlich.«

Schmidt zuckte die Schultern.

»Meistens. Das Leben war nicht immer nett zu unserem guten Kommissar. Es braucht ein wenig Zeit, sich an ihn zu gewöhnen.«

»Wie lange? In Ihrem Fall?«

»Jahre.«

Tanya öffnete die Tür zu einem großen Badezimmer und blieb mit halb geschlossenen Augen auf der Schwelle stehen; ein ganzes Duftpotpourri schlug ihr entgegen.

Schmidt beobachtete sie fasziniert.

»Sind Sie so was wie ein menschlicher Drogenhund?«, fragte er. »Finden Sie auch Trüffel?«

Tanya öffnete die Augen und drehte sich zu dem Kriminaltechniker um.

»Hyperosmie nennt man das. Das Letzte, was ich mir gewünscht hätte. Wenn ich sie bloß wieder los wäre.«

»Hyperosmie? Noch nie gehört. Wird man damit geboren?«

Tanya schüttelte den Kopf. »Sie ist in Verbindung mit einer Schwangerschaft aufgetreten. Normalerweise verschwindet sie nach der Geburt wieder, aber ...«

»Sie haben das Kind nicht gekriegt«, schlussfolgerte Schmidt vorsichtig.

»Ja. Wir haben uns für einen Schwangerschaftsabbruch entschieden.« Dann hellte Tanyas Gesicht sich auf. »Aber sie hat auch gewisse Vorteile. Wussten Sie, dass die spontane Anziehung oder Ablehnung eines anderen Menschen zu neunzig Prozent darauf basiert, ob man den Duft des Betreffenden mag oder nicht? Das läuft völlig unbewusst ab.«

»Nein, wusste ich nicht. Dann hat Nordsted einen unangenehmen Körpergeruch? Ist mir noch nie aufgefallen.«

»Gar nicht«, sagte sie hitziger als beabsichtigt. »Im Gegenteil«, fügte sie nachdenklich hinzu. »Sie müssen mir versprechen, ihm das niemals zu sagen. Ich würde vor Scham im Boden versinken.«

Schmidt hielt sich den Finger vor den Mund. »Ich schweige wie ein Grab. Dann überlasse ich Sie mal Ihren Duftstudien.«

Er ließ sie im Badezimmer allein, wölbte verstohlen die Hände vor dem Mund und atmete hinein.

Dann schüttelte er über sich selbst den Kopf. »Zwei komplette Spinner an einem Fall, das kann ja heiter werden.«

Als Tanya nach ihrer Exkursion in Anne Holsts Bad und Schlafzimmer zurück in die Wohnräume kam, ohne die Ursache für die seltsame Unruhe in ihrer Brust gefunden zu haben, stand

Nordsted in dem über Eck angelegten Wohnzimmer, das zum Garten hinausging. Er hatte die großen Hände hinter dem Rücken verschränkt und wippte auf den Fußballen, während er die Bücherregale der Witwe studierte.

In der Küche war Schmidt in ein Gespräch mit einem der Techniker vertieft.

Nordsted zog ein schweres Buch aus einem Regal, überflog das Inhaltsverzeichnis und summte unmelodisch vor sich hin. Tanya stellte sich neben ihn und ahmte unbewusst seine Körperhaltung nach, während sie einen unauffälligen Blick auf das Buch in Nordsteds Hand warf: *Unusual and Rare Psychological Disorders*. Mane & Dixon.

»Was halten Sie davon?«, fragte er.

»Ähm ... Sie muss sehr gut Englisch gekonnt haben?«

»Selbstredend. Was weiter?«

Tanya fühlte sich plötzlich wie in einer Prüfung.

Sie nahm ihm das Buch aus den Händen und hielt es sich unter die Nase.

»Riecht neu.«

»Korrekt. Aber einige wenige Kapitel scheinen schon mehrfach gelesen worden zu sein. Sehen Sie die Bruchnaht am Rücken?«

Tanya ließ das Buch aufklappen.

»Narzisstische Persönlichkeitsstörung«, las sie leise.

»Der moderne Irrsinn«, sagte Nordsted.

Tanya zeigte auf die Bücher, die direkt neben dem Buch standen.

»Davon gibt es noch mehr, scheint sich also nicht nur um ein flüchtiges Interesse zu handeln.«

Sie nahm den Schatten eines Lächelns wahr.

Graue Bartstoppeln schabten unter seiner Handfläche.

»Eine Zwangsstörung?«

Er sah sie an und tippte sich mit dem Zeigefinger an den rechten Nasenflügel, bevor er ihr ein zusammengefaltetes weißes Taschentuch reichte.

»Sie bluten.«

Sie drückte die Nasenflügel mit dem Taschentuch zusammen.

»*Fock ... 'tscholdigong ...*

»Alles gut, es ist nur so, dass hier aus kriminaltechnischer Sicht schon genug Blut ist. Wir wollen Hans doch nicht noch mehr schlaflose Nächte bereiten, als er ohnehin schon hat. Er hat mir gesagt, dass Ihre Nase in gewisser Weise ihr dominantes Organ ist?«

Sie sah ihn unglücklich an. »Das ist einfach so, ich kann nichts dagegen tun.«

»Schon gut.« Nordsted las laut von den Buchrücken ab: »*Parental Psychiatric Disorders, Neurobiology of the Brain, Lost in the Mirror: An Inside Look at Borderline Personality Disorders.*« Er schnaubte. »Die könnten doch wenigstens die Titel etwas variieren, oder? Sie scheint von Geisteskranken besessen gewesen zu sein. Oder ist das eine Tautologie?«

»Ja.«

Tanya sah ihn gespannt an. »Die sind alle erst vor Kurzem gekauft. Was folgern Sie daraus?«

Nordsted hob überrascht den Kopf.

Er ist es nicht gewohnt, nach seiner Meinung gefragt zu werden, dachte sie.

»Ich? Nichts. Ein Interesse. Wie Orchideen, Runen oder Salzwasseraquarien.«

»Aber das muss doch was zu bedeuten haben!«

Nordsted sah sich um, als hoffte er, dass Schmidt aufkreuzte, um ihn von der Gesellschaft dieser Amateurin zu befreien. Dann zuckte er mit den Schultern.

»An jedem Tatort gibt es unzählige physische Phänomene mit unzähligen inhärenten Verbindungen und Permutationen ... Alles kann alles bedeuten oder nichts. Und bis in die Unendlichkeit interpretiert werden.«

»Auch eine aktuelle Studie über Geistesgestörte, unmittelbar bevor man selbst ermordet wird? Wie oft ist Ihnen das schon untergekommen?«

Sie nahm das Taschentuch von der Nase und sah sich die scharlachroten Flecken an. Die Blutung hatte offensichtlich aufgehört.

»*Eine Studie in Scharlachrot*«, murmelte Nordsted mit einem Seitenblick auf das Taschentuch.

»Pardon?«

»Nichts.«

»Ich werde es waschen und bügeln«, sagte sie.

»Behalten Sie es.«

»Aber ...«

»Hören Sie zu, Natasha. Der Tag wird verdammt lang werden, wenn ich alles wiederholen muss, okay?«

»Tanya«, sagte sie gereizt.

»Also gut, dann eben Tanya. Wie Sie zweifelsohne auf der Polizeischule gelernt haben, kennen fünfundneunzig Prozent aller Mordopfer ihren Täter. Also: Wie stehen Sie zu Herausforderungen?«

Er schlug die Hände mit einem überraschenden Knall zusammen, woraufhin jemand in der Küche etwas fallen ließ.

»Ich bin dabei«, antwortete sie.

»Gut, dann hacken Sie das Handy und den Computer der

Toten. Ich kenn mich mit so was nicht aus, aber Sie sind jung, das ist in ihrer DNA verankert, es sei denn, Sie sind in der Sahara aufgewachsen. Aber das sind Sie nicht, oder?«

»Absolut nicht.«

»Bitten Sie die Nerds in Glostrup um Unterstützung.«

»Das schaff ich auch allein. Ich war zwei Jahre beim Nachrichtendienst, da haben wir im Großen und Ganzen nichts anderes gemacht.«

»Fantastisch. Bauen Sie mir ein Hologramm von Anne Holst und ihren geheimen Leidenschaften. Was wir hier sehen, ist schlicht und ergreifend zu öde und durchschnittlich, um wahr zu sein. Nein, noch besser: ein Porträt, eine Statue ...«

»Was Dreidimensionales?«, murmelte sie trocken.

»Exakt. Was hat sie im Internet gekauft und warum. Was waren ihre Interessen, wen konnte sie leiden und wen nicht, wen hat sie auf ihrer kraniosakralen Pritsche behandelt, Facebookfreunde, Romanzen auf geriatrischen Datingportalen, was auch immer. Ich garantiere Ihnen, der Mörder ist irgendwo da drinnen zu finden.«

Tanya spürte, wie eine warme Welle der Begeisterung und Erregung durch ihren ganzen Körper strömte. Genau das war es, was sie an der Polizeiarbeit liebte. Dafür hatte sie sich hier beworben. Es war wie eine Fanfare am Morgen, eine im Wind flatternde Fahne.

»Glauben Sie das wirklich?«, fragte sie eifrig.

Nordsted lächelte ironisch. »Überhaupt nicht. Wir suchen hinter allem immer nach dem glasklaren, messerscharfen und nachvollziehbaren Motiv. Aber das hier ist anders. Vermutlich ist hier nichts außer gähnender Leere. Vielleicht hat sein Hund ihn aufgefordert, sie zu töten. Oder der Mörder hat sich einfach gelangweilt, während er auf die nächste Staffel einer Netflix-Serie gewartet hat.«

Sie hätte ihn am liebsten geschlagen.

»Sie schaffen es wirklich, einen zu motivieren«, sagte sie bitter.

Nordsted seufzte, ohne sie anzusehen. »Tanya, ich habe Sie nicht um Hilfe in diesem Fall gebeten. Ich bin nicht hier, weil ich mir nichts sehnlicher wünsche, als hier zu sein, sondern weil ich zufällig Dienst hatte. *Sie* sind hier, weil Sie hier sein *müssen*, bevor Sie weiter auf Ihrer zweifelsohne glänzenden Karriereleiter aufsteigen werden. Um ein paar Erfahrungen und Anekdoten reicher, mit denen Sie Ihre Freundinnen unterhalten können.«

Sie schnitt eine Grimasse und hätte am liebsten mit dem Fuß aufgestampft. »Das ist nicht wahr. Ja, ich bin hier, um etwas zu lernen, auch wenn ich das Gefühl habe, dass Sie mir nichts beizubringen haben. Und ich bin hier, weil es mir etwas bedeutet.«

Schmidt stieß zu ihnen. Er schaute von einem zur anderen. Die Stille war wie elektrisch aufgeladen.

»Wie läuft's?«, fragte er.

»Fantastisch«, sagte sie. »Der Herr Kriminalkommissar meint, dass Anne Holst ermordet wurde, weil ein Hund plötzlich sprechen konnte.«

»Origineller Gedanke«, erwiderte Schmidt. »Der Kommissar zieht Sie nur auf, Tanya. Haben Sie, wenn ich das so formulieren darf, Witterung von irgendwas aufgenommen?«

Das musste man den beiden Männern lassen: Sie waren an ihr interessiert. Fast, als wäre sie ein Mensch.

Tanya holte tief und trotzig Luft. »Ich hätte da eine Frage …«

Sie stockte.

»Raus damit«, sagte Schmidt aufmunternd.

»Ihre Techniker sind alle Männer, oder? Mit den Schutzanzügen, Kapuzen und Masken kann ich das nicht so genau erkennen.«

Schmidt überlegte. »Heute sind tatsächlich nur Männer im Team, ja.«

»Okay. Was ist es dann, das hier *nicht* ...?«

Schmidt und Nordsted sahen sich fragend an.

»Möchten Sie das vielleicht etwas vertiefen?«, fragte Nordsted.

»Hier drinnen ist ein Duft, der vermutlich nicht zum Haus gehört. Ein Duft, der nicht zu Anne Holst gehört, er wäre viel zu jugendlich für sie. Ein Deodorant. Ein Parfüm.«

»Mann oder Frau?«

»Schwer zu sagen. Vielleicht sowohl als auch. Wie Calvin Kleins *One*. Das benutzen Frauen und Männer.«

»Fantastisch«, murmelte Nordsted. »Wir suchen also nach einem Mann oder einer Frau? Danke für den Beitrag, Tanya.«

Sie dachte, dass Nordsted als Hauptmann der Leibgarde in Afghanistan beim Erstellen der Aktionspläne und der Festlegung der Ziele immer die intelligenteste Person im Zelt gewesen war. Später war er ohne Zweifel der klügste Kopf in der Einsatzzentrale der taktischen Spezialeinheit gewesen, als Dänemark vom Terror bedroht wurde. Nordsted war einer dieser verschlossenen Menschen, die immer haarscharf mit einem Lächeln oder einem Bonmot an der Destruktion intellektuell Unterlegener vorbeischrappten. Seine Kompanie war ihrem Hauptmann wahrscheinlich, ohne auch nur eine Sekunde zu zögern, in die Hölle und zurück gefolgt. Wie Odysseus' Heer.

»Ich würde den Duft wiedererkennen«, sagte sie hartnäckig.

»Hoffen wir's«, sagte Nordsted skeptisch. »Das wäre dann die schnellste Mordermittlung in der dänischen Kriminalgeschichte, wenn Sie in fünf Minuten auf der Hauptstraße den Täter erschnüffeln.«

Zur gleichen Zeit verließ Dr. Henrik Engdal vier Kilometer von Anne Holsts Haus entfernt die herrschaftliche Familienvilla durch die Hintertür, während er sich in seine Windjacke zwängte. Er räumte ein Laufrad der Kinder vom Gartenweg und lehnte es gegen die Hecke. In der halbdunklen Garage öffnete er die Tür seines Audi A4, schob sich auf den Fahrersitz und überflog die ellenlange Einkaufsliste, die seine hochschwangere Frau ihm mitgegeben hatte.

In einer Stunde begann die Abendsprechstunde in der Klinik, die er sich mit drei anderen praktischen Ärzten und einer Physiotherapeutin teilte. Aber den Einkauf sollte er problemlos noch vorher schaffen.

Er drückte den Startknopf und hob den Kopf, als er hinter sich ein Geräusch hörte. Er warf einen Blick in den Rückspiegel und drehte sich auf dem Sitz herum, als es schlagartig dunkel wurde.

Als Dr. Engdal wieder zu sich kam, wollte er sich an den heftig schmerzenden Hinterkopf fassen, konnte aber die Hände nicht vom Lenkrad nehmen.

Den Kopf konnte er auch nicht bewegen.

Er stöhnte, würgte und erbrach sich auf seine Oberschenkel. Der Gestank seines Mageninhalts füllte den Innenraum des Wagens.

»Auuuu …«

Der Kopf. Der Hals. Alles schmerzte. Es gelang ihm mit Mühe, bis in die Lunge zu atmen.

Dann hörte er eine Stimme dicht an seinem Ohr. Leise, aber klar und deutlich.

»Dr. Engdal? Hören Sie mich?«

Er krächzte etwas Unverständliches.

»Kämpfen Sie nicht dagegen an. Das macht es nur schlimmer. Sehen Sie auf Ihre Hände. Schauen Sie!«

Der schmale Lichtkegel einer Stablampe fiel auf sein Handgelenk, und er sah, dass seine Hände mit Drahtseil und Handschellen an das Lenkrad gekettet waren. Die Finger waren bereits blau und geschwollen.

»Mein Hals …«

Eine behandschuhte Hand am Ende eines schwarzen Ärmels bewegte sich an ihm vorbei und kippte den Rückspiegel nach unten.

Der Lichtkegel.

»Da!«

Der Hals war auf die gleiche Weise wie die Handgelenke an die Nackenstütze gekettet.

Er versuchte, Speichel hinunterzuschlucken, was nahezu unmöglich war.

Die Hand drehte den Zündschlüssel halb um, worauf alle Fenster automatisch herunterfuhren.

»Sehen Sie hin!«

Der Rückspiegel rahmte das Gesicht des Fremden ein, und der Arzt stöhnte überrascht.

»Sie?«

Er kniff die Augen zu und öffnete sie wieder, was so ziemlich das Einzige war, was er in seiner hilflosen Position tun konnte. Das Gesicht im Spiegel bewegte sich keinen Millimeter. In den Augenwinkeln bildeten sich Lachfalten.

»Sie haben doch sonst keine Probleme, sich klar auszudrücken«, kam es frotzelnd vom Rücksitz. »Und, wie fühlt es sich an, so wehrlos zu sein?«

»Was … zum Teufel … Was zum Teufel wollen Sie? Was soll das Ganze?«

Seine Empörung verdrängte für einen kurzen Augenblick den gleißenden Schmerz am Hinterkopf.

»Ich will, dass Sie mir in die Augen sehen, und dann möchte ich aus Ihrem Mund hören, dass Sie mir die nötige Hilfe verweigert haben. Das ist es, was ich will, mehr nicht.«

Die Lachfalten waren ausradiert, die Pupillen groß und schwarz im Spiegel.

»Denken Sie, dass Sie das für mich tun können?«

»Und dann lassen Sie mich gehen?«

»Ja.«

»Meine Frau ist schwanger …«

»Mit Nummer vier. Ich weiß. Familie ist etwas Schönes, nicht wahr?«

Henrik Engdal schwieg.

»Ist es nicht so?« Der Tonfall war scharf und hart.

»Doch, ja.«

Das Gesicht verschwand aus dem Rückspiegel. Die hintere Tür wurde geöffnet, die Person stieg aus. Dann sah er aus dem Augenwinkel, wie sich links zwei behandschuhte Hände von außen auf den Fensterrahmen legten.

»Und?«

»Was?«

Ein ungeduldiger Seufzer. Er hörte Musik aus dem Haus. Eine Kinderstimme rief etwas. Henrik Engdal begann zu weinen. Die Tränen liefen ungehindert über sein Gesicht.

»Sagen Sie, dass Sie mir hätten helfen müssen. Sie sind Arzt.«

»Ich hätte Ihnen helfen müssen«, murmelte er.

»Lauter.«

»Ich habe einen großen Fehler gemacht und Ihnen nicht geholfen. Das hätte ich tun sollen. Lassen Sie mich jetzt gehen?«

Die Hände schoben sich in den Innenraum, und er spürte, wie sich etwas Kühles und Glattes um seinen Hals legte.

»Was tun Sie da?«

»Still gesessen!«

Die Hände verschwanden.

»Ich kann Sie nicht gehen lassen«, sagte die Stimme. »Ich habe gelogen. Es tut mir leid.«

»Doch! Doch, das können Sie! Ich schwöre, dass ich nichts sagen werde. Wir vergessen das Ganze einfach!«

Seine Stimme war kaum zu hören. Jeder Versuch, um Hilfe zu schreien, wäre sinnlos. Niemand, der weiter als drei Meter weg war, würde ihn hören.

»Sind Sie bereit?«

»Nein, bin ich nicht!«

»Doch, das sind Sie.«

Das Lächeln in der Stimme war zu hören.

Mit wachsender Panik hörte er ein Kreischen, als würde die Karosserie durchbohrt, gefolgt von dem Glucksen einer Flüssigkeit, die sich auf den Boden ergoss. Seine Nasenflügel blähten sich bei dem scharfen Benzingeruch auf. Die Seitentür der Garage öffnete sich, und er sah einen Streifen graues Tageslicht, das sich in der Lache auf dem Boden spiegelte.

»Nein, nein ... Bitte, nicht ...«

Ein kurzer Blitz.

Feuer. Kleine, leckende Flammen, gelb, blau und weiß, die den Wagen einhüllten. Stickiger Rauch, eine unermessliche Hitze, die über ihm zusammenschlug und den Sauerstoff aus seinen Lungen saugte. Das Feuer rauschte wütend wie die Meeresbrandung.

Die Garage explodierte, als die Benzindämpfe ihren Sättigungspunkt erreicht hatten und sich entzündeten.

Sirenengeheul drang in die Räume von Anne Holsts Haus, gefolgt vom hektischen Krächzen der Funkgeräte der Beamten auf dem Bürgersteig und in den Streifenwagen.

Die Tür flog auf, und Tanya erblickte ein Gesicht, das sie von der Polizeischule her kannte.

»Was ist los, Rasmus?«

Der junge Kollege blieb wie angewurzelt stehen, als er Nordsted sah. Danach hatte er nur noch Augen für Tanya.

»Da soll jemand in einer Garage verbrannt sein. Bei einer Explosion. Nur wenige Kilometer von hier.«

»Wer?«

»Ein Arzt, glaube ich.«

Tanya lächelte Rasmus entschuldigend an und spürte einen Stich von Reue. In einem Selbstverteidigungskurs an der Polizeischule hatte sie ihm einen seiner hübschen weißen Schneidezähne ausgeschlagen. Sie drehte sich zu den beiden anderen um. Schmidt und Nordsted sahen sich lange an, und ihr Herz krampfte sich zusammen, als sie die nackte Angst in ihren Augen sah.

Dann schien es, als würde Nordsted plötzlich aus einer Trance erwachen.

»Tanya, Sie bleiben hier. Sammeln Sie alle Informationen, die hereinkommen. Denken Sie an das Handy und den Computer der Toten. Hans, die sind auf Fingerabdrücke hin untersucht, ja?«

»Selbstverständlich.«

»Das kann kein Zufall sein«, sagte Nordsted.

»Das ist mir klar«, erwiderte Tanya.

Sie folgte den beiden Männern den Gartenweg entlang und sah den Jaguar-Schlüssel in Nordsteds Hand. Innerlich stöhnte sie auf. Das dürfte wohl die kürzeste Karriere in der Polizeigeschichte sein.

Sie schob sich an Nordsted vorbei und hielt die Hand hoch, als wollte sie den Verkehr an einer Straßenkreuzung zum Stehen bringen.

Nordsted sah sie ungeduldig an.

»Was ist? Haben Sie nicht verstanden, was ich gesagt habe? Das war doch denkbar einfach.«

»Ich habe Sie sehr gut verstanden.« Sie zeigte auf den Wagen. »Der Jaguar. Ist das Ihrer? Mir ist da beim Einparken ein kleines Missgeschick passiert.«

Schmidt schloss die Augen. Nordsted war Sekretär des dänischen Jaguarklubs und unternahm einmal im Jahr eine Pilgerfahrt in die heiligen Hallen in Coventry.

Nordsted stieß sie zur Seite und lief mit ausladenden Schritten zu seinem Wagen. Tanya rannte neben ihm her.

»Ein *kleines* Missgeschick? Was zum Teufel wollen Sie damit sagen? Haben Sie mein Auto touchiert?«

»Kaum der Rede wert, ich habe den Außenspiegel gestreift. Nichts Schlimmes. Ich habe meine Telefonnummer unter den Scheibenwischer geklemmt.«

Schmidt hielt Tanya fest, während Nordsted wie vom Blitz

getroffen vor dem zerschmetterten Seitenspiegel stand, der an zwei Kabeln hing und den der Wind immer wieder über die glänzende, jungfräuliche Lackierung schrammen ließ.

Tanya war ebenfalls wie zur Salzsäule erstarrt und starrte auf den Bürgersteig vor ihren Füßen. Nach Nordsteds Gesichtsausdruck zu urteilen, würde sie innerhalb der nächsten fünf Sekunden aus dem Polizeikorps fliegen. Unehrenhaft.

»Es tut mir wirklich schrecklich leid …«

»Und dieser Schrotthaufen in der unbestimmbaren Kackfarbe da«, murmelte Nordsted wutschnaubend. »Gehört der Ihnen?«

»Das ist mein Auto, ja.«

Nordsted musterte sie schweigend, während seine großen Hände sich öffneten und schlossen, als wollte er jemanden erwürgen.

Immer mehr Sirenen waren zu hören, etwas weiter östlich stieg eine breite Rauchsäule in den Himmel auf.

»Wir sollten zusehen, dass wir dorthin kommen, Jakob«, schlug Schmidt vor.

»Was? … Ja, natürlich.«

»Ich werde das bezahlen«, versicherte Tanya kreuzunglücklich. »Der wird wieder wie neu, versprochen.«

Nordsted entriegelte die Türen. Bevor er einstieg, drehte er sich noch einmal zu Tanya um.

»Sie haben es nicht verstanden, oder? Es geht nicht um den Spiegel …«

»Nicht?«

»Nein. Es geht darum, dass ich mich nicht einmal drei verdammte Wochen lang an seiner Perfektion erfreuen durfte. Sie bleiben hier.«

Eine hochschwangere junge Frau mit dunklen Haaren wurde gerade mit ihren drei kleinen Kindern von einer Polizistin aus dem Haus eskortiert, als Jakob und Schmidt eintrafen. Mechanisch setzte die Familie einen Fuß vor den anderen.

Jakob bezog so dicht an der ausgebrannten Garage mit dem Autowrack Stellung, wie der stickige, beißende Gestank es zuließ.

Ein paar Feuerwehrleute waren dabei, kleinere Brandherde in den Büschen rund um die weiße Prachtvilla zu löschen, andere befreiten das Autowrack in der Garage von Löschschaum.

Als er endlich wieder freier atmen konnte, blieb Jakob trotzdem stehen, wo er war. Es gab für Polizisten und Feuerwehrleute kaum einen schlimmeren Anblick als Brandopfer, tote Kinder und Jugendliche und nicht mehr identifizierbare Wasserleichen. Das war der Stoff, aus dem Albträume gemacht waren und der zur vorzeitigen Pensionierung führte.

Schmidt und Jakob sahen sich an.

»Sollen wir?«, fragte Jakob.

»Dazu sind wir hier.«

Schmidts Adjutanten hatten mobile Scheinwerfer aufgestellt. Der Innenraum des Wagens war ausgebrannt, die Plastikoberflächen hatten Blasen geworfen und waren in skurrilen Formationen ausgehärtet. Polster und Bezüge waren komplett verbrannt, und das schwarze Gerippe, dass einmal Dr. Henrik Engdal gewesen war, saß direkt auf den Sitzfedern. Die verkohlten Fingerglieder hielten noch immer das Lenkrad umklammert, als hätte der Tote auf dem Weg ins Jenseits noch ein letztes Ausweichmanöver versucht. Das war ungewöhnlich, da Brandopfer wegen der durch die Hitze geschrumpften Beugemuskulatur der Gliedmaßen normalerweise die charakteristische Fechterstellung einnahmen: Hand-, Ellbogen- und Kniegelenke gebeugt.

Nicht so in diesem Fall.

Schmidt stemmte die Seitentür mit einem Brecheisen auf. Sie fiel in einer Wolke aus schwarzem Aschepulver und beißendem Gestank aus dem Innern des Wagens auf den Betonboden.

»Neuer Slogan für Audi«, murmelte Schmidt. »Werde eins mit deinem Auto.«

»Ich bin mir sicher, sie werden hingerissen sein«, sagte Jakob. »Warum hat er die Hände noch auf dem Lenkrad?«

»Augenblick mal.«

Der Kriminaltechniker entfernte mit einem Skalpell behutsam mehrere Schichten noch warmer, verkohlter Haut von den Handgelenken des Opfers. Ein Assistent sammelte die Fetzen ein. Dann knipste Schmidt seine Stirnlampe an und zeigte mit der Klinge des Skalpells auf etwas.

Jakob hielt die Luft an und beugte sich vor.

»Drahtseil«, sagte er leise.

»Hm. Und Handschellen.«

»Und der Kopf?«

Schmidt arbeitete ein paar Minuten konzentriert mit einem Spatel, wie sie von Kunstmalern verwendet werden, und einem frischen Skalpell an Engdals schwarzen Halswirbeln.

Schließlich richtete er sich auf.

»Genau das Gleiche. Ein Drahtseil um den Hals und um die Nackenstütze. Nur das Metall ist noch übrig. Er hatte keine Chance.«

»Eigentor ausgeschlossen?«

»Das hast du doch nicht wirklich in Erwägung gezogen?«

»Nein, nur gehofft. Scheiße. Dann hat ihm jemand eine Pistole in den Nacken gedrückt?«

»Zu anstrengend und umständlich. Es dürfte viel einfacher gewesen sein zu warten, bis er in sein Auto steigt, ihn bewusstlos zu schlagen und dann in aller Ruhe zu fesseln.«

»Wir haben es also mit einer richtig kranken, kaputten Seele zu tun«, sagte Jakob.

»Die aber methodisch vorgeht, gründlich. Ohne Spuren zu hinterlassen. Gerissen«, sagte Schmidt.

»Mit anderen Worten, mit jemandem wie dir, Hans.«

»Leck mich am Arsch.«

»Könnten wir es mit demselben Täter wie bei Frau Holst zu tun haben?«

»Davon kannst du getrost ausgehen. So was passiert sonst nicht in Holbæk. Und zwei Morde an einem Tag, das ist …«

»Wie ein pensionierter Straßenarbeiter im Mädchenspielmannszug von Vedbæk.«

»Seltener.«

Sie machten dem Abschleppwagen Platz, der das Autowrack auf die Straße ziehen und aufladen sollte.

Auf dem Weg zum Haus zündete Jakob sich eine Zigarette an. Sie standen einen Moment lang in einvernehmlicher Stille da und bewunderten die Aussicht über den Holbæk Fjord. Die Straße mit den gewaltigen breitkronigen Bäumen, den großen alten Gärten, den schmucken Patrizierhäusern und der atemberaubenden Aussicht über den Fjord bildete eine surreale Kulisse für einen derart grausamen Brandmord. An einem Baum hing eine Schaukel.

»Die Menschen früher wussten offenbar, wo sie ihre Häuser bauen mussten«, stellte Jakob fest.

»Das kannst du laut sagen. Ein schönes Viertel.«

»Vielleicht ein Ort, um sich zur Ruhe zu setzen.«

»Bist du nicht ein bisschen zu jung dafür?«, fragte Schmidt.

»Ich fühle mich nicht jung. Eine Menge Leute würde es sehr begrüßen, wenn ich vorzeitig in Rente gehen würde. Sie halten mich für ein vorsintflutliches Relikt und für absolut keinen Teamplayer.«

»Das bist du auch nicht. Aber das Gleiche sagen die Leute von mir.«

»Die Leitung hätte gerne einen gut dressierten Ersatz für mich«, fuhr Jakob fort. »Einen Smartphonewischer. Einen, der politisch korrekt pisst.«

Hans Schmidt schnorrte eine Zigarette, und Jakob gab seinem alten Freund Feuer.

»Ein Bürokrat würde diesen Typen niemals fangen«, sagte Schmidt.

»Du meinst also auch, ich denke wie ein Mörder? Danke.«

Schmidt schüttelte verärgert den Kopf. »Du weißt ganz genau, was ich meine. Ich weiß nicht, was du machst, aber du kannst … projizieren. Die Dinge mit den Augen eines Mörders betrachten. Das ist eine Gabe.«

Jakob sah ihn ernst an. »Das ist keine Gabe, das kann ich dir versichern. Das ist ein Albtraum. Einerseits wären sie mich nur allzu gerne los. Andererseits brauchen sie mich als verdammte

Zibetkatze, die sich um die gefährlichen, seltenen Kobras kümmert, weil keiner von ihnen das selbst kann.«

Schmidt trat die Kippe sorgfältig mit dem Stiefel aus und steckte sie in die Tasche. »Ich glaube, dass die junge Dame … Tanya, sich bestens mit Smartphones auskennt. Du solltest ihr vielleicht eine Chance geben. Sie wirkt aufgeweckt. Und vor allem: Sie hat keine Angst vor dir.«

»Sie hat mein Auto geschrottet, Hans.«

Schmidt seufzte. »Den Seitenspiegel. Jetzt lass mal die Kirche im Dorf, verflucht.«

Jakob drehte sich um und schaute die Straße hinunter. »Wenn man von der Sonne spricht …«

Schmidt konnte sich beim Anblick des ramponierten Fiats, der gerade mitten in einem verzwickten Parkmanöver war, ein Grinsen nicht verkneifen.

Der einstmals so imposante weiße Apothekerhof lag in vornehmem Abstand zur Straße, umgeben von einem parkähnlichen, vernachlässigten und zugewucherten Garten. Auf den ersten Blick konnte man die Anlage mit den Seitengebäuden für ein Sanatorium halten, in dem lungenkranke – und wohlhabende – Patienten aus Kopenhagen in lange vergangenen Tagen wieder zu Kräften gekommen waren In dem Anwesen in Holbæk hatten ganze Generationen von Apothekern aus der Lorenz-Familie Mittelchen, Pillen und Laudanum-Ampullen für die vornehmen nervenkranken Frauen der Stadt hergestellt sowie Medikamentenvorräte für Schiffsfahrten nach Übersee und Heilmittel für das alte Krankenhaus in Holbæk.

Heute fehlten etliche Ziegel auf den Dächern der zwei sechseckigen Türme des Palais, und die weiße Farbe blätterte von den Mauern ab, als leide der Apothekerhof an einem fortgeschrittenen Hautekzem.

Der Hof war nach wie vor in Familienbesitz, auch wenn die Familie dem Apothekerhandwerk nicht mehr nachging.

Marie Lorenz war vierundvierzig Jahre alt, eine hübsche und gepflegte Frau, die im örtlichen Fitnessstudio begeistert Pilates machte, intervallfastete, wenn sie es für nötig hielt, und ansonsten für ihre chronisch kranke Tochter lebte.

Sie arbeitete als Krankenschwester in einem Pflegeheim, das in bequemem Fußabstand zum Apothekerhof lag.

An diesem späten Nachmittag schloss sie die solide hohe Haustür auf, stellte die Einkaufstaschen ab und richtete sich langsam wieder auf, die Hände auf den schmerzenden Lendenwirbeln. Die hohe Eingangshalle lag wie üblich im Halbdunkel. Über ihr wölbten sich römische Deckenbögen. Die Fresken an den Wänden stellten verschiedene Entwicklungsstadien der medizinischen Behandlungsmethoden dar: von mittelalterlichen Starstechern und Barbieren bis hin zu Doktoren und Apothekern in weißen Kitteln, umgeben von Bunsenbrennern und siedenden Glaskolben.

Sie schaltete den gewaltigen Kronleuchter an, der von einem fernen Ahnen aus Venedig importiert worden war und aussah, als hätte man ihn aus dem Schloss von Versailles entwendet.

Sie überlegte, ihn wie so viele andere Relikte aus der Vergangenheit zu verkaufen.

In der Eingangshalle hingen Trophäen von all den Hirschen, die ihr Vater und seine Vorfahren erlegt hatten, als wären die Wände ein besonders fruchtbarer Nährboden für braune Geweihe und kleine weiße Schädel.

Im Haus war es kühl. Laut der dezenten Diagnose des Installateurs war eine Wärmepumpe im Keller defekt. Wie alle technischen Gerätschaften in dem gigantischen Haus, pfiff auch die Ölheizung auf dem letzten Loch, alles war hoffnungslos überaltert. Wie ein vom Aussterben bedrohtes großes Tier. Eigentlich wäre eine Rundumsanierung nötig gewesen. Aber das ganze Haus war bereits mit Hypotheken belastet, und ihr Bankberater war in letzter Zeit schier unerreichbar. Es war nicht mehr viel übrig von dem Erbe ihres Vaters.

Vielleicht sollte sie ein paar Zimmer vermieten. Es gab weiß Gott genug davon in dem dreistöckigen Palast. Andererseits ... Fremde im Haus. Das ging nicht. Noch nicht.

Marie zog ihre Wildlederstiefel aus und seufzte erleichtert. Sie schob die Füße in ein Paar weiße Krankenhausclogs und ging zu dem soliden Treppenlift, der an einer Seite des Treppenaufgangs montiert war. Sie stellte sich auf die Platte, die genug Platz für Emmas eigens angefertigten Rollstuhl bot, drückte auf den Knopf und wurde leise und sanft die Treppe hinaufgefahren. Ihre Tochter verließ nur selten ihr Zimmer, und der Fabrikant hatte ihnen nahegelegt, den Aufzug regelmäßig zu nutzen, damit die Mechanik nicht einrostete.

Im Haus war es still bis auf das Zischen eines uralten Gussradiators. Seit sie das Haus geerbt hatte, hatte Marie es immer noch nicht geschafft, alle Räume unter die Lupe zu nehmen. Es gab hier Winkel und steile Hintertreppen, von denen sie nicht wusste, wohin sie führten; Pack- und Lagerräume für Schiffskisten, kleine verborgene Werkstätten mit Giftschränken und Laboren. Soweit sie wusste, fanden sich hinter manchen Schränken, Tapetentüren und Regalen geheime Gänge, die dem Apotheker freien Zugang zum Trakt mit den Dienstmädchenzimmern gewährt hatten. Alle Männer der Lorenz-Familie waren für ihre Vitalität, ihre starke Libido und eine äußerst flexible Moral bekannt gewesen.

»Emma!«, rief Marie.

Sie lauschte dem Echo ihrer eigenen Stimme im Treppenhaus, durch die Flucht leerer Zimmer, die großen Küchen, wo Assistenten, Flaschendamen und Pharmazeuten seinerzeit zum Mittag- und Abendessen zusammengekommen waren. Unterm Dach hatten die frisch ausgebildeten Pharmazeuten gewohnt, in winzigen Kammern mit Handwaschbecken und Zugang zu einem Gemeinschaftsraum mit Billardtisch und Schwarz-Weiß-Fernseher.

Ihr Elternhaus war geprägt gewesen von dem gleichmäßigen Klacken der Pillenmaschinen, der Etikettendruckmaschine, dem Zischen der Gasbrenner beim Versiegeln der Glasampullen, klingelnden Telefonen, dem Lachen und Stimmengewirr junger Menschen.

Jetzt lebten nur noch Emma und sie in der erdrückenden Stille der Räume.

Emma bewohnte das größte Zimmer im ersten Stock. Die hohen Fenster gingen auf die ruhige Straße hinaus. Marie klopfte kurz an die Tür ihrer Tochter und trat ein, ohne eine Antwort abzuwarten. Sie nahm den Krankenhausgeruch in dem großen Raum gar nicht mehr wahr, der eingerichtet war wie ein modernes Krankenzimmer mit einem elektronischen Bett, Infusionsständern und einem angrenzenden Badezimmer. Emmas diverse Fördergruppen und Unterstützende auf Facebook hatten Umbau und Einrichtung gemeinsam mit Lieferanten von Krankenhausausrüstung gesponsert. Dank der Kranschienen an der Decke musste Marie Lorenz ihre Tochter nicht mehr selber hochheben und tragen. Der Kran wurde allerdings nur selten benutzt, da Emma leicht war wie eine Feder und ihre Mutter durchtrainiert.

Emma schaute von ihrem iPad auf und lächelte ihre Mutter an. Ihr kurzes blondes Haar war flaumig wie nach einer Chemotherapie. Ihre großen blauen Augen hatten etwas Vogelhaftes. Ein Nahrungskatheter, der zu ihrem Magensack führte, klebte an ihrer Wange. Abgesehen von Flüssigkeit und Wasser bestand Emmas Kost ausschließlich aus medizinisch fein abgestimmter

Sondennahrung, Mineralien und Vitaminen. Die Matratze war eine Spezialanfertigung, damit sie sich nicht wund lag. An den Wänden hingen Fotos von Emma, ihrer Mutter und all den Helfern, die zu ihrem Leben gehörten, von Krankenhaus-Clowns über besonders sympathische Krankenschwestern, Ärzte und Sozialarbeiter bis hin zur Pastorin der Gemeinde. Eine ganze Wand war gesponserten Ausflügen vorbehalten, unter anderem in die Harry-Potter-Studios in London und nach Disney World Paris. Emma in ihrem kreischgelben Rollstuhl, verkleidet als Hermine Granger, und ihre Mutter als Professorin McGonagall. Die Galerie wurde stets mit neu gerahmten Kinderzeichnungen und Briefen erweitert, in denen Emma gute Besserung gewünscht wurde. Die meisten Interviews für Fernsehen, Rundfunk und Zeitschriften wurden in dem Krankenzimmer geführt. Auf allen Fotos sah man Emma in ihrem futuristischen Rollstuhl und neben ihr die aufopferungsvolle Marie Lorenz die Hand ihrer Tochter immer in ihrer, wie eine telepathische Sicherheitsleine.

Marie zog resolut die schweren grauen Vorhänge auf. Die späte klare Septembersonne fiel in langen, goldenen Streifen ins Zimmer.

Am letzten Fenster blieb Marie gedankenversunken stehen und betrachtete die fernen weißen Wolkenformationen im Westen.

»Wie geht es dir, Schatz?«, fragte sie.

»Ganz gut.«

»Was hast du heute gemacht?«

»*Game of Thrones* auf HBO Nordic geguckt. Einen Film angeschaut. Ein bisschen gelesen. Nichts Besonderes. Geschlafen.«

»Sind diese Serien nicht fürchterlich brutal, Schatz?«

»Nicht alle ...«

»Ich hab die Nachtschicht übernommen«, sagte Marie. »Das wird extra bezahlt.«

»Ja, klar.«

»Hast du gehört, was mit Anne passiert ist?«, fragte Marie. »Ist das nicht furchtbar?«

Emma fuhr das Kopfteil hoch. Schweigend sahen sie sich an. Dann senkte Marie den Blick und schüttelte den Kopf.

»Das ist wirklich ganz furchtbar«, sagte Emma. »Ich begreife das nicht. So eine reizende Frau.«

Marie lehnte sich gegen die Fensterscheibe, verschränkte die Arme vor der Brust und gähnte hinter vorgehaltener Hand.

»Nicht wirklich. Wahrscheinlich ein Raubüberfall oder so was. Ich werde sie jedenfalls nicht vermissen. Sie hat sich in der letzten Zeit so verändert, und das nicht zu ihrem Besten. Und das weißt du auch, Schatz. Musst du auf die Toilette?«

»Ja, bitte.«

Marie schlug die Decke ihrer Tochter zurück, zog ihren dünnen Körper bis an die Bettkante und trug sie auf die Toilette.

Ihre Lende schmerzte. Am besten legte sie morgen eine Doppelstunde im Fitnessstudio ein. Dauernd ärgerte ihr Rücken sie. Sie nahm zwei Schmerztabletten aus dem gut ausgerüsteten Medizinschrank und spülte sie mit einer Handvoll Wasser hinunter.

»Soll ich bleiben, bis du fertig bist ...«

»Mama!«

Marie zog die Badezimmertür hinter sich zu und schüttelte Emmas Decke und Kissen an einem der offenen Fenster aus. Von draußen roch es verbrannt.

Emma meldete sich, als sie fertig war, und wurde wieder ins Bett getragen.

»Du bist doch bestimmt völlig ausgehungert, Schatz«, sagte Marie und bereitete die weißen Nahrungsbausteine mit Fettstoffen, Proteinen und Kohlenhydraten vor. Alles exakt aufeinander abgestimmt. Sie hängte die Flasche an den Infusionsständer und verband den Schlauch mit Emmas Portkatheter.

Marie setzte sich ans Fußende des Bettes und starrte vor sich hin.

»Brauchst du noch was extra Beruhigendes oder Schmerzstillendes?«

»Nein.«

Die Mutter sah ihre Tochter an. »Ganz sicher?«

»Ganz sicher. Wie war es auf der Arbeit?«

»Ach, wie üblich. Wir haben eine neue Abteilungsschwester. Ich glaube, sie mag mich nicht.«

Emma schaute uninteressiert vor sich hin. »Warum nicht?«

Marie zuckte die Schultern. Kratzte sich am Fußknöchel. »Es ist einfach die Art, wie sie mich ansieht. Sie ist noch sehr jung.« Die Mutter seufzte. »Dabei hatte ich so gehofft, hier würde alles besser werden, als wir nach Großvaters Tod hergezogen sind. Zumindest anders …«

»Sie wird dich schon noch zu schätzen lernen«, murmelte Emma.

»Glaubst du?« Maries Gesicht hellte sich auf. »Ja, bestimmt. Wahrscheinlich ist sie ganz okay. Und ich habe auch eine gute Neuigkeit, Schatz. Nein, eine fantastische! Erinnerst du dich an Professor Hede vom Rigshospital?«

»Natürlich. Der mich mit der Affenhandpuppe zum Lachen gebracht hat.«

»Echt, das hat er gemacht? Daran kann ich mich gar nicht erinnern. Aber sie hatten auch so unendlich viele Ärzte dort, nicht? Jedenfalls bin ich drangeblieben und habe ihn und seine miesepetrige Sekretärin immer wieder darum gebeten, dass er dich noch einmal gründlich untersucht. Ich habe sogar abends bei ihm zu Hause angerufen. Jetzt hat er endlich zugestimmt. Nächste Woche.«

»Das ist fantastisch«, sagte Emma matt.

»Es gibt eine neue Technik, hat er gemeint ...« Marie runzelte die Stirn und versuchte, sich zu erinnern. »Emission ...? Nein. Posi ...«

»Positronen-Emissions-Tomografie?«

»Ja! Mein kluges Mädchen! Damit können sie Dinge in deinem Gehirn sehen ... Also, was passiert, wenn du unterschiedlichen Stimuli ausgesetzt bist. Das haben wir bisher noch nicht ausprobiert. Vielleicht finden sie ja diesmal endlich etwas heraus. Ich würde meinen rechten Arm geben für eine Diagnose.«

»Tut das weh?«

Marie erhob sich von der Bettkante. »Spielt das eine Rolle, Schatz? Du hast in den letzten Jahren so viel gelitten. All die Kliniken. Wir dürfen die Hoffnung nicht aufgeben, nicht wahr?«

»Natürlich nicht.«

Marie hob den Blick, als es unten an der Haustür klopfte.

Aus dem Augenwinkel sah sie, wie Emma sich mit den Fingern durch die Haare fuhr und nach ihrem Lippenbalsam griff.

»Andreas?«, fragte Marie.

»Ich denke schon. Lässt du ihn rein?«

»Bist du nicht zu erschöpft, Schatz? Ich bitte ihn gerne, ein andermal wiederzukommen.«

»Nein!«

Marie sah zu Boden. »Ich bin mir einfach nicht sicher, ob er dir guttut ... Macht er dich glücklicher als ich?«

»Natürlich nicht. Das kann man doch gar nicht vergleichen, Mama.«

Marie stand auf und kam zum Kopfende. »Umarmung?«
Sie beugte sich vor, und Emma streckte die Arme aus.
»Ich kann gut verstehen, dass dir nicht danach ist, Schatz.«
»Aber ...«
»Das ist in Ordnung. Dann lasse ich Andreas mal rein.«
Sie verließ das Krankenzimmer.

Andreas schlüpfte lautlos in Emmas Zimmer. Sie lächelte ihm zur Begrüßung zu. Der magere junge Mann in den schwarzen Kleidern lächelte verlegen und unsicher zurück, als er seine Kapuze absetzte. Sein Schädel unter dem schwarzen Basecap war kahl. An seinem Hals schlängelten sich Tätowierungen hoch, die Ohrläppchen waren von Holzringen geweitet.

Er setzte sich auf den Stuhl neben ihrem Bett, und einen Moment lang versanken sie beide im Blick des anderen, bevor sie sich wieder besannen und wegschauten. Die beiden Außenseiter waren wie geschaffen füreinander, wahrten aber immer einen gewissen Abstand. Andreas' lange weiße Hände baumelten zwischen seinen Knien.

»Also …«, murmelte er.

»Alles in Ordnung?«

»Im Stenhusvej ist jemand ermordet worden«, sagte Andreas und sah sie an.

»Anne Holst, ja. Sie war auch in der Facebook-Gruppe. Mama konnte sie am Ende nicht mehr ausstehen.«

»Das kann ich mir denken«, sagte er.

»Wie meinst du das?«

»Nur so. Kann deine Mutter überhaupt irgendjemanden leiden?«

Die Frage wurde mit einem strengen Blick beantwortet.

»Sie hat auch Freunde, Andreas, mindestens so viele wie du. Und es ist illegal, den Polizeifunk abzuhören, das weißt du schon, oder?«

Der junge Mann zuckte gleichgültig die Schultern.

»Und im Kalundborgvej hat's gebrannt. Bei irgendeinem Arzt. Und beides am gleichen Tag, echt der Wahnsinn. Ich will so schnell wie möglich hier weg. Aber natürlich nur zusammen mit dir.«

Sie lächelte. »Warum sagst du das ausgerechnet jetzt?«

Er breitete die Arme aus. »Weil Menschen sterben. Leute, die du gut kennst ...«

»Das hat doch nichts mit uns zu tun. Aber ich möchte auch hier weg. Glaub mir. Bald.«

»Meinst du das ernst?«, fragte er.

»Ja. Aber wo sollen wir hin? Und wann?«

»Hauptsache, weg.«

Emma nickte energisch. »Wir dürfen nicht zu ungeduldig sein.«

»Natürlich nicht.«

»Ich muss erst sicherstellen, dass sich jemand um Mama kümmert.«

»Sie kommt schon alleine klar. Du brauchst jemanden, der auf dich aufpasst.«

»Magst du auf mich aufpassen?«, fragte sie ernst. Ihre blauen Augen durchforschten sein Gesicht nach dem geringsten Anzeichen von Zweifel. »Und kannst du das?«

»Ja, verdammt.«

Emma schaute mit einem kleinen Lächeln an ihm vorbei. »Dann sollten wir wirklich bald abhauen.«

Sie klopfte einladend auf die Decke, klappte eine Tischplatte über das Bett, holte ein Kartenspiel heraus und mischte wie eine professionelle Kartenkünstlerin. »Genug davon. Lass uns Karten spielen. Und mach bloß keine Dummheiten, versprochen?«

»Wie meinst du das?«

Sie sah ihn mit ihren blauen Augen durchdringend an. »Lass dir nicht irgendeinen Geniestreich einfallen, ohne vorher mit mir darüber zu reden.«

Er zog seinen Stuhl näher ans Bett.

Marie Lorenz hatte sich in dem kalten Hauswirtschaftsraum in der leeren Kelleretage an die Wand gelehnt und rauchte eine Zigarette. Sie schaute durch die schmalen, verdreckten Scheiben, die ganz mit Spinnenweben verhangen waren, hinaus in den Garten zu der großen Garage hin. Einer ihrer Vorfahren hatte nach dem Vorbild der Sprechrohre auf Ozeandampfern, die von der Brücke in den Maschinenraum führten, solide Messingrohre installieren lassen, damit alle Bewohner des großen Hauses miteinander kommunizieren konnten, ohne ständig die Treppen rauf und runter rennen zu müssen.

Ihr Kopf befand sich auf Höhe der Mündung des Rohres, das durch die Etagen ins Zimmer ihrer Tochter führte. So konnte sie Bruchstücke der Unterhaltungen mithören, die Emma auf ihrem Handy oder wie jetzt mit einem ihrer seltenen Besucher führte.

Sie legte ein Ohr an das Rohr, hörte aber nur ein Murmeln, wenn Emma und Andreas ihr ewiges Kartenspiel kommentierten. Marie trat die Zigarette mit dem Holzschuh aus, warf die Kippe zu den anderen in den Abfluss und verließ den Keller.

Es passierte zu viel zu schnell. Tanya lief durch den großen Garten und sah die einsame Schaukel am Baum, ein schlaffes Badmintonnetz, Kinderfahrräder, die an der Hecke lehnten. Nordsted und Schmidt standen rauchend in der westlichen Ecke und beobachteten schweigend den Abschleppwagen, der den ausgebrannten Audi auf seine Ladefläche zog. Ein paar Sanitäter schoben eine Bahre zu dem wartenden Krankenwagen. Unter dem weißen Abdecklaken zeichneten sich die Umrisse eines verkrampft daliegenden Menschen ab. Sie roch das alles. Ungefiltert. Ein Bouquet der fürchterlichsten Düfte. Sie presste sich Nordsteds Taschentuch vor das Gesicht.

Tanya stellte sich neben die beiden Männer. Nordsted musterte sie missbilligend, er hatte die Verschandelung seines grünen Wunderwerks noch nicht verwunden.

»Tanya …? Wer um Himmels willen nennt bitte sein Kind Tanya? Kommen Sie aus Ishøj?«

Sie funkelte ihn über das Taschentuch hinweg an, fest entschlossen, sich weder von ihm noch von irgendwem sonst einschüchtern zu lassen. Dann lieber abgewiesen und gefeuert werden.

»Nein, nicht aus Ishøj, aber aus Vestegnen. Bin ich deswegen untauglich oder fehlbesetzt?«

»Wahrscheinlich.«

»Jakob, jetzt ist es aber mal gut«, sagte Schmidt sichtlich ungehalten.

»Wir können schließlich nicht alle aus Charlottenlund kommen«, setzte Tanya hinzu.

Nordsteds Augen verengten sich. »Woher zum Teufel wissen Sie das?«

»Blind geraten?«

Sie starrten sich feindselig an, bis Nordsted als Erster wegschaute. Schmidt lächelte Tanya anerkennend an.

»Was ist passiert?«, fragte sie mit einem Blick auf die verkohlten Überreste der ehemaligen Garage.

»Henrik Engdal, praktizierender Arzt in Holbæk, ist in seinem Auto verbrannt«, antwortete Nordsted. »Und jemand hat dabei tatkräftig geholfen. Der Mörder hat den Benzintank des Wagens angebohrt, vermutlich mit einem Schraubenzieher, und ein Streichholz angezündet. Der Arzt war an das Lenkrad und die Nackenstütze gekettet. Wir können davon ausgehen, dass dem Mord ein kurzer privater Plausch vorausgegangen ist, aber das wissen wir nicht mit Sicherheit. Und natürlich hat niemand …«

»… irgendetwas gesehen«, beendete sie den Satz. »Und das Motiv?«

Nordsted schaute auf einen Punkt über ihrem Kopf und seufzte müde. »Genau darum sind wir hier, nicht wahr? Auf der ewigen Suche nach dem *Warum*.«

»Nehmen Sie irgendwelche ungewöhnlichen Gerüche wahr, Tanya?«, fragte Schmidt freundlich.

»Schwer zu sagen an einer Brandstätte«, sagte sie. »Die Dinge überdecken sich gegenseitig.«

»*I love the smell of napalm in the morning*«, zitierte Nordsted ungehalten. »Es rennt also ein sadistischer, ernsthaft verkorkster Mörder in Entenhausen herum.«

»Der aber methodisch und gut vorbereitet ist«, ergänzte sie. »Und eiskalt.«

»Genau das habe ich gerade zu Hans gesagt.«

»Ich möchte wetten, dass Engdal Anne Holsts Hausarzt war«, sagte Tanya.

»Natürlich«, murmelte Nordsted. »Ich würde keinen müden Fünfer dagegensetzen.«

»Wir können nur hoffen, dass es hiermit zu Ende ist«, sagte Tanya.

»Das ist es nicht.«

»Ich verabschiede mich dann bis zum nächsten Mal«, sagte Schmidt. »Ich muss nach Vanløse und den Fang auswerten. Obwohl Fang schon eine großzügige Bezeichnung für das ist, was wir bisher an Land gezogen haben.«

»Sayonara«, murmelte Nordsted. »Lass von dir hören.«

»Natürlich.«

Sie schauten Schmidt hinterher, der in einen der weißen Technikerwagen stieg.

Tanya sah Nordsted an. »Ich habe Anne Holsts PC und Handy im Auto. Soll ich ...«

»Ich brauche ein Bier«, sagte Nordsted. »Lassen Sie uns sehen, ob es einen gastfreundlichen Pub in der Stadt gibt.«

»Das hört sich nach einer guten Idee an.«

Anderthalb Stunden später saß das ungleiche Paar noch immer in dem windstillen Garten hinter einer Kneipe in Holbæks Hauptstraße. Das Wirtshaus war im Westernstil eingerichtet und erinnerte an eine historische Poststation. Aber der Barkeeper war flott und das Fassbier gut. Sie waren inzwischen bei ihrem dritten.

Der Kriminalkommissar zündete sich eine seiner teuren Zigaretten nach der anderen an, Tanya wiederum versuchte heroisch, den Rauch zu ignorieren. Nordsted hatte den Kragen seiner Skipperjacke hochgeschlagen und sah mehr denn je wie ein über den Dingen stehender, unangreifbarer Marinekapitän aus.

Sie redeten nicht viel.

Nordsted war ein einsamer Wolf, das hatte Tanya längst begriffen. Ein von seiner Natur, seinem überlegenen Intellekt und diversen Umständen auf Lebenszeit Gefangener.

Den Alkohol merkte sie nicht, sie war es gewohnt, die meisten Männer unter den Tisch zu trinken. Ihre drei älteren Brüder waren Handwerker; humorvolle, praktische Männer, die ihre geliebte kleine Schwester in alle Kneipen in Vestegnen mitgeschleppt hatten, seit sie sechzehn war.

Eine ausgezeichnete Poolspielerin war sie auch.

»Ich hab keinen Hunger«, sagte Nordsted. »Sie?«

»Zwei Todesfälle am gleichen Tag können schon auf den Magen schlagen«, meinte sie. »Besonders, wenn der eine vor Eintritt des Todes kremiert wurde.«

»Ganz Ihrer Meinung.« Nordsted saugte den letzten Schaum aus seinem Glas. »Noch eins?«

»Warum nicht?«

»Gehen Sie?«

»Klar. Das fehlte noch …«

Tanya erhob sich von dem kalten Metallstuhl. Sie fror nicht. Sie war nicht so empfindlich.

Nordsted lächelte.

»Tausend Dank. Betrachten Sie das hier als eine Art Meisterstunde, *junger Padawan*.«

Tanya konnte sich ein Lachen nicht verkneifen und wunderte sich, dass ein Mann wie Nordsted überhaupt wusste, dass es so etwas wie Star Wars gab.

»Sind Sie Obi-Wan Kenobi?«

Nordsted breitete die Arme aus. »Yoda.«

Jakob sah Tanya leichtfüßig und sicher im Dunkel der Kneipe verschwinden. Er hingegen merkte schon einen leichten Schwips. Eine Kilkenny-Neonreklame über der Tür spiegelte sich in dem dicken hellbraunen Haar der Hauptwachmeisterin. Diese spezielle Haarfarbe sah man selten in Dänemark, eher in England und Schottland. Sie hatte einen flachen Bauch und lange Beine, ihre Schultern waren breit, ihre Taille war ansehnlich und das Hinterteil perfekt, außerdem wirkte sie unprätentiös, direkt und schien Humor zu haben.

Jakob schloss die Augen und ermahnte sich: Frauen waren absolute Tabuzone. Noch mehr verrückte Geschichten konnte er in seinem Leben wirklich nicht gebrauchen. Es war so schon kompliziert genug. Davon abgesehen war er viel zu alt für sie.

Tanya kam mit zwei hohen, bernsteingelb gefüllten Gläsern zurück, der Schaum lief verlockend an der Seite herunter. Sie legte den Bierdeckel vor Nordsted auf den Tisch und stellte das Glas exakt in die Mitte.

Nordsted trank einen großen Schluck und lehnte sich nachdenklich zurück.

»Es ist derselbe Täter«, sagte er.

»Ich weiß.«

»Merkwürdig.«

»Sehr merkwürdig, und ausgerechnet *hier*.«

»Ich hoffe, Sie kennen sich mit Computern aus«, sagte er. »Ich nämlich nicht. Sie können einfach nicht mit meinen Augen, meiner Logik und meiner, ja, Erfahrung konkurrieren.«

»Und Ihren Visionen?«

Tanya hätte sich in den Hintern beißen können, als sie seinen Gesichtsausdruck sah. Endlich war er etwas aufgetaut und sprach fast wie mit einem normalen Menschen mit ihr, jetzt verschloss sich sein Gesicht wieder.

»Das haben sie Ihnen also auch erzählt? Dass ich eine Art Hellseher bin?«

Sie wusste nicht, was sie antworten sollte. »Ich ... Tun Sie mir doch einfach den Gefallen und vergessen Sie, was ich grad gesagt hab, ja?«

Zu ihrer Überraschung grinste er plötzlich breit. »Was im Übrigen völliger Nonsens ist. Ich weiß einen Scheißdreck mehr als die anderen. Und meine Ex-Frau würde Ihnen garantiert erzählen, dass ich schlicht und ergreifend zu unsensibel für Visionen und Vorahnungen bin. Sie ist überzeugt, dass ich aus ... ich weiß nicht ... jedenfalls sehr totem und gefühllosem Stoff gemacht bin. Vielleicht hat sie ja recht.«

Tanya sah ihn an. »Aber ...«

»Aber ... die Brüder und die Villa im Diplomatenviertel?«

»Ja.«

»Ein Autokennzeichen. Nichts weiter. Der einzige Fehler, den die zwei kranken Arschlöcher gemacht haben. Das und ihre unglaubliche Arroganz natürlich. Am Ende haben sie geglaubt, sie könnten übers Wasser gehen, weil niemand ihnen auf die Schliche gekommen ist. Sie waren sich so verdammt sicher, so viel klüger und wohlhabender und besser ausgebildet zu sein als die lächerlich schlecht bezahlten Bullen. Normalerweise sind sie in Leihwagen zu den Orgien in der Villa gefahren. Für sie war es wie Weihnachten und Ostern zusammen, eine junge Frau zu vergewaltigen und dabei zu Tode zu foltern. Ich habe nur eins und eins zusammengezählt. Und ich hatte Glück.«

Er grinste noch breiter, als er die Enttäuschung in ihrem Gesicht sah. »Tut mir leid, kein Zauberwerk«, sagte er bedauernd.

»Nein? Nicht mal ein ganz kleines bisschen? Ich könnte mir vorstellen, dass hier ein wenig Magie ganz praktisch wäre. Außerdem war offenbar sonst niemand in der Lage, eins und eins zusammenzuzählen.«

»Zufall.«

Tanya kaufte ihm das nicht ab. Es kursierten zu viele hartnäckige Gerüchte über Nordsteds Fähigkeit, sich in einen Mörder hineinzuversetzen.

»Was Computer betrifft, da bleiben die Dinge erhalten«, sagte sie. »Unverändert. Es ist so gut wie unmöglich, etwas ganz zu löschen. Und in der Regel ist es möglich, Empfänger und Sender aufzuspüren.«

Nordsted gähnte hinter vorgehaltener Hand. »Das ist Ihr Terrain. Haben Sie daran gedacht, Zelt, Elefantentöter und Dschungelstiefel einzupacken?«

»Pardon?«

»Sie werden keine Zeit haben, zwischendurch nach Hause zu fahren. Wir quartieren uns hier ein, bis wir ihn haben.«

So weit hatte sie noch gar nicht gedacht.

Sie zeigte auf sich, dann auf ihn. »Also ... Sie und ich? Hier?«

»Im übertragenen Sinne, Tanya. Ich bin im Hotel Strandparken einquartiert. Es ist im Übrigen das einzige Hotel in der Stadt, das diesen Namen verdient. Nur drei Sterne, aber wir sind schließlich in diese Welt gesetzt worden, um für unsere Sünden zu büßen, nicht wahr.«

»Wenn Sie das sagen. Und was ist mit mir? Wo soll ich schlafen?«

Nordsted machte eine kleine Kunstpause, in der er sie lächelnd musterte. »Ich war so frei, Ihnen eine Unterkunft in der Schule für Vollzugsbeamte zu organisieren. Oder besser gesagt, für die jungen Menschen, die künftig die Kammerdiener der Insassen der Kurhotels sein werden, wie man die Gefängnisse heute nennt. An die Schule ist ein Kolleg angeschlossen, Sie haben sogar ein eigenes Zimmer. Das ist einigermaßen anonym, was mir für den Augenblick sinnvoll erscheint. Wir wollen doch nicht, dass die ganze Stadt spitzkriegt, dass die Rigspoliti hier ihre Zelte aufgeschlagen hat. Im Kolleg sind hauptsächlich infantile, übergewichtige und laute Jütländer untergebracht, da fallen Sie gar nicht weiter auf.«

Er sah sie abwartend an, aber Tanya ließ sich nicht provozieren.

»Weil ich ja auch Jütländerin und übergewichtig bin. Danke.«

»Sie dürfen nicht alles persönlich nehmen. Das kostet nur unnötig Energie, und das war nur ein harmloser Scherz«, murmelte er großzügig. »Ach, übrigens: Sie haben gewusst, dass ich in Charlottenlund aufgewachsen bin? Nicht, dass ich mich dafür schämen müsste, aber was wissen Sie sonst noch über mich?«

»Nichts.«

»Hervorragend. Dann belassen wir es dabei, okay?«

»Ich hab noch nicht mal eine Zahnbürste dabei«, sagte sie.

»Kaufen Sie sich unterwegs eine, und heben Sie die Quittung auf.«

Er stand auf und schaute auf den Bon, der unter den Aschenbecher geklemmt war.

»Meiner oder Ihrer?«

»Da sagen wir doch mal, dass es meiner ist«, erwiderte Tanya.

Tanyas Zimmer hatte einen dieser grau gestreiften, matten Linoleumböden, die grundsätzlich schmuddelig aussahen, egal wie oft man sie putzte, und die selbst bei tropischen Außentemperaturen immer kalt unter den Füßen waren. Sie hatte sich aus einem Wattebausch zwei Tampons gerollt und in ihre Nasenlöcher gesteckt, um sich vor den grauenhaften Gerüchen des Zimmers zu schützen. Die dünne, durchgelegene, blau karierte Matratze auf der Schiffspritsche hatte aus vergangenen Epochen Flecken in allen Formen, Farben und Größen, vermutlich von Körpersekreten beiderlei Geschlechts – und möglicherweise anderer Geschlechter, von deren Existenz sie nicht einmal etwas ahnte. Sie hatte die Matratze umgedreht, aber die Unterseite sah noch schlimmer aus. Daraufhin war sie zum nächsten Baumarkt gefahren und mit einer Rolle schwarzer Abfallsäcke und reichlich Klebeband zurückgekommen. Die Quittung hatte sie abgeheftet. Anschließend hatte sie die Matratze mit mehreren aufgeschnittenen Abfallsäcken umwickelt und verklebt und mit drei Spannbettlaken übereinander bezogen, die sie zusammen mit einer Bettdecke und einem Kopfkissen bei Jysk besorgt hatte. Im Bauhaus hatte sie gleich noch einen billigen Wasserkocher erstanden, in dem sie jetzt Wasser für einen Tee kochte.

Sie saß an einem bruchreifen »Schreibtisch« aus unbehandeltem Kiefernholz und versuchte, sich zu konzentrieren. Ihr nächster Nachbar hinter der offensichtlich aus Spucke und Kleenex bestehenden Trennwand schien ein begeisterter Death-Metal-Fan zu sein.

Tanya loggte sich ins Intranet des Nachrichtendienstes PET ein und hoffte, dass ihr Zugang noch nicht gesperrt war. Sie seufzte erleichtert, als sie nach zig Passwörtern und Zugangscodes die Firewalls überwunden hatte und die professionelle Codeknacker-Software herunterladen konnte.

Der Wasserkocher schaltete sich aus, und sie gönnte sich drei Stück Zucker in ihrem Tee, während sie angestrengt versuchte, nicht an Jakob Nordsted zu denken – und ihren infernalischen Nachbarn.

Sie verband ihren privaten Laptop mit dem PC von Anne Holst und installierte die Entschlüsselungssoftware des PET auf dem Computer der Verstorbenen.

Jetzt konnte sie nur noch warten. Sie lehnte sich zurück, nahm einen Schluck von dem heißen Getränk und betrachtete die Zahlen- und Buchstabenkolonnen, die schneller, als das Auge es aufnehmen konnte, über den Bildschirm scrollten.

Plötzlich froren die Kolonnen auf dem Schirm ein, Tanya beugte sich vor und ballte triumphierend eine Hand zur Faust: *Niels 1976.*

Sie checkte das Ganze im ZPR und dem Landespatientenregister gegen. 1976 hatten Anne Holst und Niels Gammelgaard Holst aus Søborg geheiratet. Ihr Mann war vor drei Jahren an einem Herzinfarkt gestorben. Bei einem Blick auf die Homepage von sundhed.dk bekam sie die Bestätigung, dass Anne Holsts Hausarzt tatsächlich der gerade ermordete Henrik Engdal gewesen war. Die Witwe war entweder ein Ausbund an Gesundheit gewesen – oder extrem zurückhaltend, was Arztbesuche anging. Jedenfalls lagen die Besuche bei Engdal zeitlich weit auseinander. Das letzte Mal war sie im vergangenen Winter bei ihm gewesen, nachdem sie zwei Wochen einen trockenen Husten gehabt hatte. Die Röntgenaufnahmen von Anne Holsts Lungen waren ohne Befund, alle Blutproben waren bis auf eine leichte Abweichung der Infektionsmarker im grünen Bereich, es gab keinerlei Anzeichen für Osteoporose, der Blutdruck war der einer Fünfundzwanzigjährigen, und der Husten hatte sich nach einer dreitägigen Zithromax-Kur in Wohlgefallen aufgelöst.

Das las sich wie ihre eigene Patientenakte, dachte Tanya, die Informationen entsprachen ihrer eigenen sparsamen Inanspruchnahme des Gesundheitssystems, bis auf die verfluchte Abtreibung, die sie vor vier Jahren hatte vornehmen lassen, obwohl sie eigentlich geglaubt hatte, dass sie und Christian etwas Solides und Besonderes verband.

Zum sicher tausendsten Mal fragte sie sich, wieso sie an Christians Hemden und T-Shirts das Parfüm der anderen Frau nicht gerochen hatte. Oder hatte sie es verdrängt? Unbewusst legte Tanya die Hand auf ihren Bauch.

Zur Hölle mit ihm bis in alle Ewigkeit!

Plötzlich fühlte sie sich schrecklich allein.

Ihre Gedanken wanderten weiter und landeten bei Nordsted. Er roch nach lauter guten Sachen. Wie frisch gebackenes Brot. Kastanien im Gras, nachdem die dicken grünen, stacheligen Kapseln aufgeplatzt waren und die reife rotbraune Frucht preisgaben. Und ... Zigaretten.

Sie fand eine meditative Playlist auf Spotify und begann, Anne Holsts Computer zu durchkämmen. Auf den ersten Blick sah das Internetleben der Verstorbenen eher öde aus: kein Senioren-Dating, keine Recherchen zu den dunklen Seiten der menschlichen Seele über TOR oder andere Portale im Deep Web. Aber das hatte sie auch nicht wirklich erwartet.

Facebook schien Anne Holsts primär genutzter Kanal zu ihrer Umwelt gewesen zu sein. Die Chronik war voll mit den üblichen Glückwünschen, Katzenfilmen, einem Eichhörnchen im Garten, dem Gang der Sonne und der Jahreszeiten über dem Fjord von Holbæk. Dazu gesellten sich stimmungsvolle Aufnahmen von sehenswerten Aussichtspunkten, die sie mit ihrer Lauftruppe erklommen hatte. Malerische Bilder vom Pilgerweg nach Santiago de Compostela, darunter eine von einer braun gebrannten Hand vor das Licht der bunten Glasfenster in der Kathedrale gehaltene Flasche mit Weihwasser. Die pensionierte Buchhalterin war Mitglied in verschiedenen Facebook-Foren, beim dänischen Wanderbund und einer Gruppe, die sich für Stauden interessierte, einer anderen, die Geld für ein neues Dach des Waffenhauses der Kirche sammelte, und einer mit fast dreitausend Mitgliedern, die eine chronisch kranke junge Frau unterstützten, die in Holbæk lebte: Emma Lorenz.

Das war alles. Tanya legte die Hand vor den Mund und gähnte. Sie war todmüde, und auf Anne Holsts Computer war nichts zu finden, das ihren Puls in die Höhe schnellen ließ. Im Gegenteil.

Sie goss sich eine weitere Tasse Tee auf und sah sich die Lorenz-Gruppe näher an. Es gab Tausende Fotos und Videos, Emma Lorenz hatte sogar einen eigenen YouTube-Kanal mit über 150 000 Followern. Die Sympathiebekundungen waren überwältigend. Tanya stellte überrascht fest, dass Emma Lorenz schon siebzehn Jahre alt war. Aussehen tat sie wie dreizehn, vierzehn. Mager und blass, aber immer lächelnd. Entweder in einem Krankenhausbett oder in einem Rollstuhl. Es gab

Ausschnitte aus Patientenakten und Fotos von den unzähligen Abteilungen, in denen sie schon gelegen hatte. Von neuen und älteren Operationsnarben an Bauch, Lende, Rücken und Brust, wo diverse Chirurgen pathologische Befunde diagnostiziert hatten. Als wäre der junge Körper eine Art Rubbellos. Eine Neurochirurgin hatte sie sogar am Hirn operiert – am Türkensattel –, weil sie meinte, Emmas Krankheit könne von einem kleinen Tumor an der Hypophyse herrühren. Die Symptome waren endlos, unspezifisch und rätselhaft.

Und sie hatten sich massiv verschlimmert, als ihr Großvater, einer von Holbæks führenden Apothekern, vor ein paar Jahren gestorben war. Offenbar hatten sie sich sehr nahegestanden. Tanya betrachtete gerührt Emmas Zeichnungen von ihrem Großvater als Engel. Schwebend über der Stadt, auf dem Weg gen Himmel, mit großen weißen Flügeln. Emma Lorenz hatte immer wieder die Kirche und den Friedhof gemalt, auf dem er seine letzte Ruhestätte gefunden hatte.

Das Mädchen hatte wegen des Verdachts auf eine extrem seltene Krebsform im lymphatischen System beziehungsweise Knochenmark zwei Chemotherapien hinter sich. Die Mutter, die selbst Krankenschwester war, war seit Emmas frühester Kindheit gegen Wände gerannt. Das staatliche Krankenhauswesen hatte sich als arrogant, träge, unsensibel, verständnislos und den Fall bagatellisierend gezeigt, während Emma Lorenz' Symptome immer dramatischer geworden waren. Dreimal hatte die Unterstützergruppe genügend Geld gesammelt, um Besuche bei berühmten Spezialisten in Holland, Frankreich und den USA zu finanzieren. Bislang ohne Aussicht auf Heilung. Am Ende hatte das »System« Emma und ihre Mutter Marie aufgegeben. Es gebe keine weiteren Behandlungen oder Leistungen mehr, lautete der Bescheid der Patientenbeschwerdestelle, unterstützt von der Ärztekammer.

Die verzweifelte Mutter hatte, wieder mit über Facebook gesammelter Unterstützung, Emma von einer Reihe von Hypnotiseuren, Chiropraktikern, »Körpertherapeuten«, Schamanen, Akupunkteuren – von denen einer über das beträchtliche Honorar hinaus noch die Reise aus Shanghai bezahlt bekommen hatte, und Homöopathen untersuchen und behandeln lassen, zuletzt von Anne Holst, einer Kraniosakraltherapeutin aus dem Ort.

Tanya brauchte eine halbe Stunde, um das einfache Protokollsystem für die kraniosakralen Behandlungen durchzugehen. Sie hatte sorgfältig Buch geführt, sich aber auch sehr kurz gefasst und ausschließlich mit schwer übersetzbaren Abkürzungen gearbeitet. Dennoch konnte Tanya den Aufzeichnungen entnehmen, dass sowohl Emma als auch ihre Mutter Patientinnen von Anne Holst gewesen waren. Emma wegen ihrer exotischen und wechselnden Symptome, Marie wegen chronischer Beschwerden im unteren Rücken. Als sie Anne Holsts Excel-Sheet über Ausgaben und Einkünfte überflog, sah sie, dass weder Mutter noch Tochter je eine Rechnung für ihre Behandlungen erhalten hatten.

Doch die junge Frau war weiter krank und an ihr Bett auf dem alten Apothekergut gefesselt, das ihre Mutter von ihrem Vater geerbt hatte.

Die Homepage war voll mit fantasiereichen Karten mit Wünschen zur guten Besserung und kurzen, Mut machenden Videos: Kinder und Jugendliche im Schnee, am Strand, auf Surfbrettern, auf Mountainbikes einen adrenalinsatten Trail hinunterrasend, an Fallschirmen (Emma hatte selbst einmal einen Tandemsprung mit einem erfahrenen Tandemmaster gemacht) und auf Segelbooten auf einem azurblauen Meer unterwegs zu den lockenden Inseln über dem Winde.

»Nächstes Jahr bist du mit uns hier draußen, Emma! Halt den Kopf hoch, du Liebe!«

Unzählige Variationen zum gleichen Thema.

Obgleich Tanya sich eher als nüchternen Menschen bezeichnen würde, der seine Gefühle im Griff hatte, spürte sie nun einen Kloß im Hals. Das alles war so tragisch und aussichtslos.

Und auf allen Bildern hielt Emma Lorenz die Hand ihrer Mutter wie eine nie durchtrennte Nabelschnur fest.

Der Krach aus dem Nachbarzimmer lenkte Tanya erneut ab. Sie drehte die klassische Musik in ihren eigenen Ohrstöpseln lauter, was jedoch nichts nützte.

Dann erhob sie sich fluchend und zog die Watte aus ihren Nasenlöchern.

Der Flur war leer. In der Gemeinschaftsküche roch es nach altem Frittieröl und vergammelten Nahrungsmitteln. Sie klopfte kräftig bei ihrem Nachbarn an und legte, als sich nichts rührte, die Hand an die Tür. Die dünne Furnierplatte vibrierte im Takt mit den Bässen aus dem Lautsprecher. Sie drückte die Klinke herunter und öffnete die Tür.

Auf dem Boden des kleinen Zimmers machte ein schwitzender, stöhnender und am ganzen Körper tätowierter junger Mann Liegestütze. Er trug eine Sporthose und Laufschuhe, war glatzköpfig und sah aus wie ein regelmäßiger Abnehmer von illegalen anabolen Steroiden. Die Venen an Hals und Schläfen traten hervor, und die Muskeln bewegten sich wie dicke Schlangen unter der solariumbraunen Haut. Neben ihm standen zwei Plastikshaker mit verschiedenfarbigen Proteindrinks, und die Musik pumpte wie eine physische Kraftwelle aus den Lautsprechern.

Sie stellte sich vor ihn und wartete, dass er endlich Notiz von ihren schwarzen ECCO-Schuhen nahm.

Was nicht geschah.

Das tierische, rhythmische Gegrunze ging weiter.

»Hey ... HEY!«

Sie beugte sich zu ihm herunter und klopfte mit den Fingerknöcheln auf seinen kahlen Schädel.

»Hallo, ist da jemand?«

Endlich registrierte der Mann die Invasion seiner Intimzone. Er blinzelte überrascht mit den kleinen, blauen Augen. Dann sprang er mit einem Satz auf die Füße, und Tanya stellte fest, dass sie seine Größe unterschätzt hatte. Er war fettleibig und stand wie ein Hüne vor ihr. Er war noch größer als Nordsted und schien mit den Schultern die Wände zu berühren.

Sie schob sich an dem Riesen vorbei und zog den Stecker der Stereoanlage heraus. Die Stille war himmlisch.

»Ey, Alte, geht's noch? Was fällt dir ein?«

Er schüttelte ungläubig den Kopf und verteilte einen Glorienkranz aus Schweißtropfen um sich herum.

Tanya lächelte entwaffnend und streckte die Hand aus, die ihr Gegenüber ignorierte.

»Hallo, ich heiße Tanya und bin gerade nebenan eingezogen. Ich brauche ein bisschen Ruhe zum Denken, was bei dir offensichtlich anders ist. Wärst du vielleicht so nett, die Musik ein kleines bisschen ... runterzuregeln? Ich könnte dir ein Paar Kopfhörer leihen, wenn du möchtest.«

»Fuck you. Raus hier!«

Er hob den Stecker vom Boden auf.

»Ich bin von der Polizei«, sagte sie trocken.

»Das geht mir am Arsch vorbei, du krankes Hirn.«

Er steckte den Stecker wieder in den Kontakt, worauf Tanya zu den Marshall-Lautsprechern ging, die in einem weißen, mit Brandlöchern und dunklen Ringen von Kaffeebechern und Bierdosen gezeichneten Resopalregal standen, und mit einem Tastendruck die Anlage ausstellte.

Der junge Mann war völlig überrumpelt. Sein Mund verzog sich zu einer verblüfften Grimasse und offenbarte einen goldenen Schneidezahn. Die großflächigen Tätowierungen auf seiner schweißglänzenden Haut wirkten bedrohlich. Er stemmte die Hände in die Hüften.

»Stell verdammt noch mal den Lautsprecher wieder an, du vertrocknete Fotze, oder ich mach dich platt. Sofort!«

Tanya nahm augenblicklich eine devote Körperhaltung mit hängenden Händen und Schultern ein und betrachtete interessiert das Dreieck unter dem Kiefer des wütenden Mannes; zwischen der vorderen Nackenmuskulatur und dem vorderen schrägen Halsmuskel.

»Dein Wortschatz ist nicht gerade groß, kann das sein?«, fragte sie mit einem freundlichen Lächeln.

»Fuck you, bitch!«

Er machte einen Ausfallschritt nach vorn, die geballten Fäuste vor sich. Tanya sah durch ihn hindurch, ohne sich vom Fleck zu rühren. Höflich war anders, dachte sie im Stillen.

Der erste, wilde Haken hätte ihren Kopf durch die dünne Wand katapultiert, hätte er sie wie geplant getroffen. Sie wich ihm aber mit einer gleitenden Bewegung aus, während ihre linke, geballte Faust ihn in einem kurzen, zielsicheren Bogen direkt über dem Adamsapfel traf.

Sie stand still da und beobachtete ihn gespannt. Sein Gesichtsausdruck war starr geworden, sein Blick glasig, nach innen gerichtet. Ihr Schlag hatte die feinen Nerven und Sinnesorgane entlang der Halsschlagader getroffen und lahmgelegt, die Blutdruck und Herzfrequenz regulierten. Sie schickten jetzt hyperakute Katastrophensignale an Gehirn und Kreislauf, umgehend Blutdruck, Herzschlag und Atmung herunterzufahren.

Während Tanya seelenruhig zuschaute, sackte der Puls des Auszubildenden in den Keller. Seine Beine knickten kraftlos ein, und er landete schwer auf seinem Hinterteil, unfähig zu sprechen.

Er starrte mit aufgerissenen Augen auf ihre Schuhspitzen.

Tanya ging vor ihm in die Hocke und hob sein Kinn mit der Hand an.

»Ich weiß leider nicht, wie du heißt … falls deine Eltern sich überhaupt die Mühe gemacht haben, dir einen Namen zu geben. Aber ich wohne, wie gesagt, gleich nebenan, und ich werde wieder hier aufschlagen, wenn du noch einmal deine Scheißmusik anstellst. Verstanden?«

Der junge Mann sabberte.

»Verstanden?«

Er nickte schwach, und Tanya ließ ihn allein.

Sie hatte geduscht, ihre langen Haare gewaschen, sich einen Handtuchturban um den Kopf gewickelt und den billigen Bademantel angezogen, den sie im Möbelhaus gekauft hatte. Dabei war sie keine Sekunde aus den Badelatschen geschlüpft.

Planlos durchforstete sie Anne Holsts Computer, der von einem ereignislosen Leben zeugte – das sie allzu sehr an ihr eigenes erinnerte. Tanya liebte ihre Brüder und ihre Nichten und Neffen, die sie Tante Tanje nannten, war aber am glücklichsten, wenn sie sich in ihre Wohnung zurückziehen konnte. Sie hatte ein großes Bedürfnis, alleine zu sein, und wurde rastlos und gereizt, wenn ihr diese Möglichkeit verwehrt blieb. Sie besaß keinen Fernseher.

Christian war so extrovertiert gewesen, wie sie introvertiert war. Und vielleicht war ja was dran an dem Spruch, dass Gegensätze sich anzogen – bis sie sich wieder trennten.

Im Kolleg war es totenstill, obwohl es voll belegt war, und sie hatte den Anflug eines schlechten Gewissens, dass sie ihren Nachbarn so abgestraft hatte. Schließlich hatte er niemanden umgebracht. Sie überlegte kurz, zur nächsten Tankstelle zu fahren, ein Sixpack Bier zu holen und an seine Tür zu klopfen, aber eigentlich hatte sie gerade keinen Bock darauf.

Der Auszubildende hatte mit seinem gelinde gesagt begrenzten

Wissen, was Kampfsport anging, gegen Tanya mit ihren umfassenden Kenntnissen des israelischen Krav Maga und brasilianischen Jiu-Jitsu keine Chance gehabt. Das war eine ihrer Leidenschaften, und sie fuhr ein- bis zweimal im Jahr nach Israel. Sie liebte den Vielvölkerstaat, die Leichtigkeit, das Grauen und den Charme der Levante, das Essen, den Humor, die Düfte und die Krav-Maga-Meisterklassen, in denen sie unterrichtete. Sie träumte davon, irgendwann in Tel Aviv zu leben; in einer kleinen Wohnung mit Ausblick aufs Mittelmeer.

Sie verscheuchte die Bilder von der Sonne und dem Levinsky-Markt mit seinen Delikatessen und widmete sich wieder Anne Holst und den Fotos von den Zimmern der Verstorbenen, die sie die letzten Minuten angestarrt hatte. Irgendetwas irritierte sie, eine Diskrepanz zwischen den Eindrücken, die sie nachmittags im Haus abgespeichert hatte, und den Bildern auf dem Computer, doch sie konnte den Finger nicht darauf legen.

Schließlich gab sie es auf. Sie schaltete den Computer und die schief hängende Reispapierlampe aus und ging ins Bett.

Sie betete ein Vaterunser, wie sie das tat, solange sie sich zurückerinnern konnte, drehte sich auf den Rücken und starrte an die Decke, während sie versuchte, die aufdringlichen Gerüche des Zimmers zu ignorieren.

Sie war zu müde zum Schlafen.

Sie drehte sich auf ihre bevorzugte rechte Einschlafseite – dann auf die linke – und wieder auf den Rücken.

Sie dachte an die weichen Wellen, die über den feuchten Sand von Tel Avivs weißen Stränden rollten. An den Geschmack großer schwarzer Oliven und klebriger frischer grüner Datteln. An den Duft frisch gemahlener arabischer Kaffeebohnen, der den Körper elektrisierte. An die dampfenden Gassen am Morgen, wenn die Wasserwagen den Staub von Asphalt und Gehsteigen gespült hatten.

An ...

»Aaaargghhh ... Fuck! Scheiße!«

Sie verstummte.

Sie klang schon genau wie der primitive Death-Metal-Fan nebenan.

Tanya richtete sich im Bett auf und schaute auf die selbstleuchtende Anzeige ihrer Armbanduhr: 02:15. Sie suchte ihr Handy, das den Tag über erstaunlich still gewesen war.

»Tanya, verdammt noch mal ...!«, murmelte sie erschöpft.

Sie musste noch mal zu Anne Holsts Haus. Sofort. Alles andere war undenkbar.

Der Mond zeigte sich zwischen zwei Wolkenbänken, als Tanya den Gartenweg hoch zur Haustür der verstorbenen Witwe ging. Die grauen Steinfliesen schimmerten taufeucht im sterilen Mondlicht. Nicht in einem einzigen Fenster in der ganzen Straße brannte Licht. Die Häuser wirkten stumm und bedrückend unter den Bäumen, der Lack der Autos glänzte. Das einzige Zeichen von Leben war ein schlanker Fuchs, der vor ihr die Straße kreuzte. Das Tier blieb einen Augenblick still stehen, drehte ihr den Kopf zu und trottete dann weiter.

Das Haus erschien jetzt in der Nacht größer und auf seltsame Weise tabu. Sie durchschnitt das Polizeisiegel und öffnete die Tür. In der Eingangshalle blieb sie stehen, schloss die Augen und atmete langsam durch die Nase ein. Er war immer noch da, auch wenn er sich fast verflüchtigt hatte: der Duft, der nicht hierhergehörte. Ein junger Duft.

Mann oder Frau?

Sie klemmte sich ihre kleine Maglite zwischen die Zähne und zog die Vorhänge im Wohnzimmer und dem angrenzenden Esszimmer mit den Bücherregalen zu, die bis unter die Decke reichten. Dann schaltete sie die Tischlampe im Esszimmer ein und studierte die Bücher, die pedantisch in alphabetischer Reihenfolge nach Autorennamen geordnet waren; von Benny Andersen bis Gao Xingjian.

Sie fand *Unusual and Rare Psychological Disorders* von Mane und Dixon, das Nordsted sich am Nachmittag genauer angesehen hatte. Sie hielt das Buch unter ihre Nase und meinte, einen ganz schwachen Duft des Kriminalkommissars wahrzunehmen. Als sie die Augen aufschlug, sah sie ihren eigenen Schatten auf den weißen Regalen.

Jemand hatte im Wohnzimmer hinter ihr Licht gemacht.

»Wusste ich doch, dass ...«

Die Worte aktivierten die Rückenmarksreflexe, die sie sich über Tausende von Stunden auszehrenden Trainings erworben hatte.

Gadi Becker, ihrem vierschrötigen und absolut tödlichen Krav-Maga-Trainer, hatte sie im Laufe der Jahre unzählige blaue Flecke und Blutergüsse, Verstauchungen und Tränenströme zu verdanken gehabt. Becker war ihr Yoda und sie sein angekratzter Luke Skywalker. Gadi hatte in einem Kibbuz an der südlichen Grenze zum Libanon in Reichweite der Katjuscha-Raketen der Hisbollah ein bezauberndes, dänisches Mädchen kennengelernt, das nach einem Jahr Israel zurück zu seinem Studienplatz im Lehrerseminar in Dänemark gewollt hatte. Und da Gadi seine dänische Marianne nicht missen wollte, war er mit ihr gegangen. Das war jetzt fünfzehn Jahre her.

Gadis Motti lauteten: »Verlass dich auf deine Reflexe«, »Aktiviere sie«, »Maximaler Einsatz«, »Nicht nachdenken, dazu ist keine Zeit«.

Maximaler Einsatz. Nicht nachdenken.

Anderthalb Meter hinter ihr stand eine dunkle Gestalt. Der harte, tief angesetzte Tritt, mit dem sie auf das rechte Knie des Mannes zielte, wurde von einer kräftigen Hand abgewehrt, der nächste Tritt in die Weichteile hätte sauber getroffen, hätte er ihn nicht mit dem Knie auf die Hüfte abgelenkt. Trotzdem vernahm Tanya mit Befriedigung den heftigen Schmerzensschrei. Davon angefeuert legte sie nach und traf ihn mit der Faust unter dem rechten Auge.

Dann wurde alles schwarz.

Als sie wieder zu sich kam, lag sie auf einem Sofa, und alle Lampen waren eingeschaltet. Nordsted saß in der Mitte des Raums auf dem Sitzpuff, eine glühende Zigarette in der einen Hand, in der anderen einen Lappen mit Eiswürfeln, den er gegen die eine Gesichtshälfte drückte.

Er warf ihr einen Eisbeutel zu.

»Sie waren das …?«, murmelte sie und legte vorsichtig den Eisbeutel auf die wachsende Beule an ihrer linken Schläfe. »Au!«

Er starrte sie wütend an.

»Selber au. Wen zum Teufel haben Sie denn erwartet? Anne Holsts Geist, oder wen?«

»Natürlich nicht … Aber was machen *Sie* hier?«

Sie unterdrückte einen Anflug von Übelkeit, die unmittelbar hinter den Stimmbändern lauerte.

Er inhalierte wütend einen Zug und streifte die Asche auf eine Untertasse auf dem Boden ab.

»Ich hatte mich darauf gefreut, noch mal in aller Ruhe durch das Haus zu gehen und zu schauen, ob wir vielleicht irgendwas übersehen haben. Um …«

»Ein Gespür zu bekommen, eine Vision?«

Sein offenes, tiefblaues Auge blitzte bedrohlich. Das andere war zugeschwollen von einem Bluterguss, die Augenbraue geplatzt, wie sie nervös feststellte.

»Sie können mich mal mit Ihren Visionen! Man fasst oder

verurteilt keinen Mörder mit *Visionen*. Aber ich hab schon geahnt, dass Sie hier aufkreuzen.«

Tanya setzte sich vorsichtig auf und blinzelte. Sie war so weit in Ordnung. Das hier war nicht schlimmer als die vielen Male, die Gadi sie ausgeknockt hatte.

»Wie konnten Sie das ahnen?«

Nordsted sprang unvermittelt auf und lief durch den Raum, als würde er implodieren, wenn er still sitzen blieb.

»Weil Sie sind, wie Sie sind! Eine besserwisserische, überambitionierte Streberin, die überzeugt davon ist, dass nur sie das entscheidende Detail finden kann, um den Fall zu lösen und die Lorbeeren einzuheimsen. Sie leben dafür, andere zu übergehen … und anerkannt zu werden. Sie sind der Archetyp des Fräulein Schlauberger. Wie wär's zur Abwechslung mal mit Leben, statt nachts durch die Häuser von Toten zu schleichen. Rufen Sie ihn an!«

Er ist wirklich auf hundertachtzig, dachte Tanya, die sich unter seinem missbilligenden Monolog auf dem Sofa duckte.

»Entschuldigung, aber wen soll ich anrufen?«

»Ihren Freund, verdammt. Oder Ihre Freundin. Da bin ich ganz vorurteilsfrei.«

»Habe ich einen Freund oder eine Freundin?«

Nordsted blieb stehen.

»Haben Sie nicht? Nimmt Sie die Karriere zu sehr in Anspruch?«

»Das glaube ich nicht«, sagte sie ruhig. »Außerdem könnte ich gar keinen Freund anrufen, selbst wenn ich wollte.«

»Warum nicht?«

»Weil ich vorhin mein Handy hier im Badezimmer liegen gelassen habe. So viel zu meinen Ambitionen.«

»Hier?«

»Ich habe Fotos gemacht«, verteidigte sie sich. »Der Duft, den ich nicht einordnen konnte ... Ich habe die Sachen in Holsts Bad fotografiert, um ausschließen zu können, dass der Duft doch von etwas davon kommt.«

Er setzte sich wieder.

»Herrgott.«

»Aber danke für das Profiling«, sagte sie. »Soll ich das Gleiche mal mit Ihnen machen? Eine Salve lächerlicher, disqualifizierender und falscher Behauptungen über Ihren Charakter und Ihre Motivation abfeuern, meine ich? Nachdem wir uns drei Stunden kennen? Und was meine sogenannten Ambitionen betrifft, scheint mir ›ambitiös‹ für Sie auch kein Fremdwort zu sein.«

»Am Ende des Regenbogens steht jedenfalls kein Goldtopf, so viel kann ich Ihnen garantieren.«

»Aber das muss ich irgendwann selbst herausfinden, richtig?«

»Das werden Sie wohl.«

Vielleicht bildete sie es sich nur ein, aber Tanya glaubte einen beschämten Ausdruck über sein mitgenommenes Gesicht huschen zu sehen.

Er betastete sein blaues Auge vorsichtig mit den Fingerspitzen.

»Wo haben Sie so gut kämpfen gelernt?«

»Ich habe drei ältere Brüder, und an der Polizeischule haben wir Selbstverteidigung gelernt.«

Er glaubte ihr nicht.

»Wer's glaubt. Und Sie haben erst jetzt gemerkt, dass ihr Handy fehlt? Das fällt mir etwas schwer zu glauben. Eure Generation ist doch mit ihren Handys verwachsen.«

»Da irren Sie sich. Wieder einmal. Ich hasse Handys. Sie stellen die größte Bedrohung für Präsenz und menschliche Wärme dar. Und davon einmal abgesehen ruft mich ohnehin fast nur meine Mutter an.«

Soweit es für jemanden wie Nordsted überhaupt möglich war, betrachtete er sie mit einer gewissen Verlegenheit.

»Vielleicht war ich etwas voreilig«, murmelte er.

Tanya öffnete den Mund, bewegte versuchsweise den Unterkiefer und zuckte die Schultern.

»Vergessen Sie's. Warum also sind Sie hier?«

Er sah sich unschlüssig um.

»Irgendetwas in diesem Haus will uns etwas erzählen«, sagte er zögernd. »Und wenn Sie noch einmal das Wort *Visionen* in den Mund nehmen, bring ich Sie auf der Stelle um. Zumindest werde ich es versuchen.«

»Da bin ich ganz Ihrer Meinung.«

»Bei was?«

»Dass hier irgendetwas nicht stimmt«, sagte sie. »Aber ich komme verdammt noch mal nicht darauf, was es ist.«

Sie durchstreiften die restlichen Zimmer, ohne miteinander zu reden oder die Gedanken des anderen zu stören. Tanya zermarterte sich das Hirn, bis es schmerzte, und kam immer wieder auf das Wohnzimmer und die Wände dort zurück, an denen vorrangig Sammlerobjekte aus Afrika hingen.

Wie auf eine gemeinsame Eingebung hin landeten sie gleichzeitig dort.

»Ich gebe es auf«, sagte Tanya.

»Ich auch. Scheiße.«

»Ja.«

»Aber die Idee war nicht schlecht. Schlafen Sie gut.«
Dann sah er sie an.
»Sind Sie mit dem Auto da?«
»Ja, aber ich habe Ihres gar nicht gesehen.«
»Ich habe eine Straße weiter geparkt. Aus Erfahrung klug.«
»Und Sie haben tatsächlich gewusst, dass ich aufkreuzen würde?«, fragte sie grinsend.
»Ja.«

Eine halbe Stunde später lag Tanya wieder in ihrem Bett. Sie hatte den Kopf so gedreht, dass die Schläfe auf dem Eispad lag, und dachte an Nordsted.

Sie war sicher, dass sie kein Auge zumachen würde.

Dann schlief sie ein.

Marie Lorenz zuckte zusammen, als die Klingel schellte, so vertieft war sie in ihren Krimi gewesen. Sie schaute zu der Zahlenreihe über der Tür zum Dienstzimmer der Krankenschwestern hoch und seufzte.

Es war halb drei in der Nacht und ansonsten so still im Pflegeheim wie in den römischen Katakomben, in denen die Heldin und der Held des Buches sich gerade aufhielten. Terroristen hatten Wasser vom Tiber in das unterirdische System geleitet, und das Paar war vom unmittelbaren Ertrinkungstod bedroht.

Alma klingelte schon zum vierten Mal, seit Marie um halb zwölf zur Nachtwache angetreten war.

Sie ging den Korridor hinunter und öffnete die Tür von Zimmer 12, wobei sie automatisch den Alarm neben der Tür ausschaltete. Die knochigen Hände der Bewohnerin mit den dicken blauen Venen lagen gefaltet auf einer aufgeschlagenen Illustrierten auf der Bettdecke. Die spärliche Einrichtung bestand größtenteils aus grünem Velour, Antimakassars und abgenutzten Teakholzmöbeln. An den Wänden hingen die üblichen, viel zu wuchtigen maritimen Bilder und Familienfotos mit den immer gleichen Motiven von Konfirmationen, Hochzeiten, Kindstaufen und Schulabschlussfeiern; schwarz-weiß, als Polaroid oder mit dem Tintenstrahldrucker gedruckt.

Marie schenkte frisches Wasser in Almas Glas nach und

rückte das Kopfkissen der alten Frau zurecht. Dann lächelte sie die kleinen, haselnussbraunen, tränenden Augen in dem runzligen Gesicht an.

»Warum schlafen Sie denn nicht, Alma?«

Die alte Frau griff nach Maries Hand, aber sie zog sie weg und richtete die Blumen in der Vase auf dem Nachttisch. Die Blütenblätter der Tulpen rieselten auf die Tischplatte, das Wasser musste dringend gewechselt werden.

»Marie, irgendwas stimmt nicht«, sagte Alma unglücklich.

Die Alte bewegte sich unruhig im Bett und presste die Hände auf den Bauch. Eine Zuckung vertiefte ihre Stirnfalten.

»Meine Gelenke ... und der Bauch. Das war doch schon viel besser. Sind die Medikamente umgestellt worden?«

Marie sah sich die Medikamentenliste auf dem tragbaren Computer an.

»Nicht, soweit ich sehen kann. Aber ich werde die Frühschicht informieren.«

»Aber ...«

Marie trat einen Schritt vom Bett zurück.

»Alma, Sie wissen doch, dass die Schmerzen in Wellen kommen und gehen. Ich kann Ihnen nicht noch mehr schmerzstillende Mittel geben, wenn sie nicht verschrieben worden sind. Sie wissen, wie kompliziert das alles geworden ist. Ich riskiere schon, gefeuert zu werden, wenn ich Ihnen nur eine Kopfschmerztablette gebe.«

»Ja, das verstehe ich. Aber Sie reden mit der Frühschicht, ja? Die sollen gleich Dr. Engdal anrufen.«

Marie sah die alte Frau an. Sie wollte etwas sagen, schloss aber wieder den Mund.

»So machen wir es. Soll ich das Licht ausmachen?«

»Nein, ich versuche es noch ein wenig mit Lesen, das lenkt ab.«

»Dann schlafen Sie gut, meine Liebe.«

Nach ihrer Runde verschwand Marie in dem großen Medikamentenraum im Büro und schloss sorgfältig die Tür hinter sich ab.

Bedächtig und präzise füllte sie die schmerzstillenden Mittel und Schlaftabletten, die sie den Alten vorenthalten hatte, in kleine Plastikbeutel, damit die Medikamenteninventur am nächsten Tag stimmte. Die meisten Bewohner bekamen mehrmals am Tag einen Haufen Pillen, von denen hatte keiner den Überblick.

Die Beutel steckte sie in ihre leere Thermosflasche und schraubte den Deckel zu, ehe sie die Flasche wieder in ihrer Tasche verstaute.

Sie überflog die Nachrichten auf ihrem iPad und konzentrierte sich auf den Mord an Anne Holst und den Brand bei Dr. Engdal.

Die meisten Medien brachten dasselbe Archivfoto von Kriminalkommissar Jakob Nordsted von der Rigspoliti, der in beiden Fällen ermittelte.

Er hatte sich bestimmt im Hotel Strandparken einquartiert, dachte sie. Auf seine eigene, schroffe Art war er ein ziemlich attraktiver Mann.

Marie schaltete den Computer aus und betrachtete ihr Gesicht im Spiegel über dem Handwaschbecken. O Gott, wie sehr sie jetzt einen Orgasmus bräuchte. Aber eigenhändig war das so öde. Sie zog die Gesichtshaut an den Schläfen nach hinten, sie wusste, dass sie immer noch attraktiv war. Sie könnte jeden haben, wenn sie sich ein bisschen Mühe gab. Wenigstens für eine Nacht. Selbst die Verheirateten.

Der Alarm über der Tür summte – von dem Zimmer am hinteren Ende des Flurs.

»Verdammt noch mal!«

Es war einer dieser wunderbaren Morgen, wie gemacht, um besonders früh aufzustehen, seine Katzen zu füttern, für seinen schlafenden Lover Arme Ritter mit knusprigem Bacon, Chili und gerösteten Pimientos zu machen, alles zusammen mit starkem Stempelkaffee und frisch gepresstem Orangensaft auf ein Tablett mit verblassenden holländischen Kacheln zu stellen und ihn mit einem Kuss auf den Mund zu wecken. Ihm in die strahlenden, wunderschönen Augen zu schauen. In vollen Zügen seine Überraschung und Freude und die eigene Verliebtheit zu genießen. Es sei denn, man wachte in einem stinkenden Kollegzimmer auf, weil die Sonne ungebremst durch die bleischweren Augenlider stach und über einem jemand in voller Lautstärke FIFA auf einem PS4 schaute, während irgendein debiler Vollidiot in der Gemeinschaftsküche scheppernd sämtliche Schubladen und Schränke aufriss und wieder zuknallte und brüllte, welcher Spacko seine Magermilch ausgetrunken habe, obwohl verdammt noch mal sein Name auf der Packung stand!

Es sei denn, man hatte keinen Lover. Weder einen mit wunderschönen Augen noch überhaupt einen, der dankbar war, das man da war. Und Katzen waren in ihrer Wohnung in Kopenhagens Südwestviertel auch nicht erlaubt – dabei liebte Tanya Katzen.

Das Klingeln ihres Handys hatte sie geweckt. Als sie danach

suchte, landete es auf dem Boden. Nordsted hatte ihr auf Band gesprochen, sich im Hotel Strandparken einzufinden, dem Dreisternehotel am Fjord, sobald sie aus den Federn war. So schnell wie möglich also.

Befehl oder Audienz? Hinrichtung oder Begnadigung? Entlassung in Ungnade? Tanya hatte keine Ahnung. Nordsteds Stimme hatte eher neutral geklungen.

Sie entdeckte ihn an einem Tisch in der Aussichtslounge des Hotels, wo er ein unerwartet frugales Frühstück zu sich nahm: eine Schale Haferflocken, Saft und eine Tasse Kaffee. Der Kommissar unterhielt sich mit einem der uniformierten Polizeibeamten aus dem Ort, erhob sich aber von seinem Platz, als er Tanya sah.

Sie blinzelte überrascht. Anstelle der dicken Skipperjacke, dem dunkelblauen Rundhalspullover aus feinstem Kaschmir den eleganten grauen Slacks und den hellen Wüstenboots von Clarks sah er heute in seinem weiten grauen Hoodie, der Adidas-Laufhose und den verschrammten Laufschuhen eher wie ein Straßenkünstler aus.

Während sie in der Tür zu der breiten Sonnenveranda wartete, verabschiedete Nordsted den uniformierten Repräsentanten der Ordensmacht und winkte sie zu sich.

Tanya setzte sich dem Kommissar gegenüber und legte die gefalteten Hände in den Schoß.

Er schaute demonstrativ auf seine Armbanduhr und dann auf ihr noch feuchtes Haar, danach auf den Badeanzug und das Handtuch, das zwischen den Gurten ihrer Schultertasche klemmte.

»Waren Sie schwimmen?«

Tanya lächelte.

»Ich konnte es mir nicht verkneifen, obwohl ich mich beeilen sollte. Das Wasser ist so klar und sauber. Waren Sie schon drin?«

Er schaute mit einem schwer zu deutenden Blick über den sonnenglitzernden Fjord.

»Nein ... ich bin heute Morgen eine Runde gejoggt. Ich mag kein Meerwasser.«

Tanya wollte etwas sagen, wurde aber von Nordsteds Gesichtsausdruck ausgebremst.

»Haben Sie schon gefrühstückt?«, fragte er.

»Nein.«

Er zeigte auf ein langes Buffet.

»Auf meine Rechnung«, sagte er großzügig.

Sie ging das Buffet ab und kam mit einer Schale Müsli mit Milch, einer Tasse Kaffee, einem Glas Grapefruitsaft und einem weich gekochten Ei zurück.

»Eine kurze Joggingrunde, also?«, fragte Tanya, um die Unterhaltung am Laufen zu halten.

»Entschuldigung ... ja, Sauerstoff fürs Hirn. Nach den Strapazen der Nacht.«

Das rechte Auge des Kriminalkommissars war zugeschwollen und blaugrün verfärbt. Er war offensichtlich in der Notfallambulanz gewesen, da in der rasierten Augenbraue zwei Metallclips glänzten.

»Tut mir leid«, murmelte Tanya. »Ich habe mich nur so erschrocken.«

»Das glaube ich gern. Treiben Sie viel Sport?«

Tanya sah ihn über den Tassenrand hinweg an.

»Ich versuche, unnötige Anstrengungen, soweit das möglich ist, zu vermeiden, wenn sie nicht unmittelbar mit einem gewissen Spaß verbunden sind.«

»Ach, wirklich?«

»Ich spiele hin und wieder Pool-Billard.«

Nordsted schob mit einem angeekelten Ausdruck die Schale mit den Haferflocken weg.

»Pool ... klar. Aber wer war diese ... Anne Holst?«

Tanya lehnte sich zurück und sammelte ihre Gedanken.

»Jedenfalls war sie so durchschnittlich, wie man sich jemanden nur vorstellen kann. Henrik Engdal war übrigens ihr Hausarzt, aber sie hat ihn nur äußerst selten konsultiert. Sie war in einer Nordic-Walking-Gruppe, hat sich für Gartenkunst interessiert und war in der St.-Nikolai-Kirche aktiv, genauer gesagt im Handarbeitsverein der Kirche, dem Mittwochs-Kaffeekränzchen, dem Filmklub, einem Bibelkreis und bei den Basaren.«

»Kinder?«

»Einen Neffen und eine Nichte in Kanada.«

»Und bei guter Gesundheit, sagen Sie? Wann war sie das letzte Mal beim Arzt?«

»Vor vier Monaten. Sie hatte ein paar Wochen einen trockenen Husten, eine »kalte« Lungenentzündung, soweit ich das verstanden habe. Sie wurde behandelt und ist wieder gesund geworden.«

Nordsted faltete die Hände im Nacken und sah an ihr vorbei.

»Verdammt wenig, dem sich nachzugehen lohnt. Ach, und um nachgefragt zu haben und zu zeigen, dass ich mitdenke: Was ist mit Dr. Engdal? War er ein fleißiger Kirchgänger?«

»Er ist mit einundzwanzig Jahren aus der Volkskirche ausgetreten, aber seine Kinder sind getauft. Vor fünf Jahren ist er mit seiner Familie hierhergezogen und hat die Praxis von Dr. Mikkelsen übernommen.«

»Es gibt also keine anderen Verbindungen zwischen den beiden?«

»Meines Wissens nach nicht.«

Nordsted betrachtete sie mit seinem offenen Auge.

»Ich bin ... enttäuscht. Natürlich nicht von Ihnen«, beeilte er sich hinzuzufügen.

»Verstehe.«

»Sind Sie fertig?«, fragte er.

»Ja, danke.«

Nordsted schob den Stuhl nach hinten und stand auf.

»Gehen wir Tauben vergiften im Park.«

»Hä?«

»Nur so ein Spruch.«

Nordsted hatte sich an das Verandageländer gelehnt und schaute über den Fjord – wieder mit diesem seltsamen, sehnsuchtsvollen Blick wie ein alter Walfänger, der nicht länger auf den Booten rausfahren konnte, um dort die schwere, auslaugende Männerarbeit zu leisten.

Für einen Augenblick schien Tanya – und der Rest der Welt – vergessen. Das Feuer des frühen Herbstes glühte durch die Laubkronen von Tuse Næs.

Tanya setzte ihre Ray-Ban-Sonnenbrille auf und drehte das Gesicht der Sonne zu.

Nordsted kehrte, von wo auch immer er gewesen war, zurück und zündete sich eine Zigarette an. Er hielt ihr die Schachtel hin, doch sie schüttelte den Kopf.

»Ach ja, Ihre Nase«, murmelte er.

»Da könnte ich gleich Salzsäure inhalieren.«

»Schwer vorstellbar.«

»Ich weiß.«

Er räusperte sich.

»Das heute Nacht? Unsere Begegnung. Ich glaube, dass wir möglicherweise aus dem gleichen Grund im Haus waren.«

»Ja?«

Nordsted zögerte, wie sie es erwartet hatte. Er war so daran gewöhnt, alleine mit seinen Gedanken und Vermutungen zu sein, dass ihm mehr oder weniger die Sprache und die Fähigkeit abhandengekommen waren, mit anderen zu kommunizieren.

»Haben Sie inzwischen herausgefunden, warum ...«

Sie schüttelte den Kopf, ehe er seine Frage zu Ende formuliert hatte.

»Leider nein. Aber es ist da. Was immer es ist. Was hat der Polizist gesagt?«

»Ein netter Kerl. Nichts, eigentlich. Niemand in diesem Zombieland hat gestern irgendetwas Außergewöhnliches bemerkt, weder bei Anne Holst noch bei dem werten Doktor. Die Aufklärung bleibt ganz uns überlassen. Die anderen können nicht denken.«

»Was ist mit Schmidt und den Kriminaltechnikern?«

»Nichts. Vielleicht sollten wir einen indianischen Medizinmann oder einen echten Hellseher zurate ziehen.«

»Wie wäre es mit einem Geisterjäger?«

»Genau. Ich habe absolut nichts, womit ich mein Hirn füttern könnte. Unerträglich ist das.«

Er sah sie von der Seite an.

»Bis auf Weiteres«, sagte sie aufmunternd.

»Bis auf Weiteres, ja. Gehen wir runter an den Strand.«

Unterwegs hob Nordsted eine Handvoll flacher Steine auf und gab ihr die Hälfte. Er ignorierte die kleinen Wellen, die über seine Laufschuhe schwappten, und ließ einen Stein sechsmal über das Wasser titschen. Er lächelte Tanya triumphierend an – die mit ihrem ersten Stein zwölf Hüpfer schaffte.

Sie lächelte ihn entschuldigend an.

Er betrachtete sie unwillig und warf die restlichen Steine weg.

»Natürlich«, murmelte er.

»Ich bin bei der Durchsicht von Anne Holsts Computer übrigens auf etwas Interessantes gestoßen«, sagte sie. »Sie war eine der Gründerinnen einer Facebook-Unterstützergruppe für ein Mädchen aus der Gegend, Emma Lorenz. Emma leidet scheinbar seit ihrer Geburt an einer pflegeintensiven, rätselhaften Krankheit. Sie ist jetzt siebzehn Jahre alt, und ihre Mutter ist seit ihrer frühesten Kindheit von Pontius zu Pilatus gerannt … soll heißen, sie haben keine wirkliche Hilfe vom Gesundheitssystem erfahren. Das Mädchen ist ganz an Bett und Rollstuhl gefesselt.«

»Und?«

Nordsted schien nicht sonderlich interessiert.

»Marie Lorenz hat Anne Holst in ihrer Eigenschaft als aktives Mitglied der Gruppe und Therapeutin gebeten, Emma zu untersuchen und sie möglicherweise kraniosakral zu behandeln.«

Er gähnte hinter vornehm vorgehaltener Hand.

»Hat die Geschichte noch eine für uns relevante Pointe?«

Tanya wurde rot.

»Anne Holst hat rudimentäre Patientenakten geführt, die ich mir angesehen habe. Sie ist nach langwierigen Untersuchungen und Behandlungsansätzen zu dem Schluss gekommen, dass sie Emma nicht helfen kann, weil sie die Symptome und die objektiven Befunde nicht zusammenbringen kann. Marie Lorenz war ebenfalls Patientin bei ihr. Chronische Lendenwirbelprobleme, wenn ich es richtig verstanden habe.«

Nordsted zündete sich eine weitere Zigarette an, inhalierte und blies einen perfekten Rauchring in die Luft.

»Dann ist sie also zum selben Ergebnis gekommen wie die Schulmedizin? Das System?«

»Ähm ...«

»*Ähm* ... Ja oder nein?«

»Doch, könnte man sagen.«

»Wann war das Mädchen zum letzten Mal bei ihr?«

»Vor vier Tagen. Und vor zwei Tagen hat sie Marie Lorenz, Emmas Mutter, als Freundin auf Facebook gelöscht.«

Sie sah Nordsted bedeutungsvoll an, der leider nicht wie erhofft reagierte.

»Das scheint mir wichtig zu sein«, betonte Tanya deshalb.

Nordsted musterte sie aufmerksam.

»Sind Sie bei Facebook?«, fragte er.

»Ja, klar. Ich trage nicht sonderlich viel in die Timeline ein, aber ...«

»Wie lange?«

»Sechs Jahre, ungefähr.«

Er schnippte die Zigarette weg und sah sie mit verschränkten Armen an.

»Haben Sie im Laufe dieser sechs Jahre zu irgendeinem Zeitpunkt etwas Bedeutungsvolles gelesen, empfangen oder versendet, das sich wesentlich auf Ihre Lebensentscheidungen, Pläne oder Ihr übriges Wohlbefinden ausgewirkt hat?«

Tanya überlegte kurz und schüttelte den Kopf.

»Nein.«

»Würde einer Ihrer Facebook-Freunde Ihnen eine Niere spenden, wenn Sie eine bräuchten?«

»Das kann ich mir nicht vorstellen.«

»Wie wahrscheinlich scheint es Ihnen dann, dass eine Mutter, die sich um ihre chronisch kranke Tochter kümmert, eine ältere Frau mit einem afrikanischen Speer liquidiert – weil die sie als Freundin von ihrer beknackten Facebook-Seite gelöscht hat?«

Tanya breitete die Arme aus.

»Das habe ich nicht gesagt. Ich habe zu keinem Zeitpunkt angedeutet, dass Marie Lorenz ...«

Nordsteds Handy piepte. Er scheuchte sie weg wie ein irritierendes Insekt und bog um die Gebäudeecke, um in Ruhe zu telefonieren.

Tanya stapfte zu dem Geländer der Veranda und stützte sich mit den Unterarmen darauf ab. Am liebsten würde sie den Idioten auf der Stelle erschießen.

Sie fuhr zusammen, als Nordsted ihr die Hand auf die Schulter legte. Ihr war schleierhaft, wieso sie ihn nicht gehört hatte. Und der Wind stand offenbar so, dass sie auch seinen Duft nicht wahrgenommen hatte.

»Was sagen Sie zu einem kleinen Ausflug in die Hauptstadt?«, fragte er.

Sie studierte wachsam sein Gesicht, konnte aber kein Zeichen von Ironie oder doppelbödigem Sarkasmus erkennen. Es wäre fantastisch, nach Kopenhagen zu kommen, und sei es nur für eine kurze Stippvisite: im eigenen Badezimmer duschen, sich umziehen, die Pflanzen gießen und die Fische füttern.

»Hört sich wunderbar an. Besonders, wenn ich kurz in meiner Wohnung vorbeischauen könnte?«

»Aber selbstverständlich.«

»War das Schmidt?«

»Das war er. Er klang sehr aufgeregt. So hab ich ihn noch nie erlebt. Normalerweise ist er so emotional wie ein Sack Torfmull.«

»Dann hat er was gefunden?«
Nordsted deutete ein Lächeln an.
»So ist es.«
»Was?«
»Lassen Sie sich überraschen. Wie Heiligabend.«

Marie machte Andreas die Tür auf. Sie gähnte, wickelte sich fester in ihren dünnen, schwarzen Hausmantel und sah ihn wenig begeistert an.

Der Junge starrte auf ihre Füße in den Pantoffeln, die sie unbewusst übereinanderschlug. Er machte ihr eine Gänsehaut.

»Alles okay mit ihr?«, flüsterte er mit einer Stimme, die nur selten zum Einsatz kam.

»Warum sollte sie nicht okay sein?«

Er sah sie nicht an. Marie hatte noch nie Augenkontakt mit ihm gehabt, was durch die schwarze Schirmmütze, die er immer trug, und die Kapuze auch schwierig war.

Andreas rieb sich die Wange, und Marie fiel auf, wie verschrammt seine Knöchel waren. Er war insgesamt eher knochig, aber er hatte breite Schultern, lange Beine und riesige Füße. Und er war – unberechenbar. Trotz seines jungen Alters hatte er schon drei Haftstrafen wegen Gewalt abgesessen. Das wussten alle im Ort und gingen ihm aus dem Weg.

»Was weiß ich. Ich dachte nur, weil sie nicht ...«

»Auf Messenger war? Emma hat auch noch andere Interessen, Andreas. Sie liest zum Beispiel sehr gerne. Du weißt schon, was ein Buch ist, oder? Und sie kümmert sich um ihre Gruppen. Es gibt viele Menschen, die sie lieben und ihrem Leben folgen, und es ist ihre Aufgabe, ihr Interesse wachzuhalten.«

Andreas' Blick wischte hastig über ihre runden Brüste, ihren glatten Hals und das hübsche Gesicht. Wie die Zunge einer Eidechse. Seine großen Hände ballten sich in den Hosentaschen zu Fäusten.

Marie merkte, wie ihr das Blut ins Gesicht stieg.

»Kann ich zu ihr?«

Am liebsten hätte sie ihn aufgefordert zu verschwinden, doch dann überlegte sie es sich anders, lächelte freundlich und trat zur Seite.

»Wenn es sein muss. Sie schläft vermutlich schon, weck sie bitte nicht!«

»Klar.«

Er sprang, zwei Stufen auf einmal nehmend, die Treppe hoch. Erst jetzt sah sie den großen Rucksack auf seiner Schulter.

In Emmas Zimmer waren die schweren Vorhänge vorgezogen. Sie lag auf dem Rücken und atmete leicht und fast lautlos. Die Decke war bis ans Kinn hochgezogen. Andreas sah das rhythmische Zucken der Iris unter ihren dünnen Augenlidern. Sie träumte.

Er setzte sich auf einen Stuhl am Kopfende, schüttelte sich besorgt und zog die Schultern an die Ohren wie eine frierende Krähe. Sie hatten sich vor sechs Monaten in einem morbiden Chatroom im Netz »getroffen«; einem Zufluchtsort für Menschen, die die Texte aus dem *Texas Chainsaw Massacre* auswendig konnten. Es war Liebe nach den ersten vier Kommentaren gewesen.

Bis dahin hatte Andreas sich als unwiderruflich verdammtes Individuum betrachtet, das niemals auch nur die simpelsten Regeln für den sozialen Umgang mit anderen Menschen lernen würde. Die Regeln und Codes, die alle anderen Menschen als selbstverständlich ansahen.

Bis er sie kennengelernt hatte. Mit Emma war alles so einfach.

Und durch sie hatte er auch gelernt, was echte Einsamkeit war, vor der seine eigene Isolation verblasste.

Sie waren beide Schiffbrüchige, Gestrandete, aber jetzt waren sie auf derselben kleinen Insel.

Andreas stand auf und legte behutsam seine Hand auf ihre. Fast erschrocken über die vertrauliche Geste zog er sie wieder zurück, nur um sie kurz darauf wieder auf ihre Hand zu legen.

»Emma? ... Emma?«

Er stupste ihre Schulter an, unschlüssig, was er machen sollte. Er wollte auf keinen Fall ihre blöde Kuh von Mutter alarmieren, die bestimmt vor der Tür lauerte, das Ohr ans Schlüsselloch gepresst. Und er hatte Angst, die dünne Eierschale zu zerbrechen, die Emma zu umgeben schien. Da schlug sie die Augen halb auf. Sie suchte und fand sein Gesicht. Sie lächelte, und Andreas' Herz flatterte wie ein Vogel.

»Liebster«, murmelte sie.

»Wo warst du, verdammt?«

»Durst.«

Er half ihr, Wasser aus dem Glas auf dem Nachttisch zu trinken. Sie gähnte und streckte sich.

»Keine Ahnung ... Ich bin die ganze Zeit so todmüde. Wie spät ist es?«

»Viertel nach zehn.«

»Welcher Tag?«

»Fuck ... Samstag, zum Teufel!«

»Du sollst nicht so viel fluchen, Andreas.«

Sie fuhr das Kopfende mit einem elektronischen Summen hoch und strich mit den Fingerspitzen über seine verschrammten Knöchel.

»Was ist passiert, Andreas? Hast du dich geprügelt? Warum?«

Er zog die Hand weg. Leckte an seinem blutigen Knöchel.

»Ein paar Affenärsche im Park. Sie haben was gesagt ...«

»Was?«

»Da kann ich mich nicht mehr dran erinnern. Irgendwas. Hohlbirnen. Irgendwas über die Pastorin.«

»Grethe?«

»Ja.«

Sie drehte sich auf die Seite und sah ihn irritiert an.

»Und was haben sie gesagt?«

Er zog die Parkaärmel über die Hände.

»Sie haben gesagt ... gefragt, ob ich die Pastorin ficke, weil ich immer in der Kirche und im Kloster rumhänge.«

»Idioten«, sagte sie. »Aber das sind nur hohle Sprüche. Du hättest einfach weggehen sollen. Was soll ich machen, wenn du wieder im Knast landest? Dann bin ich wieder allein mit ...«

Sie machte eine Handbewegung, die ihren Mikrokosmos umfasste. »Hast du schon mal daran gedacht?«

»Nein«, murmelte er.

Emma schüttelte den Kopf.

»Das ist dein Problem, Andreas. Du zerbrichst dir über einen Haufen Dinge den Kopf, aber nicht über die richtigen.«

Jetzt reichte es aber bald mit den Vorwürfen. Er machte Anstalten aufzustehen, als Emma seine verletzte Hand nahm und die Knöchel küsste. Sie schaute zu ihm hoch, ließ ganz langsam ihre feuchte, hellrosa Zungenspitze über die Wunde gleiten und hinterließ eine feuchte Spur auf dem Handrücken. Er schüttelte sich, zog die Hand aber nicht weg.

Stattdessen ließ Emma ihn los und blinzelte verschlafen.

»Wo ist dein Messer?«

»In der Gesäßtasche.«

»Darf ich es sehen?«

Sie schnipste mit den Fingern.

Er zog sein rotes Butterflymesser heraus und reichte es ihr. Es sah einigermaßen sauber aus. Sie klappte das Blatt auf und betrachtete es von beiden Seiten.

»Ich hab niemanden abgestochen, falls du das denkst«, murmelte er.

»Ich behalte es trotzdem besser hier«, sagte sie entschieden und schob es unter die Decke.

»Warum?«

»Damit weder du noch sonst jemand zu Schaden kommt. Das ist das Beste. Für uns beide ... Ist die Polizei noch im Ort?«

»Ja, eine junge Frau ist draußen bei den Gefängnisbeamten und ein Kerl von einem Mann unten im Strandparken.«

»Ach«, sagte sie leise. »Nur zwei? Aber die verschwinden doch hoffentlich bald wieder, oder was meinst du?«

»Ich glaube nicht. Nicht, bevor die Morde aufgeklärt sind. Vielleicht kriegen sie ja auch das mit deinem Opa raus.«

»Bitte, Andreas, nicht schon wieder, okay? Ich ertrage das einfach nicht ... deine ganzen hirnrissigen Theorien. Und du gehst auf keinen Fall damit zu den Bullen!«

Die Aufregung vertrieb die enorme Trägheit aus ihren Augen und dem Gesicht.

Aber Andreas ließ sich nicht beirren und sprach im Schatten seiner Schirmmütze einfach weiter.

»Jetzt begreif es doch endlich. Er ist gestorben, als deine Mutter hier Urlaub gemacht hat! Genau in der Woche. Ihm hat verdammt noch mal nichts gefehlt. Das ist schon eigenartig, oder? Hier im Ort denken viele, dass ...«

Emma streckte die Hand aus und legte sie ihm auf den Mund.

»Halt die Klappe, zum Teufel!«

Sie schaute zur Seite, und Andreas folgte ihrem Blick zu dem fleckigen, matten Messingrohr hin, das aus dem Boden ragte und in einer Art Trichter endete. An der Öffnung hing eine Kette mit einem Korkpropfen.

»Aber ... wenn da was dran ist und deine Mutter ins Gefängnis kommt, was wird dann aus dir?«

»Und warum bitte soll das ausgerechnet jetzt ans Licht kommen. Hör auf.«

Sie grub die Fingernägel in seine Hand.

»Sag das nie wieder, Andreas. Und mach dir nicht ständig solche Sorgen um mich, kapiert? Das ist nicht nötig. Hat Mama dich reingelassen?«

»Sie hasst mich.«

Ein Lächeln umspielte ihre Lippen.

»Sie hasst dich nicht. Ich bin mir sicher, dass ihr beide eines Tages gute Freunde werdet. Ihr müsst euch nur besser kennenlernen«, sagte sie automatisch, wie schon so viele Male zuvor.

Er stand auf und lief im Zimmer hin und her, den Blick auf die geschlossene Tür gerichtet. Er wusste, dass die Alte da draußen stand und lauschte.

»Du bist so naiv, Emma. Sie will dich für sich allein. Sie kann es nicht ertragen, dass sich irgendetwas an eurem Leben ändert.«

Sie sah tatsächlich aus, als ob sie zuhörte.

»Ich bin nicht naiv«, sagte sie hitzig. »Das war ich vielleicht mal, aber nicht mehr.«

»Kannst du dir vorstellen, dass sie dir was gibt, damit du die ganze Zeit schläfst?«, fragte er.

Emmas Augen flackerten.

»Natürlich nicht ... das ... Warum sollte sie das tun?«

Ihre Stimme war kaum noch zu hören, und sie sah ihn mit ihren großen blauen Vogelaugen an.

»Um dich apathisch zu halten?«

»Hör schon auf ... Ich bin nicht apathisch! Was du immer redest!«

Aber Andreas hatte nicht vor aufzuhören. Er musste den Augenblick nutzen, solange sie klar war. Das konnte sich schnell ändern.

»Du musst dich doch an irgendwas aus der Nacht erinnern, in der dein Großvater gestorben ist! Du warst doch auch hier, zusammen mit deiner Mutter.«

Er drückte die Fernbedienung, die am Bettrahmen hing, und fuhr das Kopfende so weit hoch, dass ihre Gesichter auf gleicher Höhe waren.

»Versuch dich zu erinnern«, murmelte er. »Tu mir den Gefallen, verdammt noch mal. Das ist echt wichtig.«

»Findest *du*!«

Er betrachtete missmutig das milchige Häutchen über ihrer Regenbogenhaut, das Erschlaffen ihrer Gesichtsmuskeln.

»Denk nach!«

Sie strengte sich an, die Augenlider aufzuhalten. Sah ihn mit zusammengekniffenen Augen an. Dann wendete sich ihr Blick nach innen, und Andreas hielt die Luft an.

»Es war Sommer. Im Stadtpark war ein Fest. Draußen hat eine Amsel gesungen, obwohl es schon fast Nacht war.«

Andreas beugte sich vor und drückte fest ihre Hand.

»Au, Andreas.«

»Was noch?«

Sie schaute auf ihre weiße, blutleere Hand in seinem Klammergriff.

»Du tust mir weh!«

»Das soll wehtun!«

»Ja ... aber ...« Ihr Blick wendete sich wieder nach innen. »Ich bin aufgewacht, als unten in der Garage das Auto gestartet wurde. Der Motor lief die ganze Zeit. Zuerst dachte ich, ich träume. Aber jemand hat immer wieder Gas gegeben.«

»Euer Auto?«

»Ja.«

Emma nickte energisch.

»Mama hat als Einzige einen Schlüssel. Und dann ...«, Emma sah ihn entschuldigend an, »... bin ich wohl wieder eingeschlafen.«

»Ein Auto in der Garage, mit laufendem Motor mitten in der Nacht«, murmelte Andreas enttäuscht. »Ist das wirklich alles?«

»Ja. Tut mir leid.«

»Hat dich das nicht gewundert?«

»Erst als mit Blaulicht und Sirenen der Krankenwagen gekommen ist und sie Opa nach unten getragen haben.«

Sie schwiegen lange jeder vor sich hin. Emma schien etwas wacher, auch wenn sie unablässig gähnte.

»Willst du das Messer wirklich behalten?«, fragte Andreas schließlich.

»Du bekommst es schon wieder.«

Sie klopfte einladend auf die Bettkante.

»Setz dich zu mir. Was ist in dem Rucksack?«

Andreas ging zögernd auf das Bett zu. Schließlich setzte er sich und öffnete den Rucksack.

»Ein kleiner Drache für deine Harry-Potter-Sammlung.«

Emma lächelte glücklich, schnupperte den reinen Fabrikduft des blauen Plüschdrachen ein und drückte ihn an ihre Wange. Der Drache sah sie mit seinen großen Glasaugen an, das eine gelb, das andere grau, klar und tief. Sie würde den Unterschied bestimmt nicht merken, dachte er.

»Ist der süß. Ein echter ungarischer Drache. Danke!«

Sie streichelte seine Hand.

»Soll ich ihn zu den anderen stellen?«

»Ja. Damit er sich nicht so alleine fühlt. Setz ihn neben Hagrid, den weltbesten Drachenzähmer.«

Andreas fand einen Platz für den Drachen zwischen den anderen Figuren des Harry-Potter-Universums auf dem Regalbrett über ihrem Bett. Von dort konnte er fast das ganze Zimmer überschauen.

»Bist du jetzt wach?«, fragte er.

»Ja.«

»Ich glaube wirklich, dass deine Mutter dir was gibt. Du weißt ja noch nicht mal, welcher Tag heute ist.«

Sie antwortete mit einem Lächeln.

»Ohne dich ist ja auch ein Tag wie der andere. Ich werde das herausfinden. Mach dir nicht immer so viel Sorgen um mich. Hast du noch mehr mitgebracht, Weihnachtsmann?«

Er zog einen Schuhkarton aus dem Rucksack und nahm den Deckel ab. Darin lagen ein Paar moosgrüne VANS-Sneaker.

Marie hatte wie gewohnt Stellung an ihrem Lauschplatz im Keller bezogen. An dem Rohr hing ein Korkpropfen an einer dünnen Kette, mit dem man das Rohr verschließen konnte, wenn man ein bisschen Privatsphäre in der Waschküche wollte. Marie benutzte ihn eigentlich nie, aber jetzt beugte sie sich vor, drückte den Stopfen in das Messingrohr und schrie frustriert.

Dieser Bengel!

Er würde alles kaputtmachen, wenn sie ihn ließ! Er wusste viel, viel zu viel, dieser von der Gesellschaft ausgestoßene Paria, der sich wie ein unsichtbarer Geist in dem Fjordstädtchen herumtrieb und Dinge belauschte, die ihn rein gar nichts angingen.

Emma starrte die Schuhe an.

»Wie findest du sie?«, fragte Andreas gespannt.

»Die sind voll krass, aber ... Du weißt schon, dass ich nicht laufen kann, oder?«

»Natürlich weiß ich das. Aber probier sie wenigstens mal an, damit ich weiß, ob sie passen.«

Sie zog ihn zu sich herunter und flüsterte: »Steck vorher noch den Korkstopfen in das Messingrohr an der Wand.«

Andreas schaute fragend von ihr zu dem matten, ein Meter hohen, im Boden verschwindenden Messingrohr. Dann kapierte er und beeilte sich zu tun, was sie gesagt hatte.

Jetzt wurde kein Laut mehr aus dem Zimmer in die Waschküche im Keller übertragen.

Marie schaute verwirrt das Rohr an, das noch nie so stumm gewesen war. Dann begriff sie, was der Grund dafür war, und ihre Augen füllten sich mit Hass.

Andreas tastete unter der Decke nach Emmas kleinen Füßen und schob behutsam die Schuhe darüber. Sie sah ihm mit großen Augen zu. Am Ende verknotete er die Schnürsenkel zu kunstvollen Schleifen.

»Wow ...«, murmelte Emma.

Tränen rollten über ihr Gesicht.

Andreas setzte sich wieder auf die Bettkante und betrachtete stolz sein Werk.

»Für den Tag, an dem du aus eigener Kraft aus diesem beschissenen Haus gehst«, sagte er.

»Danke.«

Andreas beugte sich vor und legte eine Hand an ihre Wange. Da klopfte es laut an der Tür. Die zwei jungen Menschen schauten zuerst zu der Tür und dann einander an.

»Emma?«

Die Mutter klang weinerlich.

»Augenblick, Mama!«

»Darf ich reinkommen?«

»Nein«, riefen sie beide laut und grinsten sich an.

Go fuck yourself, mimte Andreas, und Emma lachte.

»Versteck sie«, flüsterte sie.

»Soll ich sie mit nach Hause nehmen?«

»Auf keinen Fall!«

Er fand einen Platz im hintersten Winkel des Kleiderschranks, ging zurück zum Bett und beugte sich zu ihr herunter.

»Ich sag doch, dass sie alles tut, um mich von dir fernzuhalten.«

Emmas Augen waren groß in dem schmalen Gesicht. Sie hielt seine Hand mit überraschender Kraft fest. Ihre Knöchel waren weiß, und sie schob ihre Lippen dicht an sein Ohr.

»Das traut sie sich nicht! Sie soll ruhig versuchen, das hier kaputtzumachen! Kannst du mir noch einen anderen Gefallen tun? Nur eine Kleinigkeit.«

»Klar.«

Sie zog ihn zu sich herunter. Sie duftete nach Shampoo, und ihr Atem war warm.

Sie flüsterte ihm ein paar Anweisungen ins Ohr, ehe sie sich zur Tür umdrehte.

»Jetzt kannst du reinkommen.«

Marie stand in der Tür. Ihr Blick flackerte zwischen ihren Gesichtern hin und her. Andreas musste sich sehr anstrengen, neutral zu gucken, obwohl er am liebsten triumphierend gerufen hätte: Emma ist wieder bei mir, du irrsinniges Weibsstück!

Sie war wieder bei ihm. Bis ihre Mutter erneut versuchen würde, einen Keil zwischen sie zu treiben.

Er schob sich an Marie vorbei.

Die Mutter begann zu schluchzen.

Emma betrachtete sie teilnahmslos und mit verschränkten Armen.

Marie sah zu der geschlossenen Tür.

»Dieser Bengel!«

»Was meinst du damit? Wir unterhalten uns nur.«

Marie ging an die Fenster und nahm eine strenge Haltung an.

»Ich begreife einfach nicht, was er ... dir geben kann, Emma«, sagte sie, ohne sich umzudrehen.

Emma zuckte die knochigen Schultern.

»Nette Gesellschaft, Mama. Dagegen kannst du doch nichts haben.«

Ihre Mutter drehte sich noch immer nicht um.

»Besser als meine?«

Emma sah an die Decke, beherrschte aber ihre Stimme und bemühte sich um einen neutralen Gesichtsausdruck.

»Natürlich nicht. Aber du kannst nicht rund um die Uhr bei mir sein. Du kannst dir nicht vorstellen, wie todlangweilig es ist, den ganzen Tag hier rumzuliegen.«

Marie drehte sich ruckartig um und fixierte ihre Tochter mit einem überraschten Blick, als würde sie sie zum ersten Mal richtig sehen.

»Du bist so groß geworden, Emma. Und es ist so schnell gegangen.«

»Findest du?«

Marie zögerte.

»Ja, das finde ich.«

»Ich finde, es ist extrem langsam gegangen. Aber wie dem auch sei, Andreas kommt bald zurück. Ich habe ihn gebeten, ein paar Kleinigkeiten für mich zu besorgen.«

Marie ging auf das Bett ihrer Tochter zu.

»Das hätte ich doch auch machen können. Du musst nur etwas sagen. Was für Dinge?«

»Diese spezielle Eight Hour Cream von Elizabeth Arden. Meine Lippen sind so trocken. Und ein paar Binden.«

Ihre Mutter starrte sie an.

»Du hast Andreas gebeten, Binden für dich zu kaufen?!«

Emma starrte zurück.

»Warum nicht? Mein Eisprung ist eins von den wenigen Dingen, die einwandfrei funktionieren.«

»Ich gehe.«

Emma antwortete nicht, und Marie machte ihre Drohung wahr. Noch immer sagte Emma nichts.

»Denk dran, dass wir übermorgen einen Termin bei Dr. Hede im Rigshospital haben«, sagte Marie.

»Ich kann's kaum erwarten«, erwiderte Emma sarkastisch.

Marie knallte die Tür hinter sich zu.

Zwanzig Minuten später war Andreas außer Atem und mit einer kleinen Einkaufstüte zurück.

»Sie hasst mich wirklich«, sagte er mit Nachdruck.

»Inzwischen glaube ich auch, dass du recht hast«, sagte Emma gelassen. »Sie hasst dich wirklich. Hast du alles bekommen? Auch den Zwirn?«

»Klar.«

Sie hatte die gesamte Strecke nach Kopenhagen in dem komfortablen Ledersitz geschlummert, und Jakob war so entspannt gefahren, wie er vermutlich die meisten Dinge in seinem Leben tat.

Dafür hatte ein zunehmend ungeduldiger Kriminalkommissar vor Tanyas Haus gewartet, als sie in ihre Wohnung im dritten Stock hochgeflitzt war, den stoischen Guppys und Neonfischen in dem kleinen Aquarium Futter ins Wasser gestreut und ihre vielen Pflanzen gegossen hatte, bevor sie schnell unter die Dusche gesprungen war, sich etwas anderes angezogen und eine Sporttasche mit den nötigsten Dingen gepackt hatte.

Jetzt saßen sie beide in Schmidts Büro in der Kriminaltechnischen Abteilung im Slotsherrensvej in Vanløse. Das Büro glich in vielerlei Hinsicht seinem Benutzer: pedantisch aufgeräumt, geruchsfrei und funktionell. Jakob und Tanya betrachteten ein verschwommenes Bild auf dem Flachbildschirm, während Schmidt das Objektiv eines Mikroskops mit angeschlossener Kamera einstellte.

Nordsted knüllte stöhnend eine leere Zigarettenschachtel zusammen und warf sie zielsicher in den fünf Meter entfernt stehenden Papierkorb.

»Was willst du uns zeigen, Hans?«

»Geduld, Geduld.«

Der Kommissar zog seine Jacke aus. Tanya gähnte hinter vorgehaltener Hand.

»Das hier … das hat der Rechtsmediziner aus den verbrannten Überresten von Dr. Engdals Hals gefischt. Eine Halskette mit einem Anhänger. Einem Medaillon. Die Silberkette ist geschmolzen, aber das Medaillon ist aus einem wärmeresistenten Material. Irgendein Kristall oder Mineral.«

Das Bild wurde deutlicher.

Sie starrten auf die grobkörnigen Zeichen auf dem Schirm.

Tanya und Nordsted sahen sich an. Dann wandte der Kriminalkommissar sich an Schmidt.

»Was soll das sein, Hans? Das eine sieht wie der Hundehaufen aus, in den ich heute Morgen beim Laufen beinahe getreten wäre. Bei dem anderen bin ich mir nicht so sicher. Was meinen Sie, Tanya?«

»Den Kackhaufen hab ich nicht gesehen, aber das andere erinnert mich ein bisschen an die Insel Anholt … aus der Vogelperspektive.«

Jakob neigte den Kopf zur Seite.

»Sie haben recht.«

»Ein paar Stand-up-Comedians, Gott steh mir bei«, murmelte Schmidt.

»Der Mörder hat Engdal also eine Kette mit einem Medaillon um den Hals gelegt, bevor die Garage explodiert ist?«, hakte Nordsted nach.

»Ja. Seine Frau hat die Kette jedenfalls noch nie an ihm gesehen, und Engdal war auch nicht der Typ, der Schmuck trug. Nicht mal einen Ehering.«

»Und was ist dann das da, verdammt?«

Schmidt sortierte ein paar Bleistifte der Länge nach vor sich auf dem Tisch.

»Hans?«

»Grafische Zeichen, denken wir.«

»Das liegt ziemlich nahe, aber was für welche und was bedeuten sie?«

»Das wissen wir noch nicht«, sagte Schmidt.

»Aber es war beabsichtigt, dass wir sie finden und uns unsere kleinen Hirne darüber zerbrechen?«

»Davon gehen wir zunächst einmal aus, ja.«

Nordsted zog vorsichtig an einem langen weißen Haar in seiner Augenbraue, bevor er es resolut mit der Wurzel herausriss.

»Eine rätselhafte Spur, also? Weißt du was, Hans?«

Der Kriminaltechniker stellte geistesabwesend die Auflösung des Mikroskops ein.

»Nein, was?«

Nordsted, der nicht länger still sitzen konnte, ging in dem Büro auf und ab.

»Ich kann Mörder nicht ausstehen. Nicht einmal die wenigen, die man verstehen und denen man ihre Tat fast verzeihen kann.«

Nordsteds Augen funkelten, in seiner Stimme schwang ein alttestamentarischer Unterton mit. Es fehlten nur noch Bart, Stab und Umhang, dann wäre er der perfekte Moses, dachte Tanya.

»Ein Menschenleben ist heilig. Der Mensch ist ein Geschöpf

Gottes, und ER hat uns allen seinen lebensspendenden Geist eingehaucht, nicht wahr?«

Schmidt antwortete nicht, aber Nordsted erwartete auch keine Antwort. Stattdessen baute er sich in voller Größe vor Tanya auf.

»Aber wissen Sie, was mir wirklich auf den Sack geht, Tanya?«

»Ähm ... Serienmörder?«

Nordsted kniff ärgerlich die Augen zusammen.

»Serienmörder? Nein, was ich so richtig ermüdend finde, sind Mörder, die unbedingt Hannibal fucking Lecter mit der Polizei spielen wollen. Das ist eine unverzeihliche Zeitverschwendung für alle Beteiligten!«

Er setzte sich wieder auf seinen Stuhl und ließ die Fingerknöchel knacken.

Tanya drehte sich zu Schmidt hin und zog ihr Handy aus der Tasche.

»Haben Sie was dagegen, wenn ich ein paar Fotos von den Zeichen mache?«

»Nur zu.«

»Warum?«, fragte Nordsted.

»Weil sie vielleicht irgendwas bedeuten?«

»Ja, für einen Wahnsinnigen.«

Tanya fotografierte die Bildschirmansicht aus allen möglichen Winkeln und in verschiedenen Vergrößerungen. Dann trat sie an Schmidts Schreibtisch und fotografierte das grau verkohlte Medaillon.

»Das ist in jedem Fall eine Nachricht, durchgeknallter Absender hin oder her. Ich würde das gerne an ein paar Experten schicken und hören, was sie davon halten. Ich gehe mal nicht davon aus, dass das Medaillon selbst gebastelt ist?«

»Dafür ist es viel zu kunstvoll ausgeführt. Geschmiedet und ziseliert«, sagte Schmidt. »Wir haben hier aber schon Leute, die sich mit Codes und Symbolen auskennen.«

Tanya nickte nachsichtig.

»Und ich bin überzeugt, dass sie verdammt gut sind. Aber beim PET haben wir, was das Knacken von Codes angeht, mit CIA und FBI zusammengearbeitet. Ich würde die Kollegen gerne einen Blick darauf werfen lassen. Sie arbeiten weltweit und haben Zugriff auf eine gigantische Datenplattform.«

Nordsted schnaubte ungehalten.

»Bitten Sie mich bloß nicht um meine Zustimmung zu irgendwas. Ich bin hier ja offensichtlich nur schmückendes Beiwerk.«

Tanya lächelte entwaffnend.

»Dann ersuche ich hiermit um die gütige Genehmigung des Herrn Kriminalkommissars, diese Fotos an die führenden Wissenschaftler, Kryptologen und Nachrichtendienstanalytiker in den USA zu mailen, um, wenn möglich, die Bedeutung und den Ursprung der Zeichen herauszubekommen.«

»Hört sich nach einer glänzenden Idee an.«

Tanya steckte das Handy wieder in die Tasche. Dann blickte sie auf und sah Nordsted an.

»Mir geht da gerade was durch den Kopf…«

Nordsted sah sie starr an.

»Und diese Gedanken wollen Sie mit uns teilen, obwohl weder Hans noch ich beim FBI sind?«

»Ja. Wir gehen doch davon aus, dass wir es in beiden Fällen mit demselben Mörder zu tun haben, oder?«, fragte Tanya rhetorisch.

»Bis auf Weiteres«, murmelte Schmidt.

Tanya mochte den Kriminaltechniker. Er mochte zwar reserviert herüberkommen, doch umso großzügiger teilte er seine Erkenntnisse mit anderen.

»Und er möchte uns eine Art Rätsel aufgeben, weil ihm das vielleicht ein Gefühl der Überlegenheit und der Macht gibt«, sagte sie. »Nur dann sollte man doch meinen, dass er auch irgendein Puzzleteilchen in Anne Holsts Haus hinterlassen hat? Was offensichtlich nicht der Fall ist.«

»Oder er hat es, und wir haben es nur noch nicht gefunden«, sagte Nordsted.

»Aber warum?«, fragte Tanya und sah die beiden Männer an. »Legt er es in Wirklichkeit darauf an, gefunden zu werden, bevor er den nächsten Mord begeht?«

»Das weiß ich nicht, aber ich werde ihn auf alle Fälle danach fragen, bevor ich ihn mit einem Kopfschuss erledige«, brummte Nordsted.

Schmidt rollte mit dem Bürostuhl zurück an seinen Schreibtisch, griff nach einem Stapel Papiere und fuhr zurück in die Mitte des Raums.

»Das sind die Ausdrucke der Telefonanbieter von Anne Holst und Henrik Engdal.«

Er übergab ihnen die Dokumente, und Tanyas und Nordsteds Blick blieb an der einzigen Nummer hängen, die rot unterstrichen war.

»Wer hat wen angerufen?«, fragte Tanya.

»Anne Holst hat Engdal vor vier Tagen nachmittags angerufen. Um 17 Uhr 24, um genau zu sein. Das Gespräch dauerte sechzehn Minuten und zwölf Sekunden.«

»Dann ging es wohl nicht nur um ihren lästigen Husten«, sagte Nordsted.

»Wohl kaum.«

Tanya sah Nordsted an.

»Am gleichen Tag hat sie Emma Lorenz zum letzten Mal gesehen. Und sich von ihr verabschiedet, weil sie ihr nicht helfen konnte.«

»Das könnte etwas zu bedeuten haben«, sagte Jakob widerstrebend. »Oder auch nicht. Erinnern Sie sich, was ich über die tausend Details an einem Tatort gesagt habe, die Rückschlüsse darauf zulassen, was die Leute bis zum Tataugenblick gemacht haben. Man kann sie bis ins Unendliche interpretieren und deuten, ohne der Identifizierung des Täters auch nur einen Schritt näher zu kommen. Glauben Sie mir.«

Tanya nickte.

»Das ist mir schon klar, aber irgendwo müssen wir ja anfangen.«

»Keine Frage, und das hier eignet sich genauso gut wie irgendetwas anderes.«

»Das Gespräch war jedenfalls eine Ausnahme«, sagte Schmidt. »Sie hat Engdal vorher noch nie auf seiner privaten Nummer angerufen.«

Andreas war nach einem flüchtigen Kuss wieder gegangen. Emma hörte im Hintergrund leise den Ton der ewigen Sitcoms ihrer Mutter, in diesem Fall *How I Met Your Mother*. Eine Art Narkomanie, hatte sie lange gedacht.

Sie sah zu dem Infusionsständer hin, in den ihre Mutter dreimal täglich Emmas korrekt zusammengestellte Nahrungsbausteine in einem sterilen Beutel einhängte. In ungefähr einer Stunde würde sie kommen – in der Pause zwischen zwei Folgen der Serie. Sie würde geduldig die Vitamine, Kohlenhydrate, Mineralien und Proteine öffnen, sie in einem Behälter mischen, eine neue Portion an den Tropf hängen und den weißen, milchigtrüben Inhalt des durchsichtigen Plastikbeutels mit ihrem Nahrungskatheter verbinden.

So war es, so lange Emma zurückdenken konnte.

Sie hatte noch nie ein Stück Pizza probiert, eine Tasse Kaffee oder eine Cola getrunken.

Sie kniff die Augen zu und drückte ein paar Tränen aus den Augenwinkeln. Sie wollte das auch endlich mal!

Sie zog sich an die Bettkante und weiter in den davorstehenden Rollstuhl. Ihre Arme waren zum Glück gesund.

Im Badezimmer schob sie den verrosteten, klemmenden Riegel vor und holte Andreas' Butterflymesser aus dem Versteck hinter der Toilette. Anschließend nahm Emma Gazekompressen und weißes Krankenhaustape aus dem gut ausgestatteten Medizinschrank über dem Handwaschbecken. Sie studierte ihr Gesicht ausgiebig im Spiegel und krempelte den Schlafanzugärmel über den linken Ellenbogen hoch.

Die ganze Zeit drohte die Schläfrigkeit sie zu übermannen, wie ein Schneesturm, der alles zudeckte, weiß, zeitlos und stumm. Sie kämpfte gegen die Erschöpfung und die grenzenlose Müdigkeit an, die Hörigkeit und Apathie bedeutete.

Sie fuhr mit der scharfen Messerschneide über die dünne Haut an der Innenseite des Unterarms und unterdrückte einen Schmerzensschrei. Dann lächelte sie selbstbewusst. Wenn sie etwas beherrschte, dann den Schmerz, den sie in all seinen Facetten kannte.

Sie rollte mit dem Rollstuhl zum Waschbecken, hielt den Arm darüber und drehte das warme Wasser auf. Das Blut lief in einem Rinnsal von dem Schnitt über ihr Handgelenk. Sie schloss die Augen und genoss die Wärme. Der Blutstrom fächerte sich über ihrem Handgelenk in ein verzweigtes Delta auf und tropfte rhythmisch in das weiße Porzellanbecken, wo das mit Wasser verdünnte Blutrinnsal in einer immer enger werdenden scharlachroten Spirale im Abfluss verschwand. Emma schloss die Augen in dem glasklaren, kostbaren Genuss des puren Schmerzes, der ihr Freund war. Ein Verbündeter. Der Schmerz verriet sie nie.

Über dem neuen, klaffenden Schnitt, der rot wie das Maul eines Karpfens war, rankten sich viele weiße, erhabene Narben von älteren Verletzungen. Sie hatte sich ihrer Mutter seit Jahren nicht mehr nackt gezeigt.

Der Schmerz war rein und klärte ihre Gedanken.

Bibliothek Holbæk, nächster Tag

Andreas loggte sich in seinen üblichen Internetserver ein, der sich irgendwo in der University of Texas in Austin befand. Er hatte einen Alias konstruiert, mit dem er in vollkommener Anonymität durchs Internet surfen konnte. Seine Anfragen und Recherchen waren heute mehr oder weniger gewöhnlich, aber es lag ihm im Blut, keine Spuren im Cyberspace zu hinterlassen. Seine langen Finger bewegten sich über die Tastatur wie die Finger eines Konzertpianisten. Gerade war er im LMK-PRO unterwegs, der offiziellen Pharmakopöe für in Dänemark zugelassene und verschreibungspflichtige Medikamente sowie deren Anwendungsbereiche, Nebenwirkungen und Interaktionen mit anderen Heilmitteln.

Schlafmittel, angstdämpfende Medikamente, Benzodiazepine; Symptome der Überdosierung. Er hatte Emma noch nie so schwach und apathisch erlebt wie am Vortag. Ihre Muskeln hatten unter der blassen Haut unaufhörlich gezuckt. Und jetzt las er, dass eine Überdosierung von Benzodiazepinen genau dieses sonderbare und pausenlose Zittern verursachen konnte: Myoklonie.

Andreas wusste, dass Emmas Mutter nur darauf wartete, dass er irgendwann keine Lust mehr hatte, bei einer permanent bewusstlosen Emma zu sitzen, und sich zurückzog.

Aber das würde nicht passieren!

Zum ersten Mal in seinem Leben hatte er einen Menschen getroffen, mit dem er über alles reden konnte und der alles wusste. Emma nahm Wissen auf wie ein Schwamm und erinnerte sich an alles, was sie je gelesen oder gehört hatte. Andreas war fest davon überzeugt, dass sie in welchem Fachbereich auch immer Professorin werden könnte.

Er stöhnte unwillkürlich und sah sich erschrocken um, ob jemand es mitbekommen hatte. Der Lesesaal der Bibliothek war an diesem Sonntagmorgen fast leer; die Ausleihe war geschlossen, doch der übrige Teil des Kulturhauses war für Besucher offen. Abgesehen von der üblichen Handvoll Rentner, die Tageszeitungen und Magazine lasen und das reichhaltige Angebot an Nachschlagewerken nutzten – wie in einem Wartezimmer zum Tod –, war außer ihm nur noch ein jüngerer Mensch anwesend: eine schlanke Frau Ende zwanzig in einem schwarzen Rollkragenpullover, Jeans und Sneakers.

Sie saß an einem Computertisch in der Reihe vor ihm, in der Nähe der großen Fenster, die zur Straße rausgingen. Vor ihr waren mehrere dicke Wälzer aufgeschlagen.

Andreas wusste, wer sie war, und dachte, dass es Zeit war aufzubrechen. Außerdem wusste er, wo Emma in exakt einer halben Stunde sein würde. Er lud den Artikel über die Überdosierung auf sein Smartphone, loggte sich aus dem texanischen Server aus und stand auf.

Als er auf dem Weg zum Ausgang an der jungen Frau vorbeiging, schaute sie von ihren Büchern auf und lächelte ihn freundlich an, was Andreas ignorierte.

Tanyas Lächeln verweilte noch einen Augenblick auf ihren Lippen. Irgendetwas an dem finster dreinschauenden, schwarz gekleideten und im wahrsten Sinne des Wortes zugeknöpften jungen Mann schlug eine Saite in ihrem Unterbewusstsein an.

Sie wendete sich wieder ihrem Bildschirm zu. Da die Bibliothek nicht über die Nachschlagewerke verfügte, die sie brauchte, hatte sie aus eigener Tasche ein Online-Abo für die neuesten digitalen Ausgaben der Standardwerke für religiöse Symbolik bezahlt: *Liungmans Dictionary of Religious Symbols* und die *Encyclopedia Britannica*. In der Hoffnung, darin die merkwürdigen grafischen Lettern oder Symbole von dem Medaillon um Henrik Engdals Hals zu finden.

Am Tag zuvor waren Nordsted und sie noch mal zu Anne Holsts Haus gefahren und hatten Haus und Garten unter die Lupe genommen. Sogar in die Bäume waren sie geklettert, um zu sehen, ob jemand vielleicht etwas in die Rinde geritzt hatte. Jeden Zentimeter des Naturzauns um das Grundstück der Verstorbenen hatten sie abgesucht und jeden Stein in dem großen Steingarten vor dem Haus umgedreht. Am Ende hatte Nordsted tief gefrustet unter den Bodenbelägen nachgeschaut.

Nichts.

Sie waren beide sicher, dass »es« irgendwo war. Die mystische und flüchtige Nachricht des Mörders – aber sie konnten sie nicht finden.

Tanya hatte bei dieser Aktion drei Dinge über Nordsted gelernt: 1.) dass er sich trotz seiner Größe extrem geräuschlos fortbewegte, 2.) dass er unermüdlich und überraschend fantasievoll war und 3.) dass er extrem wortkarg war. Er erwartete von ihr, dass sie seine kurzen Grunzer, Seufzer und himmelwärts verdrehten Augen mühelos decodierte, was sie natürlich so gut wie möglich versuchte.

Er war angespannt wie ein Jagdhund, der Witterung aufgenommen hatte, und er war fanatischer und verbissener als sämtliche Polizisten, die sie bislang kennengelernt hatte. Als würde er Mörder wirklich aus tiefster Seele hassen.

Tanya ging davon aus, dass Nordsted im Laufe seiner Militäreinsätze in Afghanistan, im Kosovo und in Bosnien Menschen im Nahkampf getötet hatte. In gewisser Weise verstärkte das ihren Respekt vor ihm. Viele andere mit einer ähnlichen Vergangenheit waren vermutlich abgestumpft, was den Wert eines Menschenlebens anging, nicht aber er. Sie wusste auch, dass er die Ermittlungen bei zwei unaufgeklärten Morden an jüngeren Frauen geleitet hatte; die eine war stranguliert in einem Fahrradkeller im Zentrum von Kopenhagen gefunden worden, die andere in einem kleinen Provinzstädtchen auf dem Heimweg von einer Gymnasiumparty verschwunden und erst nach sechs Monaten intensiver Suche in einem Moor in Mittelseeland wieder aufgetaucht.

In beiden Fällen hatte Nordsteds Mentor, Chefkriminaldirektor Poul Wilhelmsen, schließlich die Aufklärungsarbeit übernommen, weil Nordsted nach Monaten fruchtloser Ermittlungen aus purer Erschöpfung, Schlafmangel und Depressionen am Rand des Zusammenbruchs gestanden hatte.

Irgendwann hatten sie schweigend Anne Holsts Haus verlassen und sich in den Western-Pub verzogen, den sie beide zu ihrer Stammkneipe erkoren hatten. Nordsted hatte ein Club-Sandwich mit Pommes verschlungen, während Tanya ein wenig gesünder ein Sandwich mit Avocado, Rucola und Pesto verzehrt hatte.

Dazu hatten sie Wasser getrunken.

»Bier?«, hatte Nordsted gefragt.

»Fühlt sich irgendwie falsch an.«

»Stimmt.«

Dann hatte Tanya zögernd ihre weitere Anwesenheit in Holbæk zur Sprache gebracht. Laut Ausbildungsplan war sie für einen Dreitagekurs bei der Verkehrspolizei angemeldet, Start neun Uhr am Montagmorgen in Glostrup.

Nordsted hatte sie angestarrt, als würden ihr plötzlich Rentiergeweihe auf dem Kopf wachsen.

»Aber ... das geht nicht ... Ich brauche Sie hier!«

»Das habe ich leider nicht selbst zu entscheiden. So steht es in meinem Ausbildungsplan«, hatte sie geantwortet.

»Aber wollen Sie den Fall denn nicht aufklären?!«

»Natürlich, doch ...«

»Wer ist Ihr Chef?«

»Ich gehe mal davon aus, der Rigspoliti-Präsident, aber ...«

Nordsted hatte sein Handy herausgekramt.

»Nummer?«

Tanya hatte nicht die leiseste Ahnung. Das war ungefähr das Gleiche, als würde er sie nach der Telefonnummer des Papsts fragen.

»Egal«, hatte er gesagt. »Dann ruf ich eben die Justizministerin an. Ich stehe regelmäßig mit ihr in Kontakt.«

Tanya hatte ihn gebeten, das nicht zu tun. Dann hatte sie versucht, ihm das Handy wegzunehmen, aber Nordsted war schneller gewesen.

Sie hatte es gerade halb um den Tisch geschafft, um ihn bewusstlos zu schlagen, als der Anruf durchgegangen war. Er hatte sie sich mit einer Hand vom Leib gehalten. Schließlich hatte sie sich wieder auf ihren Stuhl gesetzt und das Gesicht in den Händen vergraben.

Als Nordsted verstummt war, hatte sie vorsichtig hochgeschaut.

»Geht in Ordnung«, hatte er gesagt. »Sie bleiben hier. Sie leitet die Information an den Polizeipräsidenten weiter.«

Tanya hatte innerlich getobt.

»Sie haben soeben meine Karriere an die Wand gefahren, Sie Idiot!«

Nordsted hatte mit den Schultern gezuckt.

»Im Gegenteil. Wenn wir diesen Täter fangen, haben Sie die freie Wahl. Ich überlasse Ihnen gerne die Lorbeeren, ich hab ohnehin keine Verwendung dafür.«

Die anderen Gäste im Biergarten hatten das Schauspiel in verlegenem Schweigen und mit offenen Mündern verfolgt.

»Ich bin nicht Ihre verflixte Sklavin!«

Er hatte sie mit ehrlichem Erstaunen angesehen.

»Natürlich sind Sie das nicht. Was, bitte schön, sollte ich auch mit einer Sklavin? Ich finde schlicht und ergreifend, dass Sie sich gut schlagen. Also ... was ist der nächste Schritt?«

Sie hatte die Augen geschlossen, sich bemüht, ruhig zu atmen, und mit einer echten Kraftanstrengung versucht, ihre chaotischen Gedanken in einigermaßen geordnete Bahnen zu lenken.

»Einer von uns sollte sich Engdals Krankenakten ansehen«, sagte sie.

Nordsted nickte.

»Das erledige ich morgen. Es sind nur ungefähr 1800. Keine große Sache. Aber ich hoffe auf Ihre Hilfe. Computer, Sie wissen schon. Zwölf Uhr?«

»Natürlich helfe ich Ihnen. Wenn wir uns Anne Holst und Dr. Engdal ausschließlich auf der Basis ihrer Berufe anschauen, finden wir ja vielleicht eine Schnittmenge. Patienten, die bei beiden in Behandlung waren, oder was auch immer.«

»Ja, möglich.« Er hatte nicht sehr überzeugt geklungen. »Ich hoffe nur, dass Ihre amerikanischen Genies etwas Brauchbares finden.«

Sie war also in Holbæk geblieben.

Tanyas Augen brannten. Mit leerem Blick starrte sie ein paar undeutliche amharische Symbole auf einer Stele aus dem vierten Jahrhundert vor Christus an, die sich im British Museum befand, als ihr plötzlich einfiel, wo sie den jungen Mann schon einmal gesehen hatte: vor Anne Holsts Haus. Schwarz gekleidet, regungslos, konzentriert. Basecap und Kapuze. Er hatte vielleicht hundert Meter von ihrem Grundstück entfernt zwischen einem Postkasten und einer Bushaltestelle gestanden.

Sie schaute aus dem Fenster, wo ein kleiner Vogel aus dem Efeu aufflatterte.

Tanya fuhr den Computer runter, stellte die Nachschlagewerke zurück und ging nach draußen. Der junge Mann war natürlich nicht mehr da. Aber was hätte sie gemacht, wenn er noch da gewesen wäre? Hätte sie ihn angesprochen? Es war nicht verboten, an einer Bushaltestelle zu stehen. Auch nicht in einer Straße, in der gerade ein Mord geschehen war.

Sie hörte die Kirchenglocken läuten und dachte, dass die Kirche eigentlich nicht der schlechteste Ort war, um sich die Bewohner des Hafenstädtchens etwas genauer anzusehen. Immerhin war Anne Holst eine aktive Kirchgängerin gewesen.

Die Kirche war fast voll. Vielleicht suchten die Leute unwillkürlich Schutz und Trost in der Kirche, wenn etwas so Grauenvolles wie ein Doppelmord ihre Stadt erschüttert hatte.

Tanya kam nach dem ersten Lied herein und setzte sich auf einen Platz ganz hinten. Der Text des Tages war aus dem Brief des Paulus an die Römer, und am Sonntag vor dem Reformationstag ging es um »Gottes Gerechtigkeit«.

Die Pastorin beendete ihre Predigt mit ein paar einfühlsamen Worten zu dem schmerzlichen und ungerechten Verlust einer der eifrigsten und großzügigsten Stützen der Gemeinde: Anne Holst, die eine große Lücke hinterlassen würde.

Dr. Engdal wurde mit keiner Silbe erwähnt.

Nach dem Gottesdienst blieb Tanya in der Bank sitzen, während die Besucher durch den Mittelgang dem Händedruck der Pastorin entgegenstrebten.

Dann war er plötzlich da, der Duft. Sie hob den Kopf und nahm Witterung auf. Sie zweifelte keine Sekunde. Das war der Duft aus Anne Holsts Haus, der dort nicht hingehört hatte.

Tanya stand auf und musterte die Vorbeigehenden mit zusammengekniffenen Augen. Jeder von ihnen konnte das Parfüm an sich tragen, sowohl die, die noch in der Kirche waren, als auch die, die bereits draußen in der Sonne standen.

Tanya erkannte eine hübsche, blonde Frau Anfang vierzig aus Anne Holsts Facebook-Unterstützungsgruppe wieder, die einen Rollstuhl mit einem jungen Mädchen vor sich herschob. Marie und Emma Lorenz. Der Kopf des Mädchens war leicht zur Seite geneigt, die Augen waren halb geschlossen, die Beine mit einem Plaid bedeckt. An ihrer Wange klebte ein weißer Nahrungskatheter. Als das ungleiche Paar an ihr vorbeirollte, schlug die junge Frau plötzlich die Augen auf und sah Tanya direkt an, als wüsste sie ganz genau, wer sie war und warum sie in der Kirche war. Der Kontrast zwischen dem eben noch so in sich gekehrten Gesicht und der überraschenden Kollision ihrer Blicke war in höchstem Maße beunruhigend.

Die junge Frau lächelte Tanya an, als würden sie ein delikates und großes Geheimnis teilen.

Dann waren sie vorbei.

Und der Duft verflog in dem großen, hellen Kirchenraum.

Tanya stand auf und sah den jungen Mann aus der Bibliothek, der sich draußen im Waffenhaus zwischen den Leuten hindurchschob. Ein Weg schien sich vor ihm aufzutun und hinter seinem Rücken wieder zu schließen. Als würden die Leute instinktiv vor ihm zurückweichen. Die schwarze Gestalt glitt in das grelle Sonnenlicht hinaus.

Tanya zog sich in die tiefen Schatten des Waffenhauses zurück. Marie Lorenz stand draußen auf der Treppe vor der gesetzlich vorgeschriebenen Rollstuhlschiene. Sie sah blass aus und wies die Pastorin offenbar mit gedämpften, aber scharfen Worten zurecht. Die Pastorin wirkte wie vom Blitz getroffen. Auf ihren Wangen leuchteten zwei große rote Flecken. Sie protestierte entschieden, aber ungehört gegen Maries hitzigen, zornigen Wortstrom. Die Tochter saß unbeteiligt mit hängendem Kopf daneben.

So plötzlich, wie der verbale Angriff begonnen hatte, endete er auch wieder. Marie Lorenz zeigte anklagend mit einem steifen Zeigefinger auf die Pastorin, ehe sie mit einer heftigen Bewegung wieder die Handgriffe des Rollstuhls umfasste und ihn mit aufrechtem und der Gemeindehirtin zugewandtem Rücken die Schiene hinunterfuhr.

Als Tanya es endlich nach draußen bis auf die glatten, abgetretenen Granitplatten geschafft hatte, waren weder Mutter und Tochter noch der junge, schwarz gekleidete Mann irgendwo zu sehen.

Die flachsblonde, kurzhaarige Pastorin stand mit über ihrem großzügigen Bauch gefalteten Händen da und lächelte Tanya aufmunternd an. Ihr rundes, gesundes Gesicht strahlte Sympathie aus. Sie schien nicht sonderlich betroffen von dem Wortwechsel mit Marie Lorenz.

Die Pastorin reichte ihr die weiche Hand mit einem überraschend festen Händedruck.

Die letzten Fahrzeuge verließen den Parkplatz.

»Sie sind von der Polizei, nicht wahr?«

Tanya nickte.

»Holbæk ist eigentlich kein Dorf, aber in mancher Hinsicht schon. Die Leute sind sehr beunruhigt«, sagte die Pastorin.

»Was ja auch absolut verständlich ist. Die junge Frau im Rollstuhl ist so etwas wie eine lokale Berühmtheit, oder?«

Die Pastorin lächelte ergeben.

»Ja. Kaffee?«

»Gerne.«

Das Büro in der Sakristei war angenehm kühl, durch die Spitzbogenfenster fielen ein paar Sonnenstrahlen auf bücherbeladene Regale, einen geschmackvollen Schreibtisch und eine durchgesessene Ledersitzgruppe mit viel Patina. Der Kaffee war stark und schwarz, genau wie Tanya ihn am liebsten mochte.

Die Pastorin schaute kurz an die Decke. Ihre Hände lagen gefaltet auf der grünen Schreibunterlage.

»Emma ... ach ja. Das arme, arme Mädchen. Manche Menschen bedenkt das Schicksal mit unverständlich großem Leid.«

»Gott?«

Die Pastorin lächelte unangefochten.

»Unsere Auffassung von Gott unterliegt einer ständigen Revision, Tanya. Im Gegensatz zu anderen Religionen, denen eine Reformation, wie sie das nordeuropäische Christentum erlebt hat, sicher guttun würde, hätte ich fast gesagt. Gott als eine Art Fahrkartenkontrolleur anzusehen, der nach Gutdünken Leute herauspickt und aus dem Zug wirft, entspricht nicht ganz dem aktuellen Bild. Aber Emmas Schicksal war fast schon von Geburt an besonders tragisch.«

»Und die Mutter?«

Das Lächeln der Pastorin wurde einen Hauch reservierter.

»Eine tapfere, sich aufopfernde Frau«, sagte sie leise.

»Es war nicht zu übersehen, dass Marie Lorenz Sie auf der Kirchentreppe ziemlich harsch angegangen ist?«

Der sonst so feste und strahlende Blick der Pastorin richtete sich nach innen und ließ sie sehr betrübt aussehen.

Tanya beobachtete fasziniert, dass die Augen der Pastorin automatisch zu dem großen Kruzifix an der hinteren Wand wanderten und dort Ruhe fanden. Sie gewannen ihre Lebendigkeit zurück, als wäre Unser Herr Jesus ein unerschöpflicher Quell an Lebensmut.

»Hoffentlich hat unser Gespräch niemand gehört. Haben Sie das?«

»Nein.«

»Und ich hoffe, dass Emma den Schlagabtausch verschlafen hat. Sie kommt mir zur Zeit sehr erschöpft vor. Marie war jedenfalls der Meinung, dass ich ein zu positives Bild von Anne Holst gezeichnet habe. Ihre Meinung zu ihr hat sich in der letzten Zeit ziemlich geändert, um es einmal so auszudrücken. Der

Grund für diesen Sinneswandel ist mir nicht bekannt. Die beiden haben sich früher gut verstanden.«

Tanya trank einen Schluck von dem schwarzen Gebräu.

»Hat Emma keinen Vater?«

Die gefalteten Hände auf dem Schreibtisch lösten sich voneinander und spreizten sich in einer resignierten Geste.

»Das ist schon bedenklich mit all den abwesenden Vätern, nicht? Besonders Vätern chronisch kranker Kinder ... Sie fühlen sich nach einer Weile auf eine Nebenrolle reduziert, wenn die Pflege des Kindes sich als so umfassend und zeitaufwendig erweist. Und die haben sie wohl auch. Der einzelne Mensch verfügt nur über ein gewisses Maß an Empathie und Barmherzigkeit, und es ist nur natürlich, dass eine Mutter die ihrem Kind angedeihen lässt.«

»Haben Sie sie schon immer gekannt?«

Die Pastorin lachte klar und melodiös.

»Nein. Ich habe meine Stellung hier vor fünfzehn Jahren angetreten, aber Marie und Emma Lorenz sind erst vor ein paar Jahren hierhergezogen. Ich habe sie im Zuge der Beisetzung von Maries Vater und Emmas Großvater kennengelernt, der völlig unerwartet gestorben ist. Emma war untröstlich, erinnere ich mich, aber ihre Mutter hat es mit Fassung getragen.«

»Sie war nicht untröstlich?«

Wieder nahm Tanya eine gewisse Reserviertheit bei ihrem Gegenüber wahr, als die Sprache auf Marie Lorenz kam. Den gesenkten Blick und die leicht geschürzten Lippen.

»Nicht, soweit ich weiß. Aber jeder geht ja auf seine eigene Weise mit Trauer um. Sie sind aus Kopenhagen hierhergezogen. Marie arbeitet als Krankenschwester im hiesigen Pflegeheim.«

»Haben sie sich gut eingelebt?«

»Das haben sie. Marie stammt ja hier aus dem Ort, und es gibt viele gute Menschen in Holbæk. Wirklich viele. Und viele verfolgen interessiert Maries Kampf gegen das System, besonders gegen das Gesundheitswesen.«

Tanya nickte auf eine Weise, die Neutralität und Besonnenheit ausdrücken sollte. Sie betrachtete sich selbst als eine hervorragende Interviewerin, bezweifelte aber, dass Nordsted ihr darin zustimmen würde.

»Gute Menschen wie Anne Holst, zum Beispiel?«, schlug sie vor.

»Absolut. Anne war eine von Emmas dezidiertesten Vorkämpferinnen.«

»Standen die beiden sich nahe? Waren sie befreundet?«

Die Pastorin schaute auf die Wanduhr über Tanyas Kopf. Die Geduld der Gemeindehirtin schien nicht endlos, dachte sie.

»Das war mein Eindruck. Anne hat ja auch in ihrer Eigenschaft als Therapeutin versucht zu helfen.«

Die Pastorin richtete sich auf. Ihre Hände fanden sich erneut in einem festen Griff auf der Tischplatte.

Tanya lächelte entgegenkommend.

»Mir ist an verschiedenen Plätzen im Ort ein etwas finsterer, schwarz gekleideter, junger Mann aufgefallen, obwohl ich ja noch nicht so lange hier bin. Er war heute auch in Ihrem Gottesdienst. Er sieht mir eher nach jemandem aus, bei dem Gottes Wort auf steinigem Boden landet.«

Die Pastorin sah sie wachsam an.

»Sie meinen sicher Andreas Ambrosius. Ein sehr schwieriger junger Mann. Sehr begabt, aber er hat nie eine Ausbildung zu Ende gebracht. Extrem introvertiert. Wohnt zur Untermiete in einem Kellerzimmer irgendwo in der Stadt. War mehrmals im Jugendgefängnis. Gewalttätig.«

»Ah ja?«

»Das hätten Sie selbst schnell herausgefunden, aber ich kann natürlich nichts Kompromittierendes über meine Gemeindemitglieder ausplaudern. Andreas ist, abgesehen von dem, was er sonst noch ist, ein eifriger Kirchgänger. Und alles andere als unempfänglich für Gottes Wort.«

»Ich verstehe. Reden Sie häufiger mit ihm?«

»Ich bin mir nicht sicher, ob Andreas jemals jemandem voll vertraut hat, aber vermutlich bin ich diejenige, die er am nahesten an sich heranlässt. Er hat sich mit Emma Lorenz angefreundet, die beiden passen in vielerlei Hinsicht gut zusammen.«

Tanya kniff die Augen zusammen.

»Sie sind ein Paar?«

»Sie sind Freunde. Ich habe ihn konfirmiert. Er ist oft hier. Sitzt allein in der Kirche oder hier im Büro, wenn ich selbst es nicht nutze. Er liest unsere Bücher, ist sehr wissbegierig. Das ist im Grunde doch eine der wesentlichen Aufgaben der Kirche, nicht wahr? Die in unsere Arme aufzunehmen, die nirgendwo sonst aufgenommen werden. Den Heimatlosen ein schützendes Dach zu bieten ... sozusagen.«

»Das ist sehr lobenswert und gastfreundlich.«

Das Gesicht der Pastorin verschloss sich, und Tanya wusste, dass sie hier nicht weiterkommen würde.

Sie leerte ihre Kaffeetasse und stellte sie ab.

»Mutter und Tochter sind also einfach hier aufgetaucht, völlig aus dem Blauen?«

Die Pastorin stand auf. Die Audienz war beendet.

»So ungefähr. Der moderne Mensch ist ein Reisender, nicht

wahr? Ein Nomade. Und jetzt müssen Sie mich wirklich entschuldigen, Tanya. Ich habe selbst Mann und Kinder, um die ich mich kümmern muss.«

»Selbstverständlich. Danke für den Kaffee.«

Als Tanya sich erhob, schweifte ihr Blick scheinbar zufällig über die Buchregale. Sie erkannte *Liungmans Dictionary of Religious Symbols* wieder. Es gab auch einige Altgriechische und Hebräische Wörterbücher, was vermutlich nicht ungewöhnlich war für die Bibliothek einer Theologin.

Auf der anderen Seite des Kirchplatzes saß Marie Lorenz hinter dem Steuer des grauen VW Touran, einer Sonderanfertigung mit Laderampe und speziellen, an Emmas Rollstuhl angepassten Bodenschienen.

Emma war ausnahmsweise einmal ziemlich klar.

»Warum halten wir hier, Mama? Ich will nach Hause.«

Marie fing den Blick ihrer Tochter im Rückspiegel ein. Dann kaute sie nervös an ihren Nägeln.

»Ich begreife nicht, worüber sie so lange mit der Polizistin redet. Sie ist jetzt mindestens schon eine halbe Stunde dort drinnen.«

»Höchstens zehn Minuten«, versuchte Emma zu relativieren.

»Das kommt dir nur so vor … Schatz! Du schläfst ja die meiste Zeit. Ich weiß bald nicht mehr, was ich mit dir noch machen soll.«

»Warum schauen wir nicht bei Opas Grab vorbei, wenn wir schon mal hier sind«, schlug Emma vor.

»Im Leben nicht! Wir bezahlen den Küster dafür, die Grabstelle in Ordnung zu halten. Das muss genügen für den alten Deppen …«

»Ich mochte Opa.«

Marie bedachte ihre Tochter über den Rückspiegel mit einem nachsichtigen Blick.

»Du weißt absolut nichts über deinen geliebten Großvater, mein Kind.«

»Was soll das heißen? War er kein guter Vater?«

Marie lachte verbittert, zündete sich eine Zigarette an und öffnete das Seitenfenster.

»Ein guter Vater? Doch ja ... ein sehr guter. Ganz reizend. Besonders nachts, wenn meine Mutter sich mit einer Flasche Portwein abgeschossen hatte. Nein, vergiss es. Zumindest hier in der Stadt war er eine Respektsperson. Er war Vorsitzender der Jagdvereinigung, des Gemeinderates und des Einzelhandelsverbands sowie Präsident von Holbæks linker Zeitung. Und er hat eine beeindruckende Zahl an Tieren erlegt.«

»Es gibt doch viele, die auf die Jagd gehen«, murmelte Emma.

»Stimmt, aber nicht so wie dein Großvater. Er hat es geliebt zu töten. Auf die eine oder andere Weise.«

»Ich versteh dich nicht, Mama.«

»Dazu bist du noch zu jung. Wie ich schon sagte: Vergiss es. Was mich jetzt interessiert, ist, welche Lügen die Pastorin der Polizei gerade über uns auftischt. Warum lassen die Leute uns nicht einfach in Ruhe?«

»Warum sollte die Pastorin Lügen über uns erzählen?«

»Sie ist wohl eher ein Apostel des Satans. Sie kann mich nicht leiden, Emma. Und sie war zuckersüß, wenn sie mit Anne und deinem untauglichen Hausarzt im Bridgeklub war. Sie haben aneinandergeklebt wie die Kletten. Und mit Vorliebe über Dinge gesprochen, die sie nichts angehen. Zum Beispiel über uns.«

»Das wusste ich nicht.«

»Jetzt weißt du es.«

Marie beobachtete zufrieden, dass Emma jetzt hellwach war und konzentriert zur Kirche hinüberschaute. Sie hatte ihrer Tochter gestern Abend und auch heute Morgen nur die halbe Dosis Stesolid gegeben. Trotzdem begann Emma schon wieder zu blinzeln und nickte schläfrig vor sich hin. Sie war nur voll da gewesen, als sie Andreas in der Kirche entdeckt hatte. Richtig gestrahlt hatte sie, und Marie hatte gesehen, wie ihre Lippen stumm und mit einem geheimnisvollen Lächeln in den Mundwinkeln den Text in dem Gesangbuch mitgesungen hatten.

Zum Teufel, wie sie diesen Jungen hasste!

»Emma!«

»Was?«

»Ich brauche deine Aufmerksamkeit.«

»Entschuldige. Ich geb mir Mühe.«

»Dein Andreas hockt auch ständig da drinnen herum und schüttet der Pastorin sein Herz aus.«

»Mama, das ist eine Kirche. Andreas ist Christ. Wie du.«

»Ja, ja ...«

Endlich sah Marie die junge, schlanke Polizistin vor der Sakristei auftauchen. Sie setzte ihre Sonnenbrille auf und schaute sich um. Die Sonne funkelte in ihrem hellbraunen Haar, das sie in einem strengen Pferdeschwanz zusammengebunden hatte. Als sie in Richtung Friedhof ging, bemerkte Marie die Dienstpistole über der linken Hüfte. Der Gang der Frau war athletisch und gleitend; eine Ökonomisierung der Bewegungen.

»Endlich geht sie.«

»Die Polizistin?«

»Ja, Emma. Werd endlich wach!«

Emma betrachtete Tanya durch das Seitenfenster.

»Sie ist groß.«

»Nicht wirklich, aber sie hält sich sehr aufrecht. Das lässt einen größer wirken.«

Dann sahen sie die Pastorin, die jetzt Slacks und einen weiten, hellen Pullover trug. Sie ging an der Kirche vorbei und um die Ecke zu dem nahe gelegenen Pfarrhaus.

»Die ist ja ganz schön fett geworden«, sagte Marie. »Ja, ja, die haben ein gutes Leben, die Pastoren. Eine Predigt pro Woche, und das war's. Wohnen gratis im Pfarrhaus. Und wahrscheinlich drehen sie den Stapel Predigten am Anfang eines Jahres einfach um.«

Emma schaute der Pastorin hinterher.

»Du urteilst echt zu hart über Grethe, Mama. Ich finde ihre Predigten richtig gut.«

»Und im Bridgeklub zieht sie dann über uns her.«

»Das weißt du doch gar nicht.«

Marie drehte sich hitzig auf ihrem Sitz um und nagelte ihre Tochter mit dem Blick fest.

»Ich weiß genug! Die Kassenwartin im Klub ist eine alte Freundin. Ja … auch ich hatte einmal Freundinnen. Ich hatte einmal ein Leben, bevor du …«

Emma begann zu weinen.

»Als ob ich nicht wüsste, dass ich an deinem Unglück schuld bin. Ich weiß sehr wohl, dass du all deine … und ob ich weiß, dass ich diejenige bin, die …«

Marie reagierte nicht einmal, als Emma ihr die Hand auf die Schulter legte.

Dann seufzte sie.

»Natürlich ist es nicht deine Schuld. Aber ich war tatsächlich gefragt, als ich jung war. Bei einer Schönheitskonkurrenz bin ich sogar zur Miss Holbæk gewählt worden. Ich stand kurz davor, auch Miss Danmark zu werden, und mehrere Modelagenturen haben mir eine großartige Karriere prophezeit. Vielleicht sogar im Ausland. Aber dann habe ich deinen Vater kennengelernt, bin schwanger geworden, und das war's ...«

»Es tut mir leid.«

Emma schluchzte jetzt lauter.

Marie reichte ihr ein Päckchen Papiertaschentücher.

»Ich glaube, wir müssen noch einmal umziehen, Schatz.«

Emma putzte sich gerade die Nase. Sie hielt inne und sah ihre Mutter über das Taschentuch hinweg an.

»Nein!«

Marie ignorierte den Protest und dachte laut weiter.

»Ich bin diesen Ort leid. Das ganze Getratsche. Alle, die ich kannte, sind entweder verheiratet oder tot. Was im Endeffekt aufs Gleiche rauskommt. Es war ein Fehler zurückzukommen.«

»Aber ich will nicht umziehen!«

Marie sah ihre Tochter streng über den Rückspiegel an.

»Du bist noch nicht volljährig und hast in dieser Hinsicht nichts zu vermelden, mein Schatz. Ich denke, wir können einen guten Preis für den Hof aushandeln ... und dann ziehen wir in den Süden. Nach Frankreich. Wäre das nicht toll? In die Sonne.«

»Nein ...!«

»Es ist mir unbegreiflich, wie du so undankbar sein kannst, Emma!«

Die Tochter schluchzte und presste das Gesicht gegen den vorderen Sitz.

»Ich werde nicht mitkommen, Mama!«

»Natürlich wirst du das.«

Abgesehen von zwei älteren Frauen, die sich um ein paar Gräber kümmerten, war Tanya alleine auf dem Friedhof. Die Temperatur war angenehm. Eine leichte Brise wogte durch die langen Zweige der Trauerweiden. Die Gräber waren mit kleinen, gut lesbaren nummerierten, blau-weißen Metallschildern versehen. Gründlich, wie Tanya nun einmal war, suchte sie, den Blick auf die Grabsteine und Schilder gerichtet, den gesamten Friedhof ab. Obwohl sie nicht wirklich wusste, wonach sie suchte.

Schließlich verließ sie den Friedhof, ohne das Grab vom alten Lorenz gefunden zu haben. Sie hatte sich eine Grabplatte am Fuß eines schwarz glänzenden Marmor-Obelisken mit eingravierten Goldbuchstaben als letze Ruhestätte des Apothekers vorgestellt.

Auch Holbæk war von der Stadtrandpest bedroht, einer tödlichen Provinzkrankheit. Die aus dem Boden schießenden Secondhandboutiquen und Sushiläden in der Fußgängerzone waren das sicherste Zeichen für die voranschreitende Marginalisierung und Armut. Aber es gab auch eine am Sonntag geöffnete Drogerie, die tapfer gegen den Internethandel und die großen Einkaufszentren an den Zufahrtstraßen der größeren Provinzstädte standhielt.

Sie schaute die fast menschenleere Hauptstraße hoch und runter. Seit sie den Friedhof verlassen hatte, fühlte sie sich beobachtet. Tanya war mehrmals um ein und dasselbe Gebäude gegangen, um einen eventuellen Beschatter zu überraschen, hatte aber niemanden bemerkt, der ein besonderes Interesse an ihr zeigte.

Sie ging in die Drogerie und bewegte sich methodisch und langsam an den Regalen mit Deodorants, Parfüms und Shampoos entlang. Dann vergeudete sie einige kostbare Minuten mit dem Abwimmeln dreier besonders diensteifriger Verkäuferinnen. Zum einen wollte sie nicht in ihrer Konzentration gestört werden, zum anderen schienen die drei Schönheiten mit dem perfekten Make-up förmlich in Kleins Eternity, Diors J'Adore und Coco Chanels Mademoiselle gebadet zu haben, sodass alle anderen Düfte davon erschlagen wurden.

Sie war die einzige Kundin in dem Geschäft.

Die Ladeninhaberin kam auf sie zu, als Tanya gerade davon überzeugt war, den Duft gefunden zu haben.

Die große, schlanke, schwarz gekleidete Frau glich einer Kalligrafie.

»Können wir Ihnen irgendwie helfen?«

Tanya richtete sich aus der Hocke auf und sah auf die knallroten Lippen der Frau.

»Möglicherweise. Kannten Sie den früheren Stadtapotheker?«

»Lorenz Simonsen? O ja, wenn auch nicht persönlich. Aber jeder hier wusste mehr oder weniger, wer er war.«

Tanya kniff die Augen zusammen.

»Lorenz Simonsen? Natürlich ...«

Die Frau machte eine ausladende Geste zu den Regalen hin.

»Ich meinte eher, ob wir Ihnen unser Sortiment betreffend weiterhelfen können.«

Tanya schob mit dem Ellenbogen die Jacke so weit nach hinten, dass ihre Dienstpistole zu sehen war, als sie wieder in die Hocke ging.

»Nein, danke.«

Die Frau zog sich eilig zurück. Gleich darauf war aus den hinteren Bereichen des Ladens aufgeregtes Gemurmel zu hören.

Endlich.

Vorsichtig griff Tanya nach dem grünlichen, grafisch einfach gestalteten Flakon mit Kleins One und schnupperte daran: Ananas, grüner Tee, Zitrusfrüchte und Papaya.

Sie lächelte.

Ihr Handy klingelte. Es war Nordsted.

»Wo zum Teufel stecken Sie? Wir hatten vor einer halben Stunde eine Verabredung in Engdals Klinik, wenn ich mich recht erinnere?!«

Tanya schaute auf ihre Uhr und stöhnte.

»Ja. Shit. Entschuldigung.«

Nordsted klang bedrohlich ruhig.

»Haben Sie den Termin vergessen?«

»Ja.«

»Wo sind Sie?«

»In einer Drogerie.«

»Wie bitte …?«

»Ich habe ihn gefunden! Es ist One von Calvin Klein.«

»Wovon zum Teufel reden Sie?«

»Von dem Duft, den ich in Holsts Haus wahrgenommen habe. Der nicht dorthin gehörte. Der Unisexduft. Der von Männern und Frauen benutzt wird.«

»Von Männern und Frauen? Bewegen Sie auf der Stelle Ihren Arsch hierher, Tanya. Sofort!«

Die Verkäuferinnen kamen wieder angeschwirrt, vermutlich auf Geheiß ihrer Chefin. Sie starrten sie mit offenen Mündern an. Tanya starrte zurück.

»Ihr legt echt zu viel auf, Mädels. Ein Parfüm soll wie ein Flirt sein, kein Gruß mit dem Zaunpfahl aus dem Puff.«

Sie verließ den Laden und sah sich um.

Es war niemand zu sehen. Schon gar nicht der schwarz gekleidete junge Mann.

Tanya fand Nordsted in Dr. Henrik Engdals Büro. In seiner schwarzen Skipperjacke erinnerte er an eine schlaflose Fledermaus. An den Wänden hingen anatomische Tafeln, eingerahmt von einem Mosaik aus Pamphleten und Warnungen von allen möglichen Interessenorganisationen, die einen dauerhaften Urlaub vom Tod in Aussicht stellten, wenn man sich ab sofort nur noch von Fisch, Brokkoli und braunem Reis ernährte, zwölf Liter Quellwasser am Tag trank, seinen Abfall sortierte, die Sonne mied und sechs Monate des Jahres in einem Yoga- oder Mindfulness-Retreat auf Kreta verbrachte. Und um Fleisch einen Bogen machte. Und um Geschlechtskrankheiten. Und Stress. Und andere Menschen.

Auf dem Tisch neben dem Computerbildschirm standen gerahmte Fotos von Engdals hübscher, vitaler Frau und den hübschen, vitalen Kindern. Und von einem verspielten Golden Retriever mit einem roten Ball im Maul.

Die Fenster standen offen.

Nordsted schaute auf.

»Frau Cerberus da draußen hätte mich um ein Haar gelyncht, als ich mir eine Kippe angezündet habe.«

»Cerberus … wie der Höllenhund mit den drei Köpfen, der den Hades bewacht?«

Nordsted kniff die Augen zusammen.

»Ich bin immer wieder aufs Neue überrascht über das Ausbildungsniveau in Vestegnen, das muss ich zugeben.«

»Danke.«

»Was haben Sie da am Telefon von einem Parfüm gefaselt?«

»Also«, sagte Tanya eifrig, »der Duft in Anne Holsts Haus, das war tatsächlich One. Und heute Morgen in der Kirche habe ich ihn wieder gerochen.«

»Okay. Und wer hat ihn getragen? Benutzt, meine ich.«

»Die Kirche war voll, ich bin mir nicht sicher.«

Nordsteds Schultern sackten nach unten, und seine Hände öffneten sich.

»Ich würde mir bei Gott wünschen, wir hätten etwas Solideres als einen flüchtigen Duft«, murmelte er.

»Schon klar«, sagte Tanya.

Nordsted zeigte zum Monitor und einer scheinbar undurchschaubaren Patientenakten-Software hin.

»Haben diese Provinzdeppen eigentlich nichts Besseres zu tun, als ihre Hausärzte zu belämmern? Die Hälfte von denen kommt dreimal die Woche mit irgendwelchen eingebildeten Krankheiten, während die andere Hälfte ihm in den Ohren liegt, ihnen zu einer vorzeitigen Rente zu verhelfen. Einige von denen sind noch nicht mal volljährig, verflucht, und haben schon Rückenschmerzen oder posttraumatischen Stress, weil sie an der Tankstelle von jemandem etwas zu laut angesprochen worden sind. Jesus! Haben die Leute denn überhaupt keinen Ehrgeiz mehr, das Beste aus sich zu machen?«

Tanya wusste nicht, was sie darauf antworten sollte. Dann kam ihr eine Idee.

Sie ging ins Vorzimmer zu der schlecht gelaunten, korpulenten Sekretärin, die Candycrush auf ihrem Handy spielte.

Die Vorzimmerdame ignorierte Tanya, bis sie zwei Zentimeter vor ihrer Nase mit den Fingern schnipste. Die Frau sah auf, als wäre Tanya ein lästiger Hund, der ihr eine tote Wasserratte brachte.

»Was ist?«

»Wenn Sie so freundlich wären, Marie und Emma Lorenz Simonsens CPR-Nummern für mich rauszusuchen.«

Die kleinen Augen der Sekretärin verschwanden in den Fettpolstern ihres Gesichts.

»Das kann ich nicht! Dazu brauchen Sie ... einen Durchsuchungsbeschluss oder so etwas!«

Tanya stützte sich auf den Schreibtisch, den Blick auf einen Wasserkühler hinter der Frau gerichtet. Dann wanderte ihr Blick langsam nach unten und verweilte an einem Punkt zwischen den Augenbrauen der Frau.

»Sie wollen also die Ermittlungen in einem Doppelmord behindern, von denen einer der Ermordeten Ihr Arbeitgeber war?«

Die Sekretärin befeuchtete mit der Zungenspitze ihre Unterlippe.

»Wie bitte?«

»Ich kann in fünf Minuten einen Einsatzwagen hierherbestellen und habe in spätestens einer Viertelstunde eine Anzeige durch. Mit ein bisschen Glück lassen die Sie Candycrush in der Arrestzelle spielen.«

»Was reden Sie da? Arrestzelle?«

Tanya beugte sich weit über den Schreibtisch.

»Die CPR-Nummern. Jetzt. Sofort!«

Nordsted sah sie mit komisch aufgerissenen Augen an, als sie in Engdals Sprechzimmer zurückkam.

»Eine Wölfin im Schafspelz«, murmelte er.

»Soll ich mich jetzt um das Journaling-System kümmern oder nicht?«

»Sehr gerne.«

Sie übernahm den Platz des Kriminalkommissars am Schreibtisch. Nordsted bezog Position an den Fenstern, zündete sich eine Zigarette an und hielt die Hand mit der brennenden Zigarette aus dem Fenster.

»Ich habe Anne Holsts Patientenakten durchgesehen, da war absolut nichts Bemerkenswertes«, sagte Tanya. »Schauen wir uns mal diese beiden an ...«

»O Gott.«

Marie Lorenz' Termine bei Dr. Engdal lagen, soweit Tanya das beurteilen konnte, im normalen Routinerahmen. Emma Lorenz' extrem häufige Konsultationen hingegen füllten mehrere Bildschirmseiten ... mit so ziemlich allen der Schulmedizin bekannten Leiden und Symptomen. Bei manchen Terminen ging es um eindeutige Dinge wie die Tendenz zu kleinen Furunkeln und Geschwüren, die Engdal selbst behandelte und aufstach und von denen er pflichtschuldig Gewebeproben ins Labor schickte, die in der Regel eine ungewöhnliche Bakterienflora offenbarten. Aber die meisten Untersuchungen waren ohne Resultat und Diagnose.

Henrik Engdal hatte manchmal kurze Notizen im Kommentarfeld gemacht wie: »... kann ich mir nicht erklären ...«, ansonsten aber subjektive Formulierungen vermieden, vermutlich, falls Emma oder ihre Mutter Akteneinsicht verlangten.

Ärgerlich, dachte Tanya. Sie hätte zu gerne Dr. Engdals private Meinung zu Mutter und Tochter gehört.

Vor drei Wochen hatte er seine Sekretärin beauftragt, alle zugänglichen Krankenhausakten und Entlassungsschreiben sowie die Patientenakten anderer Fachärzte von Emma Lorenz anzufordern.

Tanya öffnete die Akte und stöhnte: Der Inhalt, inklusive aller radiologischen und physiologischen Untersuchungen des heute siebzehnjährigen Mädchens, füllte 5 Gigabyte.

Nordsted summte ungeduldig auf seinem Platz am Fenster. Dann streckte er sich auf der Untersuchungsliege aus und drehte Daumen, wenn er nicht Haare aus seinen Augenbrauen zupfte.

»Ein Duft, sagen Sie ... Etwas vage für eine Festnahme, finden Sie nicht?«

Nordsted betrachtete meditativ die weißen Deckenplatten.

Statt einer Antwort las Tanya vom Bildschirm vor: »... gibt es keine weiteren Rehabilitierungs- oder Aktivierungsmaßnahmen für diesen Typ Patient. Es gibt keine adäquaten Einsatzmöglichkeiten in einem Beruf. Ich beantrage deshalb ... Emma Lorenz bekommt ab ihrem 18. Lebensjahr eine Frührente.«

Tanya drehte sich zu Nordsted um.

Er riss seinen Blick von der Decke los und sah sie an.

»Und? Ich habe das Gefühl, dass das bei uns nichts Ungewöhnliches ist. Die Frührente wird mit einem Kasten Bier gefeiert, soviel ich weiß.«

Tanya tippte mit dem Finger auf den Bildschirm.

»Ich glaube, Sie verstehen nicht, was ich meine. Emma Lorenz war ihr ganzes Leben lang behindert, aber niemand, weder innerhalb noch außerhalb unseres Gesundheitssystems, hat jemals eine konkrete Diagnose gestellt. Nicht einmal das Zentrum für Seltene Krankheiten im Rigshospital.«

Nordsted zog die Schultern hoch.

»Die Hälfte aller Frührentner hat keine ordentliche Diagnose! Sie nerven einfach so lange ihre Sachbearbeiter und Ärzte, bis die das Handtuch werfen, um sie nie wieder sehen zu müssen.«

»Wohl kaum von Tag null an? Die haben verdammt noch mal ihr ganzes Genom umgekrempelt! Sie scheint sehr krank und zugleich kerngesund zu sein. Und ihre Mutter hat ihr gesamtes Leben auf ihr chronisch krankes Kind ausgerichtet.«

»Würden Sie das nicht auch für Ihr Kind tun?«

Er richtete sich auf und sah sie forschend an.

»Vielleicht«, sagte Tanya. »Jedenfalls waren sie vor sechs Tagen das letzte Mal hier. Doch in der Akte ist keine Eintragung. Nur das Datum. Das ist doch merkwürdig. Seine Krankenakten sind ansonsten sehr gründlich geführt.«

Es sah aus, als hätte sie endlich Nordsteds Aufmerksamkeit geweckt.

»Also, was denken Sie?«, fragte er.

Tanya schaltete den Computer aus und stellte sich an die Fenster.

Nordsted wollte gerade eine neue Zigarette anzünden, steckte sie aber zurück in die Packung und diese mit einem tiefen Seufzer in seine Jackeninnentasche, als er ihren Blick sah.

»Sie waren Nomaden«, setzte Tanya an. »Seit Emmas drittem Lebensjahr haben sie an acht verschiedenen Orten im Land gewohnt. Das Mädchen wurde immer wieder entwurzelt, das kann für niemanden gesund sein. Die Mutter ist Krankenschwester und hatte keine Probleme, an den neuen Orten eine neue Stelle zu finden. Neue Ärzte. Neue Untersuchungen an neuen Kliniken. Bis Dr. Engdal sie möglicherweise mit Gedanken konfrontiert hat, die niemand sonst sich zu äußern gewagt hat.«

»Was ist an Holbæk anders?«

»Marie Lorenz stammt von hier. Aus einer alten, reichen Apothekerfamilie. Vor zwei Jahren hat sie den alten Apothekerhof und ein kleineres Vermögen geerbt. Mit ihrem eigenen Gehalt, Emmas Pension und dem Erbe sollte es ihnen, rein finanziell betrachtet, eigentlich gut gehen. Und dann sind da noch all die unterstützenden Gruppen, die für gut gefüllte Kassen sorgen.«

»Was sagt ihr Führungszeugnis?«

»Zu dem bin ich noch nicht vorgedrungen.«

Er stellte sich neben sie, die Hände in den Hosentaschen vergraben, und schaute zu dem Secondhandladen von einer kirchlichen Organisation hin. Tanya betrachtete heimlich sein Profil. Eine dünne, blasse Narbe zog sich von einer Stelle hinter dem rechten Ohr unter dem Mund entlang und verlor sich dann unter dem Kinn. Als wäre die untere Gesichtshälfte irgendwann einmal von der oberen Hälfte getrennt gewesen. Sie schnitt eine mitfühlende Grimasse, außerstande, sich den Schmerz und den Schock vorzustellen.

Unbewusst malte sie mit einer Fingerkuppe eine ähnliche kurvige Linie über ihren eigenen Unterkiefer, als sie seinen offenen und direkten Blick bemerkte. Er rieb sich selbstbewusst über das Kinn, schaute in seine Handfläche und wieder zu ihr.

Zwischen ihnen entstand ein gedankenfreier Augenblick, in dem Tanya bis zu den Haarwurzeln errötete.

Nordsted sah wieder hinaus auf die Straße.

»Straßenrandbombe in Helmland. Ich hatte noch das größte Glück in der Patrouille«, murmelte er als eine Art Erklärung. »Ihre Hypothese, wenn das kein zu großes Wort ist, ist also, dass eine bedauernswerte, aufopfernde Mutter und ihre einzige, schwer kranke Tochter die Hauptverdächtigen in diesem Fall sind? Aufgrund eines Duftes?«

Tanya nickte stumm. So formuliert, klang das ziemlich hirnlos und zwanghaft.

Die Nachmittagssonne malte einen goldenen Glorienschein um Nordsteds Löwenmähne.

Plötzlich lächelte er.

»Okay. Das ist das Einzige, das wir haben, arbeiten wir also weiter mit dieser Hypothese. Irgendwann brauchen wir natürlich etwas Handfesteres. Aber bis auf Weiteres ist das die am wenigsten dumme Idee.«

»Tausend Dank«, sagte sie trocken.

»Nada. Der nächste logische Schritt wäre also, in Marie Lorenz' Vergangenheit zu graben, oder? Wann Sie wo gelebt hat. Was ihre diversen Arbeitgeber, Stationsschwestern und Abteilungskolleginnen über sie zu sagen haben. Um ein deutlicheres Bild von ihr zu bekommen, sozusagen.«

»Genau«, sagte Tanya.

»Und irgendwo muss es doch auch einen biologischen Vater geben. Wenn er noch lebt, werde ich ihn aufspüren.«

Nordsted klang immer noch ein wenig zögerlich, und sie wusste, dass er die Idee von Marie und Emma Lorenz wie einen zu heißen Topfgriff fallen lassen würde, sobald etwas anderes, Konventionelleres und Naheliegenderes auftauchte.

Ihr Handy kündigte eine eingehende E-Mail an. Sie schaute auf den Absender.

»Entschuldigung.«

»Da nicht für.«

Sie las die Nachricht gründlich.

»Die Zeichen auf dem Medaillon stehen für 77«, sagte sie. »Althebräisch oder Aramäisch. Die haben das gleiche Alphabet.«

Nordsted zog eine Augenbraue hoch.

»Sicher?«

»Die Antwort kommt aus dem Smithsonian Institute. Was die sagen, ist immer sicher. Vorher äußern die sich nicht.«

Sie dachte an die Bücher im Regal der Pastorin. Mehrere Bände dort könnten althebräische oder aramäische Alphabete und Zahlensysteme enthalten. Aber warum …?

»77? Fällt Ihnen dazu etwas ein? Tanya?«

Zum ersten Mal sprach er mit ihr auf Augenhöhe.

»Entschuldigung. Nur eine Idee. Viel zu viel. Von wirklich weit hergeholt bis noch abwegiger.«

»Was ist eigentlich mit dem alten Herrn passiert, dem Apotheker?«

Tanya schielte zu der geschlossenen Tür zum Sekretariat hin.

»Ich wollte unsere lokale Informantin da draußen mal danach fragen, in der Hoffnung, dass Marie Lorenz' Vater auch hier Patient war.«

Nordsted knöpfte seine Jacke zu.

»Dann viel Erfolg. Ich muss los. Und ich hoffe wirklich, dass wir keine Zeit verschwenden, Tanya.«

»Da bin ich mir ganz sicher, dass wir das nicht tun.«

»Wie sicher?«

Sie sah ihn entspannt an. Sehr viel entspannter, als sie in Wirklichkeit war.

»Wenn ich 100 Prozent sagen würde, glauben Sie mir das wahrscheinlich nicht, darum sag ich 95 Prozent.«

Er ging zur Tür.

»Also gut. Ich brauche jetzt eine Zigarette.«

Zwei Stunden später saß Jakob auf der Terrasse vor dem Café Jorden Rundt in Klampenborg Emmas biologischem Vater gegenüber. Der schlaksige, sichtlich nervöse, dreiundvierzigjährige

Mann mit dem schütteren, sandfarbenen Haar trug eine rahmenlose Architektenbrille. Er bestellte einen Becher Tee, Jakob trank Wasser.

Ausnahmsweise einmal hatte alles geklappt: Noch vor seiner Ankunft in Høng hatte die Rigspoliti mithilfe des Einwohnermelderegisters und Bundesarchivs Emma Lorenz Simonsens biologischen Vater ausfindig gemacht. Und noch bevor er in Ballerup war, hatte er den Softwaredesigner Aske Hansen in seinem Haus in Vedbæk erreicht und ein Treffen mit ihm vereinbart.

Jakob sah sich um. Das hier war die Nachbarschaft, in der er aufgewachsen und wo er aufs Gymnasium gegangen war. In Charlottenlund Fort hatte er seine ersten sexuellen Erfahrungen mit einem Mädel aus seinem Jahrgang vom Gymnasium Øregaard gemacht – eine Übung im Vollrausch, die mit seinem Absturz in den Wallgraben endete. Das Letzte, was er noch mitbekommen hatte, ehe er unter der Entengrütze verschwand, war das hysterische Kichern des Mädchens. Sie hatte später den Partner einer Top-Anwaltskanzlei geheiratet und sah inzwischen wie alle anderen Charlottenlund-Frauen aus mit ihren botoxgelähmten Gesichtern und Kindern, die besser Philippinisch sprachen als Dänisch.

Er seufzte und wandte seine Aufmerksamkeit wieder Aske Hansen zu. Der Mann hing seinen Erinnerungen nach, Trauer, Empörung und Reue huschten über sein Gesicht – wie flache Steine über die dunkelblaue Wasseroberfläche des Øresunds.

»Marie hat sozusagen von Tag eins an ihren Besitzanspruch auf sie geltend gemacht. Und mich rausgekickt. Das Kind schien ihre eigentliche Bestimmung in diesem Leben zu sein, und sie wollte die alleinige Verantwortung für Emmas Erziehung und Fürsorge. Ich war wie Luft für sie«, sagte er und trank einen Schluck Tee. »Als Emma etwa anderthalb Jahre alt war, hat sie eine Studientour von mir nach Seattle genutzt, um zu gehen. Ohne ihre neue Adresse zu hinterlassen. Emma hat sie natürlich mitgenommen.«

»Einfach so?«

Aske Hansen schaute langsam von seinem Becher auf. Schob ihn ein Stück nach rechts. In der Erinnerung schien ihn das selbst zu verblüffen. Er zog den Becher mit einem gequälten Ausdruck zurück.

»Ja. Ich bin vielleicht nicht der Hellste, was Emotionen angeht, aber ich hatte das Gefühl, dass wir so etwas wie eine Ehe hatten. In der wir gemeinsam dafür gekämpft haben, die Dinge zusammenzuhalten.« Er lachte verbittert. »Damit stand ich aber offenbar alleine da.«

Auf dem Strandvejen fuhr ein schmucker, antiker Jaguar XK 120 Roadster in British Racing Green mit weißen Reifenaußenseiten vorbei. Eins der schönsten Fahrzeuge, das Sir William Lyons je designt hatte, bis auf die weißen Reifenstreifen, die Jakob schon immer ein Dorn im Auge gewesen waren.

»Entschuldigen Sie«, murmelte er. »Ja, man muss doch immer wieder feststellen, dass man einen anderen Menschen nie wirklich kennt, nicht wahr?«

»Das unterschreibe ich Ihnen sofort.«

»Haben Sie sie je wiedergesehen?«

Der Mann schaute über den Sund. Dann nahm er die Brille ab und betupfte seine Augen mit einer Papierserviette. Seine Stimme war leise und heiser.

»Ich habe sie drei Monate später mithilfe eines Privatdetektivs aufgespürt. In einem baufälligen Landgut in Thy. Emma habe ich nicht zu Gesicht bekommen, weil ich nicht weiter als bis zum Hofplatz gekommen bin. Marie war inzwischen mit einem Ex-Rocker zusammen, einem echten Hünen.« Aske Hansen holte tief Luft und sah Jakob an. »Ist das hier wirklich nötig? Ich habe seit Jahren nicht mehr an diese Erzpsychopathen gedacht, wenn ich ehrlich sein soll. Mein Leben ist jetzt ein ganz anderes.«

»Meinen Sie mit Erzpsychopathen den neuen Mann?«

»Alle beide. Arme Emma. Ihre Mutter ist in einem ewigen Tagtraum gefangen ... das habe ich im Nachhinein erkannt. Der Typ damals ist jedenfalls mit einer Flinte auf den Hofplatz gekommen und hat mir gedroht, mir die Birne wegzublasen, wenn ich mich noch einmal dort zeige. Ich habe mich natürlich an die Polizei und das Sozialamt gewandt, um das Sorgerecht zugesprochen zu bekommen, aber niemand hat mir richtig zugehört. Grundsätzlich soll die Mutter besser geeignet sein als, wie haben sie das gleich genannt, ja ... als primäre Fürsorgeperson ...«

Jakob nickte sympathisierend und überlegte, was er selber in einer solchen Situation getan hätte. Er wusste es nicht. Seine eigene Ex-Frau und ihr gemeinsamer Sohn wohnten fünf Kilometer entfernt, und in diesem Augenblick vermisste er Dennis plötzlich mit einem schmerzlichen Ziehen. Aber sie würden das nächste Wochenende zusammen verbringen. Er lächelte in sich hinein. Er war vermutlich der einzige Junge in der Gemeinde Gentofte, der Dennis hieß, und seine Ex Laura hatte sich mit Händen und Füßen gewehrt, aber Jakob hatte auf dem Namen bestanden. Senior Sergeant Dennis Lübke war Jakobs Waffenbruder in Afghanistan gewesen. Und dieselbe Straßenrandbombe, die sein Gesicht von Ohr zu Ohr aufgerissen hatte, hatte ihm den Sergeant genommen.

»Wann haben Sie Ihre Tochter zum letzten Mal gesehen?«, fragte er.

»Vor etwa dreizehn Jahren. Ich bin an ihrem Sonder-Kindergarten vorbeigefahren. Sie saß im Rollstuhl.«

Wieder nahm er die Brille ab und griff nach der Serviette.

Jakob reichte ihm sein Stofftaschentuch. Ein sauberes Taschentuch, ein Feuerzeug und eine Schachtel Zigaretten waren für jeden guten Bullen unentbehrlich. Das musste er Tanya noch sagen. Wenn die Schachtel noch verschlossen war, dürfte noch nicht einmal ihre gottverdammte Nase Einwände erheben.

Die Leute um sie herum wirkten unberührt.

Endlich fand Emmas Vater seine Fassung wieder.

»Und, was hat sie jetzt schon wieder angestellt? Marie, meine ich natürlich. Hat sie jemanden umgebracht? Das würde mich nicht wundern.«

»Nicht?«

»Nein. Im Nachhinein habe ich eingesehen, dass sie wohl nicht ganz ... normal war. Ein paar alte Dämonen trieben sie um, oder vielleicht war sie auch einfach so geboren. Sie war von dem Gefühl besessen, dass die Welt ihr etwas schuldig war, das sie nie bekommen hatte.« Jakob lächelte professionell.

»Im Augenblick geht es mir nur darum, mir so etwas wie einen Überblick zu verschaffen. Über Hintergrund. Routinen.«

»Routinen?«

Jakob rutschte auf seinem Stuhl hin und her.

»Ja.«

»Und Emma? Sie können sich nicht vorstellen ... Wie geht es ihr überhaupt?«

Jakobs Blick schweifte über das Meer. Sein Vater war Kapitän der Handelsflotte gewesen und hatte sich nichts sehnlicher gewünscht, als dass sein Sohn in seine Fußstapfen tritt. In diesem Moment wünschte er sich, diesem Wunsch seines Vaters entsprochen zu haben. Es wäre ein bequemes Leben gewesen.

»Es geht ihr gut«, sagte er. »Sie ist jetzt ja bald volljährig.«

»Könnten Sie ihr Grüße von mir ausrichten? Und ihr sagen, dass ich sie nie vergessen habe?«

Jakobs Fingernägel gruben sich unter dem Tisch in seine Handflächen. Warum zum Teufel hatte er diese Befragung nicht Tanya überlassen? Sie machte das garantiert sehr viel besser als er.

Beim Gedanken an die stille, freundliche und bewundernswert fokussierte Polizistin zuckte ein Lächeln um seine Mundwinkel. Was äußerst unpassend war, sodass er augenblicklich wieder ernst guckte.

»Ich werde es ihr ausrichten. Aber das ist auch das Einzige, was ich in dieser Hinsicht für Sie tun kann.«

Askes Gesicht hellte sich auf, und er gab Jakob das Taschentuch zurück.

»Es wäre so wunderbar, sie einmal wieder persönlich zu sehen. Nicht nur auf Facebook und in den sozialen Medien.«

Jakob dachte an die dünne, blasse und verwelkte Gestalt unter der Decke im Rollstuhl oder in ihrem elektronischen Klinikbett. Tanya hatte ihm die Fotoalben auf Facebook gezeigt, sie waren mit das Traurigste, was er je gesehen hatte. Er lächelte steif.

»Das verstehe ich gut, Aske. Wirklich.«

Er stand auf. Sein Gegenüber rührte sich nicht. Aske Hansen war in seiner ganz persönlichen Hölle gestrandet.

»Ich muss weiter. Und ich werde dafür sorgen, dass Ihre Grüße ankommen.«

Jakob ließ Aske Hansen allein zurück und lief eilig zu seinem Auto. Beim Anblick des abgebrochenen Seitenspiegels, den er notdürftig mit Klebeband repariert hatte, blieb er stehen.

Und wieder schlich sich ganz unwillkürlich ein Lächeln auf seine Lippen.

Mit einer Mischung aus Spannung, Verwirrung und Erleichterung lehnte Tanya sich an die Rückenlehne der Steinbank und betrachtete den Grabstein aus spiegelblankem Granit vier Meter vor ihren Schuhspitzen. Das Grab war ordentlich gepflegt. Am Fuß des Steins standen zwei kleine Metallvasen mit recht frischen Wiesenblumen, die noch nicht verblüht waren. Thomas L. Simonsen 1943–2017 war mit großen Lettern in den Stein gemeißelt.

Und das war es auch schon. Keine Wünsche, dass der Verstorbene »in Frieden ruhen« möge, kein »Gute Reise«, ganz zu schweigen von »Vermisst und geliebt«. Aber nicht die fehlenden Abschiedsgrüße waren das Bemerkenswerteste an dem Grab, sondern das kleine, versteckte blau-weiße Schild an der niedrigen, dauergrünen Tujahecke: 77. Das war natürlich kein Zufall und hatte etwas zu bedeuten. Aber was? Es beantwortete ihnen jedenfalls nicht, wer der Mörder war, ob er ein Einzeltäter war und warum der Betreffende Dr. Engdal das Medaillon um den Hals gelegt hatte – wie einen morbiden, möglicherweise höhnischen und privaten Hinweis.

Sie brauchte jetzt unbedingt dunkle Schokolade und irischen Whisky. Am liebsten Bushmills Black Bush. Beides half ihr, klarer zu denken.

Whisky und dunkle Schokolade waren Tanyas einzige Laster, von der Sammlung seltener und teurer Parfüms einmal abgesehen, die sie hin und wieder auf internationalen Internet-Auktionen erstand. Männer hatte sie aufgegeben.

Unter Aufbietung all ihrer angeborenen Höflichkeit und Geduld hatte sie Dr. Engdals Sekretärin ausgefragt, die im Ort geboren und aufgewachsen war. Und so hatte sie erfahren, dass der Apotheker – so wie im Übrigen auch Anne Holst – zu den bürgerlichen Stützen der Stadt gehört hatten und tief verankert und engagiert im öffentlichen Leben Holbæks gewesen waren. Als Philanthrop war der Apotheker die treibende Kraft hinter der Restaurierung des alten Dominikanerklosters gewesen, die den Gebäuden mit den glatten, etruskerroten Mauern und den schwarz lackierten Dachziegeln wieder zu ihrer alten Pracht verholfen hatte.

Der Apotheker war kein Patient von Henrik Engdal gewesen, sondern von Dr. Mikkelsen, Engdals Vorgänger. Tanya dachte lächelnd an Nordsteds Zurückhaltung Computern und allem Digitalen gegenüber. Sie hatte die Sekretärin gebeten, ihr alle alten Dateien aus Mikkelsens Zeit herauszusuchen, und die waren nahezu perfekt. Der ältere Arzt hatte die neue Computertechnologie in vollem Umfang genutzt.

Demnach war Thomas Lorenz Simonsen bis zum Juli 2017 bei bester Gesundheit gewesen. Herz und Lungen waren erstklassig für sein Alter. Er war gerne an der frischen Luft, bevorzugt in Gesellschaft seiner Schrotflinte und seines Jagdhunds, hatte jede Menge Bewegung und ernährte sich mehr oder weniger vegetarisch. Und auch sein Alkoholkonsum war eher sparsam.

Interessant waren die Randnotizen, die Dr. Mikkelsen in der

Patientenakte gemacht hatte. Unter anderem hatte er den Apotheker immer wieder vor dem lebensgefährlichen Missbrauch von Arsen gewarnt, jedoch ohne nennenswerten Erfolg.

Arsen war über Jahrhunderte hinweg als Narkotikum auf einer Linie mit dem wach machenden Kokain bekannt gewesen, aber um Längen gefährlicher. Adlige Frauen nutzten diese extrem giftige Substanz seit der elisabethanischen Ära als bleichendes und verschönerndes Hautmittel. Die englische Königin Elizabeth I. verdankte ihre kreideweiße Gesichtshaut, die über Jahrhunderte Vorbildcharakter gehabt hatte, einer Mischung aus Arsen, Puder und Bleistaub – erfuhr Tanya bei Google.

Jäger und Sportler verwendeten Arsen seit dem 18. Jahrhundert als leistungssteigerndes Mittel. Genau wie übrigens Strychnin. Man brachte das Arsenpulver in der Mulde an der Wurzel zwischen Daumen und Zeigefinger an, der »Tabatiere« oder Schnupftabakdose, und schnupfte das Pulver dann durch die Nasenlöcher ein, von wo aus es über die Schleimhäute in den Organismus gelangte. Arsen verstärkte die Koordination zwischen Hand und Auge, die so essenziell für den Jäger war – und Thomas Lorenz Simonsen war ein sehr eifriger Jäger gewesen.

Am 14. Juli 2017 wurde er leblos in der Klinik eingeliefert und bei seiner Ankunft für tot erklärt. Die Tochter, Marie Lorenz, die ihren Vater Mitte Juli eine Woche besucht hatte, hatte den Krankenwagen gerufen.

Als Todesursache waren Herz- und Nierenversagen angegeben.

Tanya machte sich eine Notiz, den Obduktionsbericht von Thomas Lorenz Simonsen anzufordern, wenn es denn einen gab, und den Totenschein.

Die direkte Frage, ob der junge Andreas Ambrosius auch Patient bei ihnen war, beantwortete die Sekretärin des Arztes mit einem beherzten »Gott sei Dank, nein«.

Tanya schüttelte sich kurz und überlegte, Nordsted anzurufen, um ihm die Resultate ihrer Untersuchungen mitzuteilen, zögerte aber. Das Aufspüren der letzten Ruhestätte des alten Apothekers brachte sie vermutlich nicht viel weiter. Trotz der Zahlentafel mit den gleichen althebräischen Zeichen.
Das, was da unten lag, war wichtig. Unter dem weißen Kies, einer drei Ellen dicken Humusschicht und einem Sargdeckel. So nah und doch so fern.
Ließ sich Arsen bei einer zwei Jahre alten Leiche noch nachweisen?

Jakob erreichte die Præstegårds Allé in Brønshøj und hielt vor einem bescheidenen weißen Einfamilienhaus mit rotem Ziegeldach – einen guten Steinwurf vom Friedhof in Brønshøj entfernt. Die Hecke könnte einen Schnitt und das Gartentor eine frische Holzverkleidung vertragen, dachte er. Ansonsten war das ein sehr gepflegtes Viertel. Friedlich. Ein Ort, an dem unproblematische Jugendliche aufwuchsen, deren Kindheit von Fußballspielen auf der Straße geprägt war, von der ständigen Nähe Erwachsener, von Fahrrädern und Amseln auf den Dachfirsten, vom Apfelklau und einfachen Lebensregeln, gesunden und vor allen Dingen vernünftigen Mittelklassewerten, langen Sommern und Flirtereien auf den Pfaden in Utterslev Mose – von nichts, das zu lasterhaften Zeitvertreiben drängte, als der Frederikssundvej sie zu bieten hatte. Die Häuser hier wurden häufig von einer Generation an die nächste weitervererbt, wie er wusste.

Das Haus gehörte der pensionierten, geschiedenen Oberschwester Lis Thomsen, ihrerzeit Marie Lorenz Simonsens Vorgesetzte im Bezirkskrankenhaus in Kopenhagen.

Hinter dem Gartentor wurde er von einer wollpelzigen Straßenkreuzung mit einem Tennisball im Maul begrüßt. Der Hund legte ihm den Ball vor die Füße und wedelte auffordernd mit dem Schwanz. Jakob hob den Ball auf und warf ihn durch den Garten. Der Hund düste los, und eine schlanke Frau in den Sechzigern in Holzschuhen, Gartensachen, Lederhandschuhen und mit einer Astschere bewaffnet bog um die Ecke.

Sie musterte Jakob mit freundlichen grauen Augen.

»Herr Nordsted?«

»Ja.«

»Sie müssen Konrad entschuldigen. Er ist zehn Jahre alt, führt sich aber immer noch auf wie ein Welpe.«

Der Tennisball landete wieder vor Jakobs Füßen.

»Konrad!«

Der Hund kläffte laut, und sein Frauchen seufzte.

Jakob warf den Ball um die Hausecke.

»Wollen wir reingehen?«, fragte die Frau.

»Sehr gerne. Bevor er wieder da ist.«

Etwas später saßen sie auf ihrer heimeligen, geschlossenen Terrasse und warteten, dass das Kaffeepulver in der Stempelkanne nach unten sank.

Lis Thomsen saß aufrecht in einem Korbstuhl und sah ihn neugierig an.

Dann drückte die ehemalige Oberschwester den Stempel nach unten und schenkte Kaffee in eine hübsche Porzellantasse.

Jakob nahm zwei Stück Zucker. Er hatte seit dem Frühstück nichts mehr gegessen.

Lis Thomsen schielte auf den nikotingelben Zeige- und Mittelfinger seiner rechten Hand.

»Sie dürfen gerne rauchen, wenn Sie wollen, und auch den Rauch in meine Richtung blasen. Ich habe vor drei Jahren, sieben Monaten und zwölf Tagen aufgehört. An dem Tag, von dem an das Leben nicht mehr in Farbe gesendet wurde, wie ich immer sage. Viele Jahre waren zwanzig Kings am Tag meine besten Freunde.«

»Gott segne Sie.«

Die Frau lächelte und faltete die Hände im Schoß.

»Marie Lorenz?«

Der Hund kratzte an der Terrassentür, und Lis Thomsen ließ ihn rein. Er trottete zu seinem Korb und legte sich mit einem seltsam menschlichen, vorwurfsvollen Seufzer zurecht.

»Ja. Marie ... Was wollen Sie wissen?«

»Wie lange haben Sie zusammen gearbeitet?«

Sie dachte nach.

»Sie war als Schülerin in der Abteilung, bevor sie ihre Ausbildung zur Krankenschwester beendet hatte. Sie hat ein ausgezeichnetes Zeugnis bekommen, soweit ich mich erinnere. Marie war umgänglich, freundlich, pflichtbewusst, intelligent. Und sie konnte gut mit den Patienten reden.«

Lis Thomsen stand auf und zupfte verwelkte Blätter von der Begonie auf dem Fensterbrett.

Der energische Typ, dachte Jakob. Einer dieser rastlosen Menschen, die immer etwas zu tun haben mussten.

»Und wie ist Ihre private Meinung zu ihr?«, fragte er.

Die pensionierte Oberschwester setzte sich wieder in den knarrenden Korbstuhl und trank einen Schluck Kaffee.

Sie sah ihn an.

»Ich verstehe und akzeptiere, dass Sie mir nichts über den Grund für das polizeiliche Interesse an Marie sagen können, doch um ehrlich zu sein, bin ich nicht wirklich überrascht.«

Jakob lächelte entgegenkommend.

»Warum nicht?«

»Sie war eine gute Krankenschwester. Sie ist nach einer längeren Pause zurück in unsere Abteilung gekommen, weil wir sie gerne haben wollten. Sie war inzwischen ein paar Jahre älter und hatte ein Kind bekommen … Eine Tochter, soweit ich mich erinnere.«

»Das ist korrekt«, sagte Jakob. »Sie hat im Alter von sechsundzwanzig Jahren eine Tochter bekommen.«

»Und war alleinerziehend?«

»Ja, nach einer Weile.«

»Marie war ein äußerst privater Mensch«, sagte Lis Thomsen. »Aber sie hatte auch etwas sehr … Unerfülltes an sich. Was man vermutlich über eine Menge Frauen sagen kann.«

Jakob nickte. Zu genau dieser Erkenntnis war er auch gekommen.

»Marie war eine Perfektionistin, und wenn mal etwas aus dem einen oder anderen Grund nicht so lief wie geplant, war ihr plötzlich alles egal. Entweder war etwas grandios, oder es ging gar nicht. Gut funktionierendes Mittelmaß gab es für sie nicht.«

»Auch als Krankenschwester?«

Lis Thomsen nickte enthusiastisch.

»Absolut. Sie war, wie gesagt, eine sehr gute Krankenschwester. Mit breit gefächerten Fähigkeiten. Sie hatte keine Angst, Verantwortung zu übernehmen, und ging die Probleme an, statt vor ihnen wegzulaufen. Das lernt man als Oberschwester sehr schnell zu schätzen. Aber Routinen haben sie immer schnell gelangweilt.«

Jakob konsultierte sein schwarzes, abgegriffenes Notizbuch und schaute auf.

»Marie Lorenz war von März 2007 bis Juni 2010 in der Akutchirurgie angestellt, wonach sie ...«

»Verschwand. Das ist korrekt. Ihre offizielle Kündigung haben wir erst zwei Monate später bekommen. Äußerst unorthodox, wenn ich das so sagen darf.«

»Haben Sie es bedauert, dass sie so plötzlich aufgehört hat?«

Die ehemalige Oberschwester lächelte breit.

»Ganz und gar nicht! Wenn die Wahrheit ans Licht soll, und das soll sie ja, da Sie von der Polizei sind und so weiter ... Ich hätte sie in jedem Fall entlassen müssen, wenn sie nicht von sich aus gekündigt hätte. Möglicherweise hätte ich sogar den Amtsarzt gebeten, eine Untersuchung anzuleiern.«

Jakob beugte sich auf dem Korbstuhl vor, der knarrend protestierte.

»Weshalb?«

Frau Thomsen senkte den Blick, sie war plötzlich sehr ernst.

»Wir hatten den Verdacht, dass es bei der Medikamentenverteilung immer wieder zu Unregelmäßigkeiten kam, wenn Marie Schicht hatte. Wir hatten keine handfesten Beweise, aber ... Ich selbst bin mir jedenfalls ganz sicher.«

»Hat sie den Patienten zu viel Schmerzmittel verabreicht? Man hört ja immer wieder mal von Krankenschwestern, die recht großzügig mit Schmerztabletten und Beruhigungsmitteln sind, damit sie in Ruhe ihre Arbeit machen oder kurz die Füße hochlegen können.«

Sie lächelte unverbindlich und ohne ihn anzusehen.

»Das ist mir auch zu Ohren gekommen, Herr Kriminalkommissar. Doch das war in diesem Fall nicht das Problem. Im Gegenteil. Sie hat den Patienten zu wenig Medikamente gegeben.«

Andreas fror. Die Sonne war fast untergegangen.

Er erhob sich von der Bank in der kleinen Parkanlage wenige Hundert Meter vom Apothekerhof entfernt. Die Straßenlaternen gingen an.

Dann schaltete er sein Smartphone an, obwohl er wusste, dass die digitale Miniaturkamera, die er in den Kopf des Harry-Potter-Drachen eingenäht hatte, sofort Alarm schlagen würde, sobald sich jemand in Emmas Zimmer bewegte.

Als er die Kamera-App öffnete, sah er das Fußende von Emmas Bett. Ihre Füße hoben die Bettdecke an wie zwei Zwillingshügel auf einer weißen Ebene. Er regelte das Mikrofon hoch und hörte ihren leichten, regelmäßigen Atem.

Die Kamera war erste Sahne. Eine Reichweite von vierhundert Metern und kabellose Bildübertragung, mit eingebautem Bewegungssensor und Infrarotlinse für Aufnahmen in kompletter Dunkelheit.

In dem Raum tat sich nichts.

Wie konnte ein Mensch so viel schlafen?

Zwei Stunden zuvor war Marie ins Zimmer ihrer Tochter gekommen. Die Kamera war angesprungen, und Andreas hatte, nervös an seinen aufgeschrammten Knöcheln saugend, auf das Display gestarrt. Marie hatte halbwegs erfolgreich versucht, ihre Tochter wach zu rütteln. Dann hatte sie das fast lallend protestierende Mädchen ins Badezimmer getragen, Emmas Kopf war in ihrer Ellenbeuge hin und her geschaukelt.

Marie hatte beruhigend vor sich hin gesummt. Ein altes Wiegenlied.

Andreas hatte die Toilettenspülung gehört. Danach das Wasser am Handwaschbecken.

Dann war Emma zurück in ihr Bett getragen worden. Marie hatte sie auf die Stirn geküsst, die Bettdecke glatt gestrichen und das Zimmer verlassen.

Das war alles.

Er verstand das nicht.

Es war kalt.

Schnell lief er auf dem Kiesweg hin und her. Zog den Reißverschluss des Parkas bis zum Kinn hoch und setzte die Kapuze auf. Ein junges Pärchen spazierte auf dem Bürgersteig vor der Anlage vorbei, ohne ihn zu bemerken. Sie diskutierten über einen Film, den sie gerade im Kino gesehen hatten. Andreas stellte sich vor, dass sie auf dem Weg nach Hause waren, wo sie noch einen Kaffee oder ein Glas Wein trinken würden. Nach dem Zähneputzen würden sie ins Bett gehen – zusammen. Vielleicht würden sie sich bei angeschaltetem Licht in ihrem sauberen, gemütlichen Schlafzimmer lieben – oder im Dunkeln. Was wusste er schon?

Er vermisste Emma, wenn er nicht bei ihr war. Es war wie ein permanenter Schmerz. Er würde alles dafür tun, mit ihr wegzufahren. Ein Auto stehlen. Alle, die sich ihnen in den Weg stellten, plattmachen. Einfach fahren. Über Grenzen, durch fremde Länder. Und in Emmas glückliches Gesicht sehen. Die ganze Zeit.

Das Telefon vibrierte in seiner Hosentasche. Etwas hatte die Kamera im Kopf des Drachen aktiviert.

Seit ihrem Intermezzo hatte Tanyas Nachbar sich absolut ruhig verhalten. Durch die armselig dünnen Trennwände zwischen den Zimmern hörte sie, wie sich der junge Mann zwischendurch räusperte, die Bettfedern quietschten oder wie er sich zurückhaltend die Zähne putzte. Das war alles.

Selbst sein Handy schien er auf lautlos gestellt zu haben. Oder ihn rief niemand an. Sie musste jetzt wirklich mal ein paar Flaschen Bier kaufen, um das Eis zu brechen und die Hausregeln neu zu verhandeln.

Im Moment fühlte sie sich wie ein Zombie, nachdem sie eine gigantische Menge Daten von Emmas Odyssee durch dänische und ausländische Kliniken auf ihren eigenen, leistungsstärkeren Computer rübergeladen und sich an den unverständlichen Abkürzungen und lateinischen Bezeichnungen die Augen wund gesehen hatte, ohne wirklich zu verstehen, was die Diagnosen bedeuteten.

Sie hatte eine Partypackung M&M geleert und sich pflichtschuldig dafür gehasst.

Nordsted meldete sich zum zigsten Mal bei ihr. Sie hatte im Laufe des Tages mehrmals mit ihm gesprochen. Im Hintergrund lief Opernmusik in seinem Autoradio. Es war fast halb elf abends. Der wortkarge Kriminalkommissar war mit einem Mal irritierend redselig.

»Irgendwelche Fortschritte?«, fragte er zum x-ten Mal an diesem Tag.

Tanya unterdrückte ein ungeduldiges Stöhnen. Sie ging zum Fenster und öffnete es weit. Frische Luft. Salziger Tanggeruch vom Fjord. Dann fuhr ein Auto aus einer Parklücke und verpestete alles mit Dieselabgasen.

Sie knallte das Fenster zu.

»Bei allem Respekt, aber ich baue hier kein Ikearegal zusammen«, sagte sie. »Das ist alles ziemlich kompliziert, wenn man nicht grad Mediziner ist, und das bin ich nicht.«

Sie hörte nur das Autoradio. Schließlich meldete Nordsted sich wieder.

»Darüber bin ich mir im Klaren, aber wenn Sie glauben, dass die Tochter schwer zu fassen ist, dann probieren Sie es mal mit der Mutter. Die ist wie ein Stück nasse Seife. Rätselhaft und komplett unberechenbar, wenn man nicht zufällig in ihrem Kopf herumspaziert. Und da sei Gott vor.«

»Das ist mit der Tochter nicht anders.«

»Das heißt? Könnten Sie das bitte vertiefen.«

Seine Stimme klang schleppend. Tanya zog die Augenbrauen hoch und drückte das Handy fester ans Ohr.

»Haben Sie getrunken? Und fahren Auto?«

Sie kniff erschrocken die Augen zusammen. Hatte sie das wirklich gerade gesagt?

Stille.

Die viel zu lang dauerte.

Sie glaubte, die Ouvertüre von Cavalleria Rusticana wiederzuerkennen.

»Entschuldigung?«, fragte er schließlich – mit einem ungläubigen Unterton.

»Ach, nichts. Seien Sie so nett und vergessen Sie es«, bat sie ihn.

»Ich habe Sie sehr gut verstanden. Und danke für die Fürsorge, aber als ich das letzte Mal nachgeschaut habe, waren wir noch nicht verheiratet, oder?«

»Entschuldigung. Ich weiß nicht, wie mir das rausrutschen konnte. Tut mir leid, ich finde nur, dass ...«

»Sie finden was genau?«

Sie atmete aus. Ihre Augen tränten vor Müdigkeit.

»Ich finde nur, dass Sie auf sich aufpassen sollten.«

»Ich weiß sehr genau, warum Sie das gesagt haben. Sie sind zum Kotzen frustriert, stimmt's?«

»Ja.«

Sie hörte das Klicken eines Feuerzeuges dicht am Mikrofon.

»Das gehört zu unserem Job. Neunzig Prozent der Zeit ist man zum Kotzen frustriert, weil es nicht vorangeht. Die verbleibenden zehn Prozent ist man aus anderen Gründen zum Kotzen frustriert.«

»Aus welchen?«

Nordsteds Stimme war nicht mehr schleppend, sie war nüchtern und monoton.

»Weil man ohne den kleinsten Schatten eines Zweifels weiß, wer der Mörder ist, es aber nicht beweisen kann. Man ist also entweder frustriert, weil man nicht weiß, wer der Mörder ist, oder noch viel, viel frustrierter, wenn man weiß, wer der Täter ist, ihn aber nicht an die Kirchentür nageln kann. Und am allerfrustriertesten ist man darüber, dass er möglicherweise erneut zuschlagen wird, ohne dass man den leisesten Dreck dagegen unternehmen kann.«

Ihre Müdigkeit war vergessen. In ihrem Kopf war in diesem Moment nur noch Platz für Nordsteds Bekenntnisse, die sie so vielleicht nie wieder zu hören bekam.

»Sprechen Sie aus eigener Erfahrung?«, fragte sie.

»O ja. Das neunzehnjährige Mädchen, das eines Morgens in einem Park in einem Viertel von Vestegnen niedergestochen wurde, als sie den Familienhund Gassi geführt hat. Am helllichten Tag. Da waren Jogger. Andere Hundehalter. Leute mit Kinderwagen. Niemand hat etwas gesehen! Der Täter ist verschwunden wie ein Gespenst.«

»Davon habe ich gehört.«

»Äußerlich sah sie aus wie eine gewöhnliche Gymnasiastin, jung und blond, gesund und anständig. Höchster Durchschnitt an ihrem Gymnasium. Grundsolides Elternhaus mit grundsoliden Werten. Model und Tänzerin.«

Tanya schaute aus dem Fenster.

»Und Sie wissen, wer es getan hat?«

Es folgte eine lange, typische Nordstedpause.

»O ja. Der Täter ist nicht sonderlich clever, kein Professor Moriarty, sozusagen. Aber er hatte unverschämtes, unglaubliches Glück, und er kann den Mund halten.«

»Oh … könnte man nicht …«

»Ihn in einer Nacht mit dem Wissen konfrontieren, wenn er auf dem Heimweg aus einer Kneipe oder vom Bowling ist? Sie können sich nicht vorstellen, wie oft ich kurz davor war, Tanya. Ich habe ihn lange beschattet. Ein kurzes Gespräch, ein Geständnis und eine Kugel in seinen unverzeihlich perversen, kranken Kopf.«

Eine Weile herrschte eine flirrende Stille.

»Kann man Arsen in einem zwei Jahre alten Leichnam nachweisen?«, fragte sie unvermittelt.

Nordsted gluckste leise.

»Der Apotheker? Hat der Arsen genommen?«

Tanya sah auf ihre Fingernägel. Sie müssten mal wieder gefeilt und lackiert werden. Sie hasste es, wenn ihre Nägel zu lang waren. Natürlich wusste Jakob alles über Arsen und die verschiedenen Anwendungsbereiche.

»Wussten Sie, dass es wie eine Art Dope verwendet wurde?«

»Natürlich.«

Natürlich.

»Er war Jäger, nicht wahr?«, fragte er.

»Ja.«

»Das macht Sinn, irgendwie. Wenn man zufälligerweise Apotheker ist und was rumstehen hat. Arsen habe ich selbst nicht ausprobiert. Das Problem ist, dass man sterben kann, wenn man es nach einer gewissen Zeit des Missbrauchs plötzlich absetzt. Kalter Entzug funktioniert bei Arsen nicht.«

»Interessant. Aber lässt es sich bei einem Toten nachweisen?«

»In Haar und Nägeln«, sagte er.

»Okay?«

»Ziemlich exakt sogar, wie Jahresringe. Aber das hat meines Wissens nach seit Sherlock Holmes niemand mehr gemacht.«

»Könnte man ...«

Er holte pfeifend Luft.

»Nein, nein, nein! Sind Sie wahnsinnig? Den alten Knacker exhumieren? Wir wären für den Rest unseres Lebens damit beschäftigt, die Genehmigungen dafür einzuholen ... Das ist in Dänemark mindestens seit zweihundert Jahren nicht mehr passiert. Und wenn er Katholik ist, müssen wir einen Antrag beim Vatikan stellen und warten, bis ein Komitee depravierter Kardinäle die Sache untersucht und einen Beschluss auf der Grundlage eines möglichen Präzedenzfalls fasst, der durch das Kirchenkonzil von Nicäa im Jahr 325 geschaffen wurde ... Da würde es vermutlich schneller gehen, ihn zum Heiligen erklären zu lassen. Oder wenn wir ihn selber in einer Vollmondnacht ausgraben.«

Tanya nahm das Handy vom Ohr und warf einen verärgerten Blick darauf. Nordsteds Untertöne waren plötzlich wieder schleppender. Was er wohl im Handschuhfach seines Jaguars so deponiert hatte? Sie sah einen silbernen Flachmann mit dem Wappen der Leibgarde und seinen Initialen vor sich.

»Entschuldigung, aber warum sollte er Katholik sein?«, fragte sie.

»War er nicht einer der Initiatoren hinter der Restaurierung des Dominikanerklosters?«

Tanya konnte sich ein Grinsen nicht verkneifen. Nordsteds entspanntes, lässiges Auftreten als Gentleman-Detektiv überspielte ganz offensichtlich eine dahinter verborgene Arbeits- und Recherchewut. Sie hätte nicht gedacht, dass er über das Kloster und Thomas Lorenz Simonsens Engagement bei der Restaurierung Bescheid wusste.

»Ja, das war er«, antwortete sie leise. »Und am 14. Juli 2017 wurde er leblos im Holbæker Krankenhaus eingeliefert und bei der Ankunft für tot erklärt. Herz- und Nierenversagen steht auf dem Totenschein, was entweder genau das bedeutet oder etwas ganz anderes. Der diensthabende Vertretungsarzt, der den Totenschein ausgestellt hat, hätte als Todesursache genauso gut Masern eintragen können. Zufälligerweise war in der Woche, in der ihr Vater die Biege gemacht hat, Marie Lorenz zu Besuch. Und sie hat sozusagen das Königreich geerbt.«

Luciano Pavarotti und Mirella Freni in *La Bohéme*. Eine von Tanyas Lieblingseinspielungen. Herbert von Karajan. Das war nicht zu toppen.

Nordsteds Stimme kehrte zurück wie von einer Expedition ins äußerste Thule.

»Ihr Verdacht, Marie Lorenz betreffend, besteht also weiterhin? Und wurde der Alte obduziert? Das wäre in diesem Fall ja wahrlich angebracht gewesen.«

»Ja und ja …«

»Dann halten Sie sie für so eine Art Catherine de Medici? Beruf: Giftmörderin.«

»Das will ich nicht ausschließen. Sie hatte die Gelegenheit und … und …«

»Es fehlen nur noch die Beweise und das Motiv, Tanya. Beweise und Motive sind Ihnen bekannte Begriffe, oder?«

»Frenis Si, mi chiamano Mimi« bereitete Tanya eine Gänsehaut auf den nackten Armen. So kristallklar und überwältigend. Sie summte unbewusst mit, seufzte und legte eine Hand vor den Mund. Christ!

Das war mit Abstand das sonderbarste Telefongespräch, das sie je geführt hatte.

»Haben Sie gerade mitgesungen?«, fragte Nordsted.

»Was? Nein … doch, ein bisschen. *La Bohéme*, oder?«

»Pavarotti …«

»Und Mirella Freni.«

Schweigen.

»Ja«, sagte er. »Unübertrefflich.«

»1985 in der Met.«

Schweigen.

»Ich bin überrascht«, meinte er schließlich.

»Nein, nur vorurteilsbelastet.«

»Da haben Sie wohl recht.«

»Was haben Emmas Vater und die Oberschwester gesagt?«, fragte Tanya.

»Das Gleiche. Die Frau war merkwürdig. Aber …«

»Aber was?«

»Es ist nicht illegal, exzentrisch zu sein. Ich denke, wir sollten hier ein bisschen vorsichtig vorgehen, Tanya. Die meisten

Menschen sehen in Marie Lorenz eine perfektionierte Version von Mutter Teresa. Sie wissen schon: das machtlose Individuum gegen das gesichtslose, allmächtige System. Und es gibt, wie gesagt, keine Beweise. Oder ein Motiv.«

»Das weiß ich doch auch! Aber was ist mit dem Mädchen? Sie sitzt seit ihrem dritten Lebensjahr in diesem verfickten Rollstuhl und kann ihre Knie und die Hüfte nicht mehr strecken. Ihr Körper hat sich nach dem verfluchten Rollstuhl geformt, Jakob. Das ist eine echt tragische Geschichte. Stimmen Sie mir da zu?«

Sie hatte ihn zum ersten Mal bei seinem Vornamen genannt. Er ließ es kommentarlos durchgehen.

»Ja, das ist furchtbar traurig. Aber was sollte Marie Lorenz' Motiv sein, Anne Holst und Henrik Engdal zu töten? Und sagen Sie jetzt nicht, dass der Grund der war, dass Frau Holst nicht mehr mit ihr auf Facebook befreundet sein wollte. Das reicht nicht.«

»Aber ich glaube, dass sie es war! Anne Holst wusste etwas Skandalöses über Mutter und Tochter. Der Arzt wusste es auch. Die zwei haben miteinander gesprochen, sechzehn Minuten lang! Und dann sind sie ermordet worden.«

Das Schleppende war jetzt wieder ganz aus Nordsteds Stimme verschwunden.

»Vielleicht haben Sie ja recht. Ich habe absolut nichts gegen Intuition, aber wir brauchen trotzdem ein paar Beweise.«

»Das weiß ich ja, aber ...«

Natürlich hatte er recht.

»Kein Aber. Wir sehen uns morgen. Und Tanya ...«

»Ja?«

»Mögen Sie Single Malt?«

Der Mann trieb sie in den Wahnsinn. Trotzdem musste sie lächeln. So unsäglich irritierend der Kriminalkommissar einerseits war, so gnadenlos ehrlich und attraktiv war er auch. Man bekam sozusagen das, was man sah.

Tanya versuchte, das Lächeln aus ihrer Stimme herauszuhalten.

»Was um alles in der Welt hat das mit unserem Fall zu tun?«
»Seien Sie so freundlich, und beantworten Sie meine Frage.«
»Ja ... ähm, gern sogar.«
Nordsted klang, als wäre es eine Frage nach Leben und Tod.
»Favoriten?«
Tanya dachte nach. Es gab so viele.
»Ähm ... Laphroaig, Lagavulin, Ardbeg. Wieso?«
»Nur so, das macht Sie halb menschlich.«
Nordsted legte auf.

»Du treibst mich noch in den Wahnsinn«, sagte Tanya in die Dunkelheit.

Und lächelte.

Tanya konnte nicht einschlafen. Sie hatte lange und heiß geduscht, was ihren rastlosen Körper in der Regel zur Ruhe brachte. Nachdem sie sich ein paar Stunden hin und her gewälzt hatte, stand sie auf und kochte sich einen Becher Kamillentee mit Baldriantropfen, normalerweise das sicherste Mittel gegen Schlaflosigkeit; ein Leiden, das sie schon ihr ganzes Leben lang hatte – und das ihr herzlich zuwider war, weil es so eine Zeitverschwendung war.

Sie hatte eine Stunde lang die immer gleichen Bilder auf Anne Holsts Facebookseite angestarrt, ohne richtig etwas zu sehen.

Die Wohnzimmerwände der Verstorbenen starrten vom Computerbildschirm zurück. Die Waffen und Körbe, die ovalen afrikanischen Masken mit ihren spöttischen, unergründlichen und grotesken Fratzen. Sie hatte das Gefühl, als würde der gesamte afrikanische Kontinent sie höhnisch verachten, die Unverstehenden, die Fremden.

Tanya rieb sich die Augen, bis kosmische Muster über ihre Netzhaut flimmerten. In der unteren rechten Ecke des Bildschirms sah sie, dass es 01:20 Uhr war.

Der morgige Tag würde ein Albtraum werden aus Müdigkeit, Sand in den Augen, dem Gefühl, unter einer Käseglocke zu sitzen, und einem Gehirn, das Winterschlaf hielt.

Die Masken.

Sie schaute noch einmal hin. Die Masken!

Tanya blätterte hektisch in den Papierstapeln auf dem kleinen Schreibtisch und fand den dicken, gelben Umschlag mit den Aufnahmen der Kriminaltechniker aus Anne Holsts Haus: gute, altmodische, glänzende Farbfotos. Sie riss den Umschlag auf und blätterte durch den Stapel, bis sie ein gestochen scharfes Foto von Anne Holsts südlicher Wohnzimmerwand fand. Der mit den südafrikanischen Waffen und den Masken aus Benin.

Wenige Sekunden später hatte sie ihre Jeans und den Hoodie angezogen und schlüpfte blitzschnell in ihre Sneakers. Auf dem Weg zur Tür schnappte sie sich die Autoschlüssel und hatte Nordsted am Telefon, noch bevor sie an ihrem Auto war.

Jakob Nordsted nahm nach dem zweiten Klingelton ab. Im Hintergrund waren Klaviermusik und das Klirren von Gläsern und Geschirr zu hören.

»Ich bin so eine Idiotin«, sagte sie aufgeregt.

»Vor zwei Tagen hätte ich Ihnen in diesem Punkt noch unumwunden zugestimmt, doch jetzt bin ich mir da nicht mehr so sicher«, antwortete er seelenruhig.

»Aber ich!«

»Okay. Sie sind eine Idiotin. Warum?«

»Die Masken!«

»Was ist mit ihnen?«

»Die Spur, verdammt ...«

»Es ist fast zwei Uhr morgens, Tanya. Die Hotelbar schließt in zehn Minuten, und ich sitze hier mit einem frischen Glas strohgelbem Ardbeg ... und denke im Übrigen an Sie.«

Sie kniff die Augen zu.

»An mich? Warum?«

»Das weiß ich auch nicht so genau. Aber Sie haben wirklich ein Talent, uneingeladen mit der Tür ins Haus zu fallen.«

»Dann ... trinken Sie schon wieder Whisky?«

»Ja! Und was ist jetzt mit den verdammten Masken?«

Tanya lächelte triumphierend.

»Das würde ich Ihnen gerne zeigen, aber dafür müssen wir in Anne Holsts Haus. Jetzt gleich.«

Jakob seufzte.

»Ist das wirklich nötig? Ich bin ehrlich gesagt todmüde. Können Sie mir nicht einfach erzählen, warum Sie so aufgeregt sind?«

»Wir müssen es uns vor Ort ansehen! Ich verspreche Ihnen, dass Sie es nicht bereuen werden.«

Sie hörte ihn schlucken, gefolgt von einem lang gezogenen, genüsslichen »Aaaaahhh ...«.

Das Glas mit dem noblen Single Malt war also geleert.

»Aber nur wenn Sie mich nicht wieder attackieren, wie beim letzten Mal. Ich hab nämlich nur noch ein funktionierendes Auge.«

»Ich werde mich zurückhalten.«

Auch wenn Sie im Moment geradezu unverschämt dazu einladen, es nicht zu tun, dachte sie.

»Krav Maga, oder?«, fragte er. »Ich hätte Sie nicht für so sportlich gehalten, Tanya.«

Sie konnte sich das Lachen nicht verkneifen.

»Ich betrachte Krav Maga nicht als Sport. Und ich halte gerade vor Ihrem Hotel.«

Nordsted betrachtete lange Tanyas Auto, die Hände tief in den Taschen, die Skipperjacke bis zum Hals zugeknöpft.

»Sie erwarten nicht im Ernst, dass ich mich in diese lächerliche Todesfalle setze, oder?«

Tanya stöhnte. Was für ein Snob.

»Ich habe versprochen, dass es sich lohnt.«

Nordsted schnaubte verächtlich.

»Sie können mir nichts zeigen, das es wert wäre, sich in diese elende Schrottlaube zu setzen.«

»Doch, kann ich. Garantiert.«

Er wühlte in seiner Tasche herum und fischte seinen eigenen Autoschlüssel heraus. Ehe Tanya all das loswerden konnte, was ihr von wegen Alkohol am Steuer und Unverantwortlichkeit auf der Zunge lag, hatte er ihr den Schlüssel zugeworfen.

»Sie fahren. Mein Auto. Mit ein wenig Glück stellen Sie die Symmetrie wieder her, indem Sie auch noch den anderen Seitenspiegel abfahren.«

»Jetzt sehen Sie es auch ganz deutlich, oder?«, fragte Tanya.

»Ja. Natürlich. Aber es ist schon verwunderlich, wie vernagelt man sein kann, das nicht gleich zu bemerken.«

»Dann sind wir schon zu zweit«, sagte Tanya tröstend.

Jakob beugte sich vor und studierte die Maske an der Wand.

»77. Die Augenbrauen.«

»Ja«, sagte Tanya.

Er schob die Hände tiefer in die Jackentaschen.

Er ist stinksauer auf sich selbst, dachte sie und schaltete ihr iPad ein.

»Und hier ist das Foto von Anne Holsts Facebook-Seite von ebendieser Maske.«

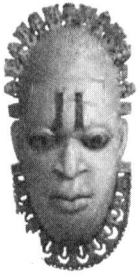

»Ohne die manipulierten Augenbrauen. Gut gesehen! Aber was zum Teufel bedeutet das?«

»Ich bin gestern Nachmittag auf der Suche nach dem Grab des Apothekers Lorenz lange über den Friedhof spaziert. Das war auch der Grund, warum ich unsere Verabredung bei Dr. Engdal vergessen habe. Dass ich die Grabstelle nicht gleich gefunden habe, war nicht weiter verwunderlich, weil er unter dem Namen Thomas L. Simonsen bestattet wurde. Und jetzt raten Sie mal, welche Nummer sein Grab hat.«

»Da muss ich nicht lange raten, oder? 77.«

»Genau.«

Jakob setzte sich auf den üblichen Sitzpuff und steckte sich eine Zigarette an.

»Also zweimal 77?«

Tanya nickte und wandte zögernd den Blick von der Maske ab.

»77:77 oder 77.77 oder …. Moment mal.«

Sie stellte sich auf die Zehenspitzen und hob vorsichtig die fast meterlange Maske von dem Haken an der Wand. Sie roch alt und stockfleckig und war erstaunlich leicht, als wäre sie aus Balsaholz geschnitzt. Dann legte sie sie auf der Armlehne des Sofas ab und drehte sie um.

Ihr Blick wanderte über die Schulter zu Jakob.

»Halten Sie mal kurz. Da ist was auf der Rückseite.«

»Was?«

Tanya leuchtete mit ihrer Taschenlampe. Das Licht fiel durch die Augenhöhlen der Maske und malte zwei verschwommene Flecken auf den Teppich. In der konkaven Stirn der Maske war ein vergilbtes Stück Papier von vielleicht 6 x 10 Zentimetern mit Tesafilm festgeklebt.

Sie zog ein Paar blaue Latexhandschuhe über und hielt kurz inne, bevor sie eine Pinzette aus Anne Holsts Badezimmer holte, während Jakob brav die Maske hielt und sie ernst beobachtete. Er wirkte jetzt vollkommen nüchtern.

»Lassen Sie mich das Licht halten«, murmelte er.

»Danke.«

Mit äußerster Vorsicht löste Tanya das Papierstück von dem gelblichen Holz auf der Innenseite, fand ein Blatt unbedrucktes Papier im Wintergarten und platzierte den Fund auf dem Tisch, ehe sie wieder zu Jakob ins Wohnzimmer ging.

»Soll ich sie wieder aufhängen?«, fragte er so unterwürfig, dass Tanya fast gelacht hätte. Als er den Ausdruck in ihren Augen sah, seufzte er nachsichtig

»Augenblick. Drehen wir das Ding erst noch um«, sagte sie.

Sie schloss die Augen und begann zu schnuppern, als ihre Nase nur noch wenige Zentimeter von den manipulierten Augenbrauen entfernt war. Dann schlug sie die Augen auf und sah Jakob überrascht an.

»Das ist Lippenstift.«

»Sind Sie sicher?«

Sie fuhr mit einer Fingerspitze über den neuen Querbalken der linken Braue. Er war dunkelbraun und klebrig. Sie schnüffelte an der Fingerspitze und senkte die Hand.

»Bombensicher.«

Jakob zog die Schultern hoch. »Wenn Sie bombensicher sind, glaube ich es.«

Ihre Schultern berührten sich, als sie etwas später über dem Papierfragment am Esstisch brüteten.

Ms. Tabletten Eltroxin à 0.1 mg
[...] 2 Tabl. tägl.

Spalte ein Stück Holz, und ich bin da.
Hebe einen Stein auf, und du wirst mich finden.

»Was denken Sie?«, fragte er.
»An nichts Großartigeres als an das Offensichtliche«, sagte Tanya nachdenklich. »Zwei unterschiedliche Handschriften. Die eine dünn, alt und verblasst, geschrieben mit einem schwarzen Stift, würde ich tippen. Der neuere Text ist blau und frisch, die Schrift runder und irgendwie ... ein bisschen kindlich?«
»Eltroxin?«
»Moment.«
Sie klappte ihren Laptop auf.
»Generation Google, Sie wissen schon«, kommentierte sie trocken.
»Ich weiß«, sagte Jakob inbrünstig.
Nach einer Minute schaute Tanya vom Bildschirm auf.
»Eltroxin ist ein Hormonpräparat, das gegen ... Myxödeme eingesetzt wird, also bei verlangsamtem Stoffwechsel oder einer Störung der Schilddrüse. Es ist ein altes Präparat, das immer noch verschrieben wird. Es ist rezeptpflichtig, und Jakob ...«
»Ja?«
»Wir haben es hier mit der oberen Hälfte eines Rezepts zu tun. Von einem Rezeptblock, wie ihn ...«
»... zum Beispiel Apotheker benutzen«, beendete er den Satz und lehnte sich auf dem Stuhl zurück.
»Genau. Und Marie Lorenz wohnt in einer Apotheke.«
Er musterte sie aufmerksam.
»In der möglicherweise auch noch ein paar alte Töpfe mit Arsen stehen?«
Tanya machte eine ausladende Armbewegung.

»Ja. Was zum Teufel brauchen Sie denn noch?«

»Beweise, Tanya. Das hier ...« Er zeigte auf den Zettel. »Das ist kein Beweis.«

»Aber ein ziemlich deutliches Indiz. Worauf warten Sie? Auf einen Neonpfeil am Himmel, der auf die beschissene Apotheke zeigt?«

»Nein, denn das wäre an sich auch noch kein juristischer Beweis. Was ist mit dem Zitat?«

Sie sah ihn scharf an.

»Das Zitat? Das sagt: *Buddelt mich verdammt noch mal so schnell wie möglich aus! Gruß Thomas L. Simonsen.*«

»Aber dieser Zettel, der aus einem Rezeptblock gerissen und in einer Maske versteckt wurde, wird ja wohl kaum von dem seit über zwei Jahren toten Apotheker sein, der so darum bittet, exhumiert zu werden?«

»Wohl kaum«, murmelte sie.

Tanya gab das Zitat im Wortlaut in die Suchmaschine ein, ohne etwas unmittelbar Brauchbares zu finden.

»Probieren Sie es mal mit Englisch«, sagte Jakob und übersetzte flüssig und schnell das Zitat ins Englische.

Tanya gab ein, was Jakob übersetzt hatte.

»Didymus Judas Thomas.«

»Und?«

Sie sah sich um.

»Nicht viel mehr. Aber wir sitzen hier schließlich in einer religionshistorischen Bibliothek. Sollten wir das nicht nutzen?«

»Ja, suchen wir nach Didymus«, sagte Jakob und stand auf. »77:77. Wie wäre es mit der Bibel? Kapitel und Vers.«

Anne Holst besaß mehrere Bibelausgaben, Gesangbücher und Katechismen. Tanya setzte sich an den großen Mahagonitisch im Eckzimmer und blätterte darin, während Jakob die Bücher aus den Regalen zog, um zu schauen, ob dahinter etwas verborgen war. Er zog eine leere, verstaubte Whiskyflasche heraus und schnupperte.

»Ihr Mann scheint jedenfalls ein Geheimnis gehabt zu haben«, sagte er.

Tanya schaute auf.

»Oder sie.«

Er zuckte mit den Schultern.

»Was sagt das heilige Buch?«

Sie zupfte irritiert an ihrem Ohrläppchen.

»Nirgendwo ein Kapitel 77 oder mehr Verse als 69, soweit ich das auf den ersten Blick sehe. Weder in den Evangelien noch in den kanonischen Texten. Das einzig annähernd Passende ist das Buch der Psalmen, Psalm 77, Vers 7.«

»Der sagt?«

»Ich denke und sinne des Nachts, und rede mit meinem Herzen, mein Geist muss forschen …«

Jakobs Lippen bewegten sich mit den Worten.

»Abgesehen davon, dass wir genau das gerade tun, ergibt das nicht wirklich einen Sinn«, sagte er.

Tanya lächelte.

»Tun Sie das? Nachts mit Ihrem Herzen reden?«

Sie senkte den Blick, verärgert über die Röte, die ihr ins Gesicht schoss. Das funktionierte nicht. Nicht mit ihm. Keine weiteren Enthüllungen.

Jakob betrachtete sie nachdenklich, murmelte etwas Unverständliches und wandte sich wieder den Regalen zu, um die nächste Bücherladung herauszuziehen.

»Was haben Sie gesagt?«, hakte Tanya nach.

»Ich? Nichts ... oder doch: dass man vielleicht genau das tut. Oder viel zu wenig. Vergessen Sie's.«

Er nahm scheinbar zufällig Bücher aus dem Regal und stellte den Stapel vor Tanya auf den Tisch, die schnell sah, dass die Auswahl alles andere als zufällig war: *Talmud, Kabbala,* mehrere Werke der Religionshistorikerin Elaine Pagels, unter anderem *The Gnostic Gospels und The Origin of Satan* samt der gesammelten Übersetzung von Nag Hammadi: *Quamran Death Sea Scrolls – Die Qumranrollen vom Toten Meer.*

Schließlich zog er einen Stuhl an den Tisch und die Hälfte der Stapel zu sich rüber.

»Die Frau war keine gewöhnliche, pensionierte Buchhalterin«, stellte Tanya fest.

»Nein ... äußerst gebildet, das muss man sagen.«

Er steckte sich eine Zigarette an. Tanya sagte nichts und ließ sich auch nicht anmerken, dass sie der Rauch störte. Als sie wieder aufschaute, hatte er die Zigarette wieder ausgemacht.

Die nächsten zwei Stunden wechselten sie nur wenige Worte und seufzten leise, wenn ein weiteres durchgesehenes Buch keinen konkreten Hinweis auf das rätselhafte Zahlenpaar oder Didymus Judas Thomas ergeben hatte. Sie hatten ihre Jacken über die Rückenlehnen gehängt, und Jakob hatte die Hemdärmel über ein paar tattoodekorierte Unterarme hochgeschoben. Ein paar waren verblasst und undeutlich, andere hoben sich schärfer und schwärzer von der Haut ab. Er bemerkte ihren Blick.

»Leibgarde. Alle haben die. Das ist Teil der Uniform.«

»Ah ja. Wasser?«

»Ja, gerne.«

Sie holte zwei Wassergläser und setzte sich wieder. Ihr Blick wanderte zu ihren Spiegelbildern in der großen Verandatür. Sie sahen genau danach aus, was sie waren: zwei ungebetene Gäste, die in einem grenzenlosen Vakuum herumstocherten, auf eine Bühne gestellt, die sie sich nicht ausgesucht hatten. Wenn sie den Blick weiterwandern ließ, sah sie die graue Morgendämmerung über den Dachfirsten heraufziehen. Der Anblick des anbrechenden Tages steigerte ihren Frust noch mehr. Würde heute ein weiterer Mensch sterben?

Dann dachte Tanya erneut, wie seltsam es doch war, dass ein so großer Mensch wie Nordsted sich so leise fortbewegen konnte.

Sie griff nach dem letzten Buch aus Nordsteds Stapel und klappte es dort auf, wo die Seiten von einem schmalen grauen Seidenbändchen getrennt wurden. Tanya gähnte hinter vorgehaltener Hand. Sie überflog den Text und merkte, wie ihr Herzschlag sich beschleunigte.

Sie schob das aufgeschlagene Buch zu Jakob hinüber und tippte mit dem Fingernagel auf einen Vers in der Mitte der ersten Spalte.

Er las den Vers und nickte nachdenklich.

»Didymus Judas Thomas«, sagte sie. »Thomas wie in Thomas L. Simonsen im Grab Nummer 77.«

»Judas wie in Erzverräter.«

»Oder das ist ein Hinweis auf einen anderen Verräter«, schlug Tanya vor.

»Vielleicht.«

»Nicht vielleicht. Ich bin mir ganz sicher.« Sie zitierte mit halb geschlossenen Augen. »Kapitel 77, Vers 77: Spalte ein Stück Holz, und ich bin da. Hebe einen Stein auf, und du wirst mich finden.«

»Kurz gesagt: Buddel mich aus. Das meinen Sie, oder?«

Tanya lehnte sich eifrig über den Tisch.

»Was sonst? Das liegt doch auf der Hand. Aber da spricht natürlich keine Stimme aus dem Grab. Das ist eine Aufforderung von Anne Holsts Mörder. Er hat das Seidenbändchen dort in das Buch gelegt, wo er erwartete, dass man es aufschlägt.«

»Dann suchen wir einen Mörder, der Kryptologe oder ein verfluchter Literaturnobelpreisträger ist«, sagte Jakob und lehnte sich zurück.

Tanya ließ ihn nicht vom Haken.

»Das sind wir auch nicht, und wir haben die Textstelle gefunden.«

Er betrachtete sie mit einem merkwürdig resignierten Blick.

»Sie haben sie gefunden?«

»Ist das nicht egal.«

»Das ist es definitiv nicht.«

»Wie meinen Sie das?«

Jakob stand auf, streckte sich, ließ die Gelenke und die Lendenwirbel knacken.

»Egal. Ich habe übrigens einen offiziellen Antrag auf Exhumierung des Apothekers eingereicht.«

Tanya lächelte glücklich. »Wirklich? Danke!«

»Nichts zu danken. Alles deutet darauf hin, dass Marie Lorenz eine gestörte Mörderin ist. Bis jetzt sind wir davon ausgegangen, dass der Mörder ein Er ist. Wie die Dinge inzwischen liegen, ist es eine Frau. Aber die Genehmigung werden wir niemals bekommen. Deshalb habe ich den Antrag zurückgezogen.«

»Warum um Himmels willen haben Sie das gemacht?«

»Weil wir nicht genügend Indizien oder Beweise für eine Festnahme haben. Die Staatsanwaltschaft wird sich totlachen und uns im hohen Bogen rausschmeißen. Das sind nur Ideen, gute Ideen, aber das reicht nicht. Und vielleicht müssen wir ja gar nicht zu Grabschändern werden. Möglicherweise gibt es einen einfacheren Weg.«

»An was denken Sie?«

»Todesfälle, die nicht unmittelbar mit einer einleuchtenden und natürlichen Todesursache einhergehen, müssen obduziert werden. In diesem Fall in der Pathologie des Krankenhauses in Slagelse. In der Regel wird das biologische Material des Verstorbenen aufbewahrt, etwa für eine spätere DNA-Analyse. Wenn wir in der Pathologie etwas finden, ist es nicht gesetzlich vorgeschrieben, die Angehörigen zu informieren, bevor eine genaue Todesursache vorliegt. Morgen fahren wir nach Slagelse.«

»Okay«, murmelte Tanya enttäuscht. Das war so vage. Es verschwanden immer wieder Dinge, auch in Krankenhausabteilungen.

»Sagen Sie das noch mal«, bat er.

»Okay?«

»Nein, verdammt, den Vers.«

Sie wiederholte ihn.

»Poetisch, oder?«, meinte Jakob. »Als würde eine große Glocke angeschlagen und über zweitausend Jahre nachhallen. Die verbotenen Evangelien. Sie haben eine schöne Stimme.«

»Ich bin aus dem Schulchor ausgemustert worden«, verriet sie ihm.

»Shit, bin ich müde. Soll ich Sie ins Kolleg fahren?«

»Sie haben getrunken.«

Er starrte sie an. Dann seufzte er und zog den Autoschlüssel aus seiner Jackentasche.

»Danke«, sagte sie und schnappte sich den Schlüssel.

Sie fühlte sich wie in einer Zeitkapsel, die durch die Dunkelheit glitt. Tanya genoss die Fahrt in dem komfortablen Jaguar. Die Temperatur war perfekt, der Duft des hochwertigen Leders aromatisch und edel, das spektralgrüne Licht von der Armatur beleuchtete Jakobs schönes Profil.

»Und ich dachte, Sie hätten Marie Lorenz zur Heiligen erkoren«, sagte sie leise.

»Hatte ich auch. Bis ich mit dem Schatten eines Menschen gesprochen habe, der Emmas biologischer Vater ist. Laut Aske Hansen ist Marie Lorenz unzurechnungsfähig. Sie hat die Tochter entführt, ist in eine Bruchbude aufs Land gezogen, wo sie von einem Pitbull von Ex-Rocker bewacht wurde, einem Liebhaber in einer langen Reihe anderer, und sie hat dem Vater jeglichen Kontakt zu seiner eigenen Tochter verweigert. Und laut einer pensionierten Oberschwester war Maries Umgang mit schmerzstillenden Medikamenten für frisch operierte Patienten, die sie wirklich brauchten, gelinde gesagt ... kontrovers. Es schien ihr einen Kick zu geben, andere Menschen leiden zu sehen.«

»Wie sie selbst gelitten hat, vielleicht. Und die Diagnose?«

»Exzentrikerin. Psychopathin, um es einmal so freundlich wie möglich auszudrücken. Aber ich würde sie nicht wirklich als belesen oder gebildet bezeichnen, oder? Ich meine – gnostische, verbotene Evangelien? Das ist irgendwie nicht ihr Stil. Ein Ex-Rocker mit Baseballschläger schon eher.«

Er hatte natürlich recht, dachte Tanya.

»Das ist nicht so recht befriedigend«, fuhr Jakob fort.

»Ich würde sie gerne treffen«, sagte Tanya. »Um mir einen Eindruck von ihr zu verschaffen.«

»Einen Dufteindruck?«

»Ja.«

»Die Angehörigen müssen vor einer Exhumierung auf alle Fälle informiert werden. Bleibt nur zu hoffen, dass das nicht notwendig wird.«

Das Fernlicht reflektierte die roten Pupillen eines Fuchses. Vermutlich war es nicht der, den sie vor Kurzem gesehen hatte.

Jakob seufzte.

»Es ist nie so einfach. Man sollte eine gewisse Demut seinen eigenen, fabelhaften Theorien gegenüber an den Tag legen. Sie können unglaublich verführerisch sein, aber doch nichts anderes als Hirngespinste. Sie fahren übrigens grottig.«

»Ich bin es nicht gewohnt, dass das Steuer auf der rechten Seite ist.«

»Vestegnen forever«, murmelte er.

Sie trat die Bremse bis zum Anschlag durch und brachte den Wagen mitten auf der dunklen, stillen Straße mit quietschenden Reifen zum Stehen. Es gab nur sie auf der Welt. Hier. Jetzt.

Sie starrte vor sich hin.

Dann schnappte sie sich ihre Schultertasche von der Rückbank und hatte schon die Tür aufgestoßen, als Jakob sich über sie beugte und sie wieder zuzog.

»Entschuldigung«, sagte er.

»Fuck you. Was sind Sie für ein herzloser Snob«, sagte sie. »Unheilbar. Ich gehe den Rest zu Fuß. Und danke für nichts.«

»Ich habe mich entschuldigt. Und es auch so gemeint.«

»Lassen Sie den Türgriff los«, fauchte sie zornig.

»Tanya ...«

Sie schlug mit dem linken Handrücken nach seinem Gesicht, doch er war darauf vorbereitet und hielt ihre Hand fest. Sie wollte sich von ihm wegdrehen, was sich wegen des eingeklinkten Gurts jedoch als schwierig erwies. Sie fingerte an dem Verschluss herum.

Er löste ihren Gurt und ließ den Türgriff los.

»Ich möchte nicht, dass Sie gehen.«

Tanya sah ihn an. Dann starrte sie durch die pechschwarze Frontscheibe, die die Welt Welt und das Auto Auto sein ließ. In keinem der Häuser an der Straße brannte Licht.

Der Motor ging aus, als sie den Fuß vom Gas nahm.

Jetzt waren da nur noch die Schatten, sein hartes, brutal vernarbtes Gesicht. Dann begann er zu reden.

»Ich mag dich, Tanya. Und ich werde mich ab sofort ordentlich benehmen.«

Dieses Zugeständnis verlangte ihm vermutlich eine Menge ab.

Eine Ewigkeit lang passierte nichts. Sie zögerten beide. Dann schob sich Jakobs Hand über den Abgrund zwischen ihnen. Und Tanya ergriff sie und hielt sie fest.

Sie drehte sich zu ihm hin und küsste ihn energisch.

»Tanya ...«

Sie ließ von seinem Mund ab, schob den Fahrersitz so weit zurück, wie es ging, und streckte die Beine aus. Dann öffnete sie die Gürtelschnalle und ließ Pfefferspray, Funkgerät, Handschellen und Pistolenhalfter auf den Boden fallen, knöpfte die Jeans auf und unterdrückte alle störenden Ansätze von Denktätigkeit. Nachdem sie sich die Sneakers von den Füßen gestreift hatte, zwängte sie sich verbissen aus der hautengen Jeans, zog den dünnen, schwarzen Slip aus, während auch Jakob seinen Sitz bis zum Anschlag zurückfuhr.

Seine Augen waren unergründlich.

»So etwas habe ich mit achtzehn das letzte Mal gemacht«, murmelte er. »Im Auto meines Vaters.«

»Ich mag am liebsten stille Männer«, sagte sie.

Tanya setzte sich rittlings auf ihn. Suchte wieder seinen Mund. Sie war offen und bereit, und als er sie ausfüllte, löste sie ihren Mund von seinem und schloss die Augen.

»Ich fürchte, dein schöner Lederbezug hat ein paar Flecken abbekommen«, sagte sie später.

Er streckte die Arme nach ihr aus.

»Scheißegal. Komm her.«

Nach viel zu wenig Schlaf stand Tanya vor dem Kolleg und wartete auf Jakob. Sie gähnte und fror vor Erschöpfung.

Seit sie die Augen aufgeschlagen hatte, kämpfte sie mit der schwer zu handhabenden, schwindelerregenden Tatsache, mit einem vorgesetzten Kollegen Sex gehabt zu haben. Das widersprach diametral all ihren Prinzipien. Sie schämte sich nicht, konnte nur absolut nicht verstehen, wie das hatte passieren können – und wünschte sich nichts sehnlicher, als dass es nie passiert wäre. Komplizierte Gefühle waren das Letzte, was einer von ihnen jetzt brauchte.

Sie wickelte sich enger in ihre Jacke und verschränkte die Arme vor der Brust, als der Jaguar an den Bordstein fuhr und Jakob die Tür auf der Beifahrerseite aufstieß. Mit einem neutralen Lächeln und einem lässigen »Hallo« setzte sie sich und vermied jeden Augenkontakt, während sie sich anschnallte.

Jakob schaltete den Motor aus und sah sie an. Er legte beide Hände auf das Lenkrad. Das Schweigen gewann an Gewicht und wurde peinlich.

»Irgendwas nicht in Ordnung?«, fragte sie, wohl wissend, dass es kein Entrinnen gab. Da mussten sie jetzt durch.

Jakob musterte zerstreut ihre verwaschene Jeans, die blauen Turnschuhe, das schwarze, enge T-Shirt mit dem wilden Comicmotiv aus GORILLAZ und ihre abgewetzte, hellbraune Lederjacke; das von Tanya am heißesten geliebte Kleidungsstück ihrer Garderobe, das sie in allen Phasen ihres Lebens begleitet hatte.

Er selbst trug einen dunkelblauen Anzug, ein weißes Hemd und glänzende schwarze Schuhe.

»Wir wollen in die pathologische Abteilung im Krankenhaus von Slagelse und nicht zu einem Konzert von Thomas Helmig«, sagte er.

Sie ordnete das als Scheinangriff ein: rund um den heißen Brei herum.

»In der Pathologie werden Leichen obduziert. Ich glaube kaum, dass die was an meinem Outfit auszusetzen haben«, konterte sie. »Davon einmal abgesehen, würdest du mich nicht mal als Leiche bei einem Thomas-Helmig-Konzert treffen. Das ist wohl mehr deine Generation, schätze ich.«

Jakob starrte auf seine Hände und seufzte.

»Tanya, das, was letzte Nacht passiert ist, war ganz wunderbar, aber ...«

»Du musst nichts erklären«, sagte sie leise. »Das Wort ›aber‹ sagt schon alles.«

Doch so leicht ließ er sie nicht davonkommen. »Das ist nur so verflucht kompliziert. Für uns beide. Ich tu dir in diesem Moment einen Gefallen, okay?«

»Wie großmütig von dir«, sagte sie.

Er ignorierte sie.

»Ich möchte nicht, dass du dir Illusionen machst, hörst du? Ich ... und Frauen, das ist ein komplett abgeschlossenes Kapitel. Das hat überhaupt nichts mit dir zu tun. Ich bin derjenige, der beziehungsunfähig ist.«

Sie drehte sich auf dem Sitz um und sah ihn an.

»Jakob: Read my lips, please. Du musst mir nichts erklären, okay? Es war sehr schön heute Nacht, aber jetzt ist ein neuer Tag, und wollen wir nicht endlich losfahren?«

»Ich kann dir einfach nicht so was wie eine ... Beziehung bieten«, fuhr er unverdrossen fort.

Tanya knallte mit der flachen Hand auf das zimtfarbene Leder. Jakob zuckte zusammen und sah besorgt auf das Armaturenbrett.

»Jetzt hör mir doch endlich mal zu! Ich habe weder nach Brautkleidern, Rudolf-Steiner-Kindergärten noch nach dem Tierheim gegoogelt, aus dem wir unseren Golden Retriever holen. Vergiss es einfach. Ich habe es schon vergessen, und wir müssen jetzt einen Mörder fangen, erinnerst du dich? Darum sind wir hier.«

Endlich drang sie zu ihm durch.

»Aber ... findest du wirklich, dass ...?«

Sein Aftershave war Amouage, stellte sie fest. Ein angenehmer Duft. Unter dem Aftershave waren noch andere Düfte von ihren nächtlichen Ausscheidungen zu erahnen, die ihr eine leichte Röte ins Gesicht trieben.

»Für mich ist das schon okay, dass das, was wir hatten, nur für eine Nacht war. Und dass es dabei bleibt.«

»Ist es das wirklich?«, fragte er skeptisch.

»Ja! Und für dich?«
»Das ist es wohl«, sagte er.
»Gut. Dann fahr los.«

Jakob zögerte auf der Türschwelle des Arztbüros. Tanya tat es ihm gleich, überrumpelt von dem intensiven, sauren Tabakgeruch und dem wilden Chaos. Sie folgten einer kleinen, grauhaarigen Sekretärin, die aussah, als sollte sie schon mindestens ein Jahrzehnt pensioniert sein.

»Passen Sie auf, wo Sie hintreten ...«, murmelte die freundliche, mütterliche Dame.

Das Büro war trotz der Neonröhre an der Decke ziemlich dunkel. Tanya dachte zuerst, dass die Dunkelheit von den außen angebrachten Rollläden oder Markisen kam, sah aber dann, dass die Scheiben nikotingelb verfärbt waren. Überall standen bedrohlich schiefe Buch-, Zeitschriften- und Aktenstapel kurz vorm Kentern. Die Regalbretter bogen sich unter ihrer Last, und nur ein schmaler Pfad schlängelte sich zwischen Regalen, Bücherstapeln und Vitrinen zu einem nicht weniger überladenen Schreibtisch vor dem Fenster durch.

Die Sekretärin lächelte entschuldigend.

»Professor Ingemann hatte ... gewisse Privilegien, über die die Abteilungsleitung geflissentlich hinweggesehen hat.«

»Halleluja«, sagte Tanya und atmete durch den Mund, um nicht von dem bitteren Gestank überwältigt zu werden. »Ich dachte immer, dass im gesamten Krankenhausbereich Rauchverbot herrscht.«

Die Frau zog die Schultern hoch.

»Tut es normalerweise auch, aber ...«

»Warnschilder wegen Lawinengefahr wären auch nicht

schlecht«, sagte Jakob grinsend zu Tanya. »Unter den ganzen Büchern findet einen doch niemand.«

Das professionelle, freundlich frotzelnde Gleichgewicht zwischen ihnen war unmerklich wiederhergestellt worden. Und sehr viel schneller, als sie zu hoffen gewagt hatte. Sie hatten sich scheinbar stillschweigend darauf geeinigt, dass diese Nacht nie stattgefunden hatte – oder sich in jedem Fall nicht wiederholen würde. Zumindest nicht vor Abschluss der Ermittlungen. So erleichtert, wie sie darüber war, fühlte sie doch einen Stich des Bedauerns: Es war nichts ernsthaft auszusetzen an Kriminalkommissar Jakob Nordsted.

Das konnte sie riechen.

In den Vitrinen standen versiegelte Glasbehälter mit Präparaten in Alkohol und Formaldehyd.

Jakob blieb vor einem Glasschrank mit geschnitzten grönländischen Elfenbeinfiguren stehen, sogenannten Tupilait. Auch sie waren nikotingelb.

Die Sekretärin lächelte stolz.

»Professor Ingemann war oft auf Grönland, um dort Obduktionen und rechtsmedizinische Untersuchungen vorzunehmen, wenn die ... vornehmen ... Kollegen aus Kopenhagen keine Kapazitäten frei hatten.«

»Der arme Mann«, murmelte Jakob.

Die Sekretärin sah ihn verwundert an.

Tanya schaute sich um. Das Büro war eine seltsame Zeitoase in dem ansonsten hypermodernen Klinikflügel.

»Fehlt nur noch ein ausgestopftes australisches Schnabeltier«, sagte sie leise.

»Und ein Narwalzahn«, ergänzte Jakob.

Tanya zeigte auf die Wand über dem hinteren Regal.

»Da hängt einer.«

»Klar.«

»Besteht überhaupt eine Chance, hier etwas Bestimmtes zu finden?«, fragte Jakob besorgt.

Die Sekretärin bahnte sich routiniert einen Weg zu einem mannshohen Archivschrank mit breiten Schubfächern.

»Aber natürlich.«

»Dann steckt ein System dahinter?«, fragte Tanya hoffnungsvoll.

Die kleine Frau lächelte.

»Ja, aber ich bin die Einzige, die es kennt. Der Professor ist vor einem halben Jahr gestorben, und eigentlich hätte sein Büro längst geräumt sein müssen, aber niemand weiß so recht, wohin mit all den Sachen. Was entsorgt werden kann und was vielleicht doch ins Reichsarchiv gehört.«

»Das kann ich mir vorstellen.«

Tanya sah auf die vielen Brandlöcher in der Schreibtischplatte um den riesigen Kristallaschenbecher.

»Hatte er Probleme, den Aschenbecher zu treffen? Das Riesending kann nicht mal ein Blinder übersehen.«

Die Sekretärin sah sie ernst an.

»Professor Ingemann war die letzten Jahre tatsächlich so gut wie blind. Ein bisschen Sehkraft war ihm noch geblieben, aber er musste jeden Abend von seiner Frau oder einem der erwachsenen Kinder hier abgeholt und mit dem Auto nach Hause gefahren werden.«

Tanyas Blick fiel auf eine große, von einer Neonröhre eingefasste Lupe, die an der Tischplatte festgeschraubt war.

»Entschuldigung, ich wusste ja nicht …«

Die Sekretärin legte ihr eine Hand auf den Unterarm.

»Alles gut. Das konnten Sie auch nicht wissen, meine Liebe.«
Sie zog ein Schubfach mit altmodischen, steifen Karteikarten heraus und blätterte sie fingerfertig durch.

»Ist es nicht ein massives Handicap bei Obduktionen, wenn man so gut wie nichts mehr sieht?«, fragte Jakob skeptisch.

Die Sekretärin unterbrach ihre Suche nicht.

»Erfahrung kann eine Menge kompensieren, und Professor Ingemann war sehr erfahren. Hier!«

Sie zog eine Karteikarte heraus, setzte die Lesebrille auf, die an einer Kette um ihren Hals hing, und las laut.

»Thomas Lorenz Simonsen, 14. Juli 2017. Ist das korrekt?«

In ihrer Stimme schwang ein triumphierender Unterton mit. Tanya und Jakob sahen sich an.

»Absolut«, sagte er. »Gibt es einen Autopsiebericht?«

»Selbstverständlich. Einen kleinen Augenblick.«

Sie hob einen schweren Stapel Berichtmappen von einem anderen grünen Archivschrank hinter dem Schreibtischstuhl, zog die mittlere Schublade auf, ging mit einem kurzen Blick auf die Karteikarte den Inhalt durch und fischte eine dünne, grüne Mappe aus den Tiefen des Schubfachs, die sie feierlich Tanya überreichte.

Tanya ließ sich auf dem Schreibtischstuhl nieder, justierte die Höhe und schaffte Platz für die Mappe. Jakob stützte sich auf der Tischplatte ab und schaute ihr über die Schulter.

Tanya seufzte enttäuscht, als sie die Mappe aufschlug. Der Inhalt war, wie konnte es anders sein, handgeschrieben. Mit einem großzügig klecksenden Füller, natürlich. Die Zeilen neigten sich zunehmend kraftloser der unteren rechten Blattecke entgegen – und waren komplett unleserlich.

Sie spürte förmlich, wie sich der Zorn in Jakob aufbaute. Sein langer, über ihre Schulter gebeugter Körper verdichtete sich sozusagen.

Er drehte sich zu der Privatsekretärin des Professors um.

»Das ist ja völlig unleserlich!«

Die Sekretärin blinzelte.

»Ist es das?«

»Ja.«

Sie schaute auf das Blatt.

»Tatsächlich, ein wenig. Soll ich es vorlesen? Ich bin es ja gewohnt ...«

»Hieroglyphen zu entziffern? Ja, seien Sie so nett.«

Sie übernahm Tanyas Platz.

»Was möchten Sie wissen?«

»Die Todesursache wäre ein guter Anfang«, sagte Jakob.

Die Sekretärin las und blätterte. Dann schaute sie zu ihnen hoch.

»Es gab keine«, sagte sie.

»Was soll das heißen?«, fragte Jakob wutschnaubend. »Dass Simonsen genug vom Leben hatte und einfach beschlossen hat zu sterben? Kann man das überhaupt so ohne Weiteres? Das bezweifle ich doch sehr.«

Er lehnte sich gegen eins der wackelig aussehenden Regale.

Tanya legte ihm beruhigend die Hand auf den Arm. Seine Muskeln waren angespannt, der Unterarm hart wie ein Baumstamm.

Die Sekretärin hob bedauernd die schmalen Hände mit den blauen Adern und den langen rot lackierten Nägeln, von denen der Lack abblätterte, ehe sie mit dem Zeigefinger auf verschiedene Stellen im Text tippte.

»Keine Apoplexien im Gehirn, keine Blutpfropfe in einem im Übrigen gesunden Herzen; Lunge, Leber und Niere waren in Ordnung. Es gab nur dem Alter entsprechende Veränderungen und leichte Degenerationserscheinungen. Keine Wunden oder Einstiche. Keine Tumore.«

»Eine kerngesunde Leiche also?«, fragte Jakob.

Die Sekretärin errötete. »Ich nehme ja nicht die Obduktionen vor. Die einzige Abweichung, die mir auffällt, ist die, dass Professor Ingemann eine Notiz über die rötliche Hautverfärbung des Verstorbenen gemacht hat, und dass sich noch keine Leichenflecken gebildet hatten, was ungewöhnlich ist. Leichenflecken oder Livores gehören ja zu den kardinalen Todeszeichen.«

»Können wir überhaupt sicher sein, dass er tot war?«, zischte Jakob so leise, dass nur Tanya es hörte.

Sie spürte, dass er kurz davor war zu platzen, und mischte sich spontan ein.

»Tausend Dank für Ihre Hilfe. Wirklich. Wir sind Ihnen sehr dankbar, nicht wahr, Jakob? Jakob?!«

»Sicher«, presste er zwischen den Zähnen hervor.

»Uns wäre noch mehr geholfen, wenn Sie uns sagen könnten, ob Professor Ingemann biologisches Material von der Untersuchung archiviert hat?«, sprach Tanya weiter.

Die Sekretärin erhob sich und mied Jakobs Blick.

»Aus Ihrer Anwesenheit hier schließe ich, dass Sie davon ausgehen, dass Lorenz Simonsen keines natürlichen Todes gestorben ist?«

Jakob wollte etwas sagen, was Tanya mit einem deutlichen, kalten Blick unterband.

»Es ist nur eine Theorie in einer komplexen und etwas

sensiblen Ermittlung«, sagte Tanya mit einem entwaffnenden Lächeln. »Wir verfolgen mehrere Spuren.«

Die Sekretärin sah sie an und nickte.

»Folgen Sie mir.«

Drei Minuten später standen sie in einem runtergekühlten, großen Raum, in dem sich junge wie alte Pathologen über ihre Mikroskope beugten und sie überhaupt nicht beachteten. Die Sekretärin führte sie zu einer vom Boden bis unter die Decke reichenden Regalwand. Über einen Griff von der Größe eines Schiffsteuerrades schob sie auf pneumatischen Schienen zwei Regale auseinander und trat in den sich vor ihr auftuenden Gang. Sie zog eine Metallschublade von der Tiefe eines Sarges heraus und kam mit einem versiegelten und mit diversen Etiketten versehenen Beweismittelbeutel zurück, den sie Tanya und Jakob aber nicht gleich aushändigte.

»Wir geben nur äußerst selten Biomaterial ohne einen offiziellen Bestellschein eines inländischen oder ausländischen rechtsmedizinischen Instituts heraus. Ist Ihnen das bewusst? Hier sind jedenfalls Haare und Nägel des Verstorbenen.«

Tanya sah Jakob an, der sich stumm verhielt wie eine Auster.

»Wir sind, wie schon gesagt ... sehr dankbar für Ihre Hilfe. Wir werden die Proben persönlich und auf direktem Weg ins Rechtsmedizinische Institut des Rigshospitals bringen, nicht wahr, Jakob?«

»Sehr, sehr dankbar«, echote er.

Die Sekretärin lächelte matt.

»Ich hole nur kurz eine Quittung, die Sie mir bitte beide unterschreiben. Dann bräuchte ich noch Kopien Ihrer Dienstausweise. Und das restliche Material hätte ich gern zurück. Versiegelt.«

Tanya und Jakob nickten energisch wie die kleinen braunen Wackeldackel auf der Rückablage in manchen Autos.

Kurz darauf saßen sie wieder im Jaguar, Tanya mit dem kostbaren Beutel auf dem Schoß.

»Hast du schon mal was von sozialer Intelligenz gehört, wie wir Normalsterblichen das nennen?«, fragte sie streng.

»Gehört hab ich davon«, sagte er nach einer Denkpause. »Das ist so was wie Einhörner, oder?«

»Nein, sehr viel verbreiteter als Einhörner, Jakob.«

Er zündete den Motor.

»Aber dafür habe ich doch dich!«

»Wie du meinst.«

Tanya schloss die Augen. Sie fühlte sich, als hätte sie Sand darin und einen leichten Blutgeschmack auf der Zunge. Innerlich bereitete sie sich schon mal auf einen endlosen Tag vor.

Dann schlug sie die Augen auf und sah ihn an.

»Die Haut von kohlenmonoxidvergifteten Menschen verfärbt sich hellrot«, sagten sie wie aus einem Mund.

Ein entgegenkommender Lastwagen hupte warnend.

Jakob riss das Steuer herum und entging um Haaresbreite der Kollision mit dem sechzehnrädrigen Straßenmonster.

Tanya schrie laut auf und hinterließ ein paar Kratzspuren im Leder des Instrumentenbretts.

»Fuuuuck! Sorry!«, rief er.

»Scheiße, Idiot! Soll ich fahren?«

»Nein … Aber das kann doch nicht sein.«

»Was?«

Tanya war schweißgebadet, und ihr war schlecht von dem Adrenalinschub.

»Was meinst du?«

»Wir reden von der speziellen Hautfarbe von Selbstmördern, wenn sie mit einem Schlauch die Abgase ihres Autos in die Kabine führen, oder? Weil Kohlenmonoxid sich neunzigmal besser mit dem Hämoglobin im Blut verbindet als Sauerstoff? Es blockiert die Fähigkeit des Bluts, Sauerstoff zu transportieren und zu binden ... was unvermeidlich zum Tod führt. Und diese unnatürliche Hautrötung auslöst. Wie bei diesen supergesunden Freiluftfanatikern. Nur eben tot.«

»Genau.«

»Der Apotheker wurde in einem Zimmer im oberen Stockwerk gefunden. Oder?«, fragte er.

»Das ergibt keinen Sinn«, gab sie zu.

»Warten wir ab, was die Rechtsmediziner zu seinen Haaren und Nägeln sagen. Da haben wir echt Glück gehabt.«

»Ausnahmsweise mal«, sagte Tanya.

Jakob hatte den ganzen Weg ins Rechtsmedizinische Institut telefoniert, je nach Situation formell, drohend oder flehend. Dabei hatte er ein halbes Dutzend Zigaretten geraucht, sie aus Rücksicht auf Tanya jedoch aus dem offenen Seitenfenster gehalten – während sie schrecklich fror.

Sie hatte sich über den Rauch nicht beschwert. Für so banale Streitereien stand zu viel auf dem Spiel, und der Kriminalkommissar war gerade in einem inspirativen, von Nikotin und Adrenalin gespeisten Flow, einem Konzentrationszustand, der ihnen womöglich half, bürokratische Wege zu verkürzen und Resultate zu schaffen. Direkt zum Kern der Sache vorzudringen.

Endlich schob er das Handy in die Innentasche seiner Jacke, schnipste die Kippe in die graue Landschaft, kurbelte das Fenster hoch und schaltete die Heizung an.

Er sah sie von der Seite an.

»Entschuldige die Qualmerei, aber jetzt ist alles geregelt. Sie sind bereit, wenn wir kommen. Nicht zu fassen, wie kompliziert das alles geworden ist. Selbst die naheliegendsten Dinge. Du frierst. Willst du meine Jacke?«

Sie lächelte matt.

»Alles gut, danke.«

Sie fror tapfer weiter.

Eine halbe Stunde später befanden sie sich im Rechtsmedizinischen Institut im Teilum-Gebäude des Rigshospitals, wo eine wortkarge Bioanalytikerin Thomas Lorenz Simonsens Haar- und Nagelproben präparierte, auflöste, spaltete und zentrifugierte, während der Professor, ein ranker, sportlicher Mann mit rahmenloser Brille und kurz geschnittenen, grauen Haaren auf einem Stuhl saß und Mails beantwortete. Das kostbare, leise und potent summende XANES-Massenspektrometer des Labors, das alles analysieren und orten konnte, nahm den halben Raum ein. Jakob betrachtete den Apparat mit hochgezogenen Augenbrauen.

»Wie funktioniert das?«, fragte er.

Der Professor drehte seinen Schreibtischstuhl in seine Richtung.

»Wollen Sie das wirklich wissen?«

Jakob lächelte müde. »Nein?«

Der Professor erwiderte das Lächeln mit hochgezogenen Schultern. »Ich erkläre es Ihnen gerne, wenn Sie ein paar

Stunden erübrigen können ... Nein, denn das kann ich selbst nicht.«

»Dann belassen wir es doch einfach dabei.«

»Gerne.«

Nach einer weiteren endlosen Stunde – in der Jakob zweimal zum Rauchen nach draußen verschwunden war – verdichtete sich die Atmosphäre im Raum fast unmerklich. Die Bioanalytikerin warf dem Professor einen Blick zu und nickte, obwohl Tanya und Jakob keinerlei Veränderung am Spektroskop bemerkt hatten. Der Professor und die Analytikerin waren ein eingespieltes Team: wie die Mannschaft in einer Taucherglocke. Die Maschine druckte einen ellenlangen Papierstreifen mit verschiedenfarbigen Kurven, Diagrammen und Zahlenkolonnen aus.

Der Professor riss den Streifen ab und winkte sie zu sich. Er verglich die Ergebnisse auf dem Ausdruck mit den Bildern auf den Computermonitoren, machte Notizen und lehnte sich mit einem unergründlichen Gesichtsausdruck im Stuhl zurück.

»Ich werde natürlich einen offiziellen Bericht anfertigen, sobald die offizielle Anfrage von der Rigspoliti vorliegt«, sagte er mit Nachdruck.

»Ich werde mich sofort darum kümmern«, erwiderte Jakob. »Aber ...?«

Zwischen den hellen Augenbrauen des Professors bildete sich eine tiefe Furche.

»So etwas kriegen wir nicht jeden Tag zu sehen. Arsen ist so ... altmodisch, nicht wahr? Wie heißt noch gleich der Film? Der mit Cary Grant?«

»Arsen und Spitzenhäubchen«, murmelte Tanya. »Das war ursprünglich ein Theaterstück, soweit ich weiß.«

»Stimmt. Da kriegt man richtig Lust, ihn sich noch mal anzusehen. Bei unserem Verstorbenen lassen sich deutliche Spuren von Arsen in Haar und Nägeln nachweisen.«

Er tippte mit der Kugelschreiberspitze auf ein Diagramm. Jakob beugte sich vor.

»Das ist ein ... Plateau, oder?«

»Ja, leider. Die Konzentration ist über die gesamte Wachstumsphase des Haares bis zum Zeitpunkt des Todes konstant. Das ist eine sehr hohe und potenziell tödliche Konzentration, wenn man kein chronisch Süchtiger ist, dessen Leber und Niere gelernt haben, das Gift auszuscheiden.«

Tanya spürte eine tiefe, gallegrüne Enttäuschung aus dem Bauch aufsteigen. Sie war sich so verdammt sicher gewesen! Die Maske. Das Rezept. Das Medaillon, verflucht! Jetzt standen sie wieder vor dem Nichts!

»Von was für einem Zeitraum sprechen wir hier?«, fragte sie resigniert. »Ich meine, wie lang war das Haar?«

»Etwa zehn Zentimeter. Bei einem durchschnittlichen Wuchs von 0,4 Millimeter pro Tag deckt die Spektroskopie einen Zeitraum von 250 Tagen ab. Tut mir leid.«

Tanya sah Jakob entmutigt an, der genauso versteinert und enttäuscht schaute, wie sie sich fühlte.

Sie stand auf und ging ans Fenster, kaute auf der Unterlippe herum und schaute auf die trostlosen Betonfassaden des Rigshospitals.

Sie war sich so sicher gewesen!

Da fühlte sie Jakobs Hand auf ihrer Schulter, warm und vertraut, und sie ließ sie mit einem dankbaren Lächeln auf den Lippen dort liegen.

»Wir finden es heraus«, sagte er. »Die Idee war gut, aber denk dran, was ich von einer zu großen Begeisterung für schöne Hypothesen gesagt habe. Wollen wir uns bedanken und verabschieden?«

»Natürlich. Klar.«

Sie bedankten sich für die Hilfe. Der Professor begleitete sie raus an die Rezeption.

»Hören Sie«, sagte er. »Das unbefriedigende Resultat tut mir wirklich leid, aber das ist ein interessanter Fall, und wenn Sie uns brauchen, sind wir gerne für Sie da.«

»Die Haut der Leiche war hellrot verfärbt«, sagte Tanya. »Auch noch als sie aus Holbæk in der Pathologie in Slagelse ankam. Leider wurde die Leiche von einem Blinden untersucht.«

»Professor Ingemann?«

Jakob nickte.

Der Professor seufzte.

»Das ist schon eine Verknüpfung unglücklicher Umstände. Soll heißen auf Behördenseite. Kohlenmonoxidvergiftung?«

»Die Leiche wurde in einem Zimmer im ersten Stock des Apothekerhofs gefunden. Die Tür war von innen verschlossen. Die Rettungssanitäter mussten sie eintreten. Der Schlüssel steckte im Schloss, und die Leiche war nicht bewegt worden. Es gab keine Gasleitung und auch keinen Holzofen in der Nähe, soweit ich weiß.«

Der Rechtsmediziner lächelte.

»Hört sich verdächtig nach einem Fall für die Baker Street 221 B an. Spannend! Leider kann man Kohlenmonoxid in Haaren und Nägeln nicht nachweisen, weil es sich um ein recht flüchtiges Element handelt.«

Er reichte ihnen die Hand und verschwand hinter den Glastüren.

Jakob lächelte Tanya an.

»Wir müssen nur Sherlock Holmes und Dr. Watson übertreffen, Tanya. Zumindest gibt es jetzt keinen Grund mehr, Thomas Lorenz Simonsen auszugraben.«

»Und wer von uns ist wer?«, fragte sie.

»Ich bin Dr. Watson«, sagte Jakob. »Wie kannst du da fragen?«

»Ich nehme die Herausforderung an«, murmelte Tanya. »Und danke.«

Nächster Morgen, 09:00 Uhr, Apothekerhof

Die Tür zum Geräteschuppen wurde vom Wind aufgerissen und traf Marie hart im Rücken. Sie drehte sich um und trat sie wütend zu.
Mit einem lang gezogenen, höhnischen Knarren schwang sie wieder auf.
»Scheiße!«
Sie ließ die Tür Tür sein und schob den antiken Rasenmäher vor sich her. Die Räder klemmten, und der Motor war widerspenstig wie ein dreijähriges Kind zwischen den Süßigkeitenregalen eines Supermarkts an einem Freitagabend. Schlecht gelaunt schaute sie über die endlose Rasenfläche vor dem Apothekerhof.

Drei voneinander unabhängige Immobilienmakler waren sich in einem Punkt verblüffend einig gewesen. Wenn sie mit einem einigermaßen erträglichen Gewinn aus der Nummer herauskommen wollte – und sich überhaupt ein potenzieller Interessent für das alte Apothekeranwesen fand –, müsste vorher zumindest der Garten auf Vordermann gebracht werden. Neben dem Dach müssten alle sanitären Anlagen erneuert werden, inklusive zwei komplett neuer Badezimmer. Wünschenswert wäre auch eine grundlegende Fassadenrestaurierung. Die drei Makler hatten das Anwesen mit Bestattermiene besichtigt wie eine nachlässig geschminkte Leiche. Das hier würde nicht einfach werden, hatten sie sie wissen lassen. Das Anwesen war viel zu groß für eine Durchschnittsfamilie. Holbæk, das am Rand der Welt lag (auch wenn das niemand so direkt aussprach), war nicht unbedingt der Ort, den eine aufstrebende Firma zu ihrem Standort wählte. Warum auch? Eine Art Wohnkollektiv wäre vielleicht eine Möglichkeit. Oder eine Aufteilung in Seniorenwohnungen? Die Nutzungsmöglichkeiten waren jedenfalls begrenzt. Maries Hinweis auf die kunstvollen Tischlerarbeiten, die hübschen Stuckdecken, die imposanten Palaisfenster, den lichtdurchfluteten Treppenaufgang und den Kronleuchter aus Venedig rief nur ein müdes Lächeln hervor.

Die Instandhaltungskosten seien definitiv zu hoch, hatten sie kopfschüttelnd angemerkt. Als würde man ein Museum übernehmen. Außerdem machten die strikten Denkmalschutzbestimmungen jede Veränderung nahezu unmöglich.

Das Beste, worauf man hoffen konnte, war, dass eine der staatlichen Behörden, die dieser Tage aus Kopenhagen zwangsverlegt wurden, in Holbæk landete.

Und noch in einem zweiten Punkt waren die drei sich erstaunlich einig gewesen: Der südliche Flügel müsste so schnell wie möglich renoviert werden. Holzverkleidung und Fenster waren von Holzfäule befallen, die sich unter den Zinkplatten wie ein Steppenbrand ausbreitete. Für jeden Käufer mit Augen im Kopf war das ein absoluter Deal Breaker.

Marie hatte diesbezüglich einen Zimmermann kontaktiert, einen jungen, flotten, sonnengebräunten und energischen Burschen. Sie hatte den oberen Blusenknopf aufgemacht und sich auf Tuchfühlung neben ihn an den Küchentisch gestellt, während er ein paar schnelle Skizzen anfertigte.

Seine Frage, ob der alte Lastenkran oben an dem nach Osten gehenden Dachgiebel noch funktionierte, hatte Marie nicht beantworten können, aber sie hatte ihn durch die alten, verstaubten Produktionssäle zu einer Tür in der Mauer geführt, die seit Jahren nicht mehr geöffnet worden war. Sie war mit einem durchgerosteten Vorhängeschloss abgesperrt, das der Tischler aus den Beschlägen stemmte. Eine milde Brise strömte ihnen entgegen, und Marie war einen Schritt zurückgewichen. Unter ihnen war nichts als die glatte Hausfassade mit einem zehn Meter freien Fall auf den Hofplatz und die große Garage. Über dem Türrahmen war eine solide Balkenkonstruktion in die Wand gemauert, die als Lastengalgen und Kranarm diente. Sie war mit einer rostigen Winde ausgestattet, mit der eine einzelne Person mithilfe von Umlenkrollen und Seilen Maschinen und schweres Material in die Produktionsetage der Apotheke heben konnte. Der junge Mann hatte eine Hand an die Winde gelegt und daran geruckelt, während Marie sich die Augen zuhielt und durch die gespreizten Finger zuschaute.

Sie spürte den Sog nach unten und gab ein leises Wimmern von sich, als er sich mit den Händen an der Winde elegant über den Abgrund schwang und im nächsten Atemzug wieder zurück zur Türöffnung. Sie hatte ihn hastig am Gürtel gepackt und zu sich hereingezogen.

»Der hält«, sagte er. »Das macht es sehr viel einfacher.«

»Tun Sie so etwas bitte nie wieder«, hatte sie gemurmelt. »Ich wäre vor Angst fast gestorben.«

»Wirklich?«

Einen Augenblick lang waren sie sich sehr nahe. Er duftete intensiv nach Mann und Schweiß. Ihr Gesicht glühte. Er schaute ihr tief in die Augen, während Marie zufrieden seine körperliche Reaktion auf ihre Person registrierte. Sie beherrschte es noch.

Er hatte sich mit einem Lächeln von ihr gelöst, das einen großen Interpretationsspielraum ließ. Und er hatte seine Hände sehr langsam von ihren Schultern genommen.

Noch am gleichen Nachmittag war der junge Meister mit einer Ladung Planen, verstärktem Plastik, Fugenmasse, Dachpappe, Gerüststangen, Seilen, Winden und unterschiedlichen Werkzeugen zurückgekommen. Die Einladung zu einer Tasse Kaffee hatte er ausgeschlagen, obwohl sie ihre engste schwarze Jeans angezogen hatte und ein weißes T-Shirt, das ihre Brüste und die schmale Taille betonte, und dazu die hochhackigen Stiefeletten, die ihren Hintern am besten zur Geltung brachten.

Sie war hier gestrandet. Zusammen mit Emma.

Dieser Gedanke machte sie rasend. Und dann dieser Junge. Und die Pastorin. Und der Dorftratsch.

Aber Resignation war nicht Maries Ding. Sie hatte sich noch immer aus ihren Problemen herausgewunden. Hatte ohne viel Aufhebens das Weichei Aske verlassen, Emmas Vater. Und sie hatte nie Schwierigkeiten gehabt, einen neuen Mann zu finden, der für sie sorgte. In einer neuen Stadt. Bis sie die Nase voll von ihm hatte, weil keiner ihrer Männer ihr ganz besonderes Verhältnis zu Emma verstanden hatte, die immer an erster Stelle kam.

Wütend funkelte sie den Rasenmäher an. Sie wusste, dass

Benzin im Tank war, dass er genug Motoröl hatte. Sie hatte den Choke gezogen und den Hebel am Gashandgriff auf »Kaninchen« gestellt, das vor der schwachsinnigen »Schildkröte« kam. Trotzdem wollte er nicht anspringen, egal wie oft sie an der Schnur zog.

Marie schrie ihren Frust heraus. Ein paar Saatkrähen flogen aus den Baumkronen auf.

Endlich gab der Zweitakter ein röchelndes Husten von sich und stieß eine warme blaue Abgaswolke aus, die ihr ins Gesicht schlug. Triumphierend schob sie den Mäher in das hohe, von Moos durchsetzte Gras und metzelte es nieder. Sie lockerte die Schultern, lächelte grimmig und hielt auf den ersten der drei uralten Apfelbäume zu. Kurz vor dem Stamm ertönte ein verhängnisvolles, klirrendes Geräusch von der Unterseite des Gerätes. Der Motor blieb abrupt stehen.

Marie kippte den Mäher auf die Seite, was mit einem schmerzhaften Schuss in die Lende quittiert wurde. Sie verharrte einen Moment in absoluter Reglosigkeit, als könnte sie es nicht fassen, dass das Schicksal sie auf diese perfide und hinterhältige Weise strafte: ein verfluchter Hexenschuss, der sie mindestens eine Woche schmerzhaft begleiten würde.

Mit einem müden Seufzen kamen die Schneideblätter zum Stillstand.

Sie fasste sich leise fluchend mit beiden Händen ins Kreuz und starrte stumm in den mitleidlosen grauen Himmel. Zumindest schien das hier keine ihrer schlimmeren Blockierungen zu sein. Mit etwas Glück konnte sie den Schmerz wegschwingen. Dann schwieg sie. Die Flüche waren ihr ausgegangen, längst verbraucht für Andreas Ambrosius, Anne Holst, den Arzt, ihre Tochter und die Pastorin Grethe.

Das Handy in der Gesäßtasche ihrer engen Jeans klingelte. Emma.

Sie sah den defekten Rasenmäher an und trat mit Wucht dagegen.

Emma saß mit hochgefahrenem Kopfende in ihrem Bett und löste Sudokus. Natürlich die schwerste Kategorie.

Marie blieb in der Türöffnung stehen. Ihre Tochter sah sie mit festem, klarem Blick an. Die tödliche Müdigkeit der letzten Tage war wie weggeblasen. Marie humpelte durch den Raum und setzte sich auf einen Stuhl am Fenster.

»Was ist los, Mama?«

»Mein Rücken. Der übliche Mist. Aber nicht ganz so heftig wie sonst. Der Rasenmäher hat den Geist aufgegeben.«

»Wie ärgerlich«, sagte ihre Tochter.

»Aber du siehst heute viel besser aus, Schatz. Um Längen.«

»Danke.«

»Ist was passiert?«

»Was meinst du?«

Die Mutter zeigte mit einer müden Handbewegung auf den Stapel Sudoku-Hefte auf dem Nachtschrank.

»Das ...«

»Vielleicht. Ich weiß es nicht, aber ich habe richtig gut geschlafen und fühle mich, als hätte jemand mein Hirn wieder eingeschaltet.«

»Na wunderbar ... Warum hast du geklingelt?«, fragte Marie.

»Um ein wenig zu plaudern. Wie läuft es unten im Garten?«

Marie musterte ihre Tochter, um auszumachen, ob die Frage ernst gemeint war. Emma war eine Meisterin des unterschwelligen Sarkasmus.

»Katastrophal.«

Sie beugte sich vor, stützte die Ellenbogen auf den Knien ab und vergrub das Gesicht in den Händen.

»Wir kommen nie hier weg. Aber ich will weg!«

»Was haben die Makler gesagt?«

Marie richtete sich mit einem unterdrückten Stöhnen auf.

»Dass ich ein paar Millionen Kronen investieren muss, um die Ruine aufzupeppen, wenn ich mit einem Defizit von 1,8 Millionen hier rauskommen will! Das ist doch Wahnsinn. Aber das freut dich wahrscheinlich, nicht? Dich und deinen Freund.«

Sie stand auf und stapfte zum Fenster. Als sie sich wieder umdrehte, hatte sie die Arme vor der Brust verschränkt.

»Ist es nicht so?«, fragte sie provozierend. »Dir wäre das ohnehin das Liebste, oder? Für immer hierzubleiben. Ihr seid aber auch wirklich ein schönes Paar: Die eine kann nicht gehen, der andere ist ein Soziopath!«

Emmas Gesicht blieb ausdruckslos. »Ein Soziopath? Es tut mir sehr leid, dass es mit dem Garten nicht besser läuft.«

»Sicher.«

Emma lächelte müde.

»Mama. Du weißt genau, dass ich nicht glücklich bin, wenn es dir nicht gut geht.«

Marie blieb stehen. In ihrem Hals bildete sich ein Kloß. Groß und warm. In ihren Augen brannten Tränen. Emma öffnete eine Packung Papiertaschentücher.

»Hier.«

Marie lenkte ein. Sie setzte sich auf Emmas Bettkante und schnäuzte sich die Nase. Sie umarmten sich kurz und mechanisch.

»Ach, Schatz ... Ich halte das hier nur einfach nicht länger aus ...«

»Das weiß ich, aber es wird sich alles regeln.«

Marie wischte die Tränen mit einem Zipfel des Taschentuchs weg.

»Manchmal glaube ich, dass du die Erwachsenere von uns beiden bist, Schatz. Du bist so groß geworden.«

»Danke.«

»Kommt Andreas heute?«

»In ein paar Stunden. Tu mir den Gefallen und sei nicht so gemein zu ihm. Und ... hast du was über die Morde gehört? Haben sie schon was rausgefunden?«

Marie zog ein weiteres Taschentuch aus der Packung.

»Äh ... keine Ahnung, Schatz. Das werden sie wohl früher oder später. Ich habe nichts gehört. Normalerweise haben sie ja ... Das hier ist schließlich nicht Uganda.«

»Sind sie noch hier?«

Marie überlegte. Alle redeten über die Morde und die unerwünschte Anwesenheit der Rigspoliti, die wie ein Fremdkörper in dem Städtchen wirkte. Es war das Gesprächsthema Nummer eins im Pflegeheim, in den Geschäften und unter ihren wenigen alten Freundinnen. Es wurde kaum noch über etwas anderes gesprochen.

»Ja, sie sind noch da. Ein Polizeikommissar von der mobilen Sondereinheit der Rigspoliti. Er wohnt im Hotel Strandparken. Soweit ich weiß, befragen sie noch immer Zeugen.«

»Aber du musst doch mehr wissen!«

Marie sah ihre Tochter an. Dann zog sie bedächtig die Schultern hoch.

»Warum?«

»Warum? Weil ... weil es um unseren Hausarzt geht und um Anne! Wir haben sie gekannt.«

Ihre Mutter lächelte.

»Du bist wirklich wie verwandelt, Schatz! Die letzten Tage habe ich kaum ein Wort aus dir herausbekommen, und nun redest du wie ein Wasserfall. Engdal war kein sonderlich begabter Arzt, wenn du mich fragst, und Anne war eine alte Frau, die ihre Meinungen geändert hat wie ein Fähnchen im Wind. Aber ich kann mich ja mal umhören, wenn es dir so wichtig ist.«

Emma lehnte sich in die Kissen zurück. Dann gähnte sie hinter vorgehaltener Hand und schloss die Augen.

»Tut mir leid. Ich finde nur, dass jemand ... ich weiß nicht ... die Fälle aufklären sollte, verdammt.«

Marie drückte sanft ihre Hand.

»Da hast du absolut recht. Wie wär's mit einem Nickerchen, bevor Andreas kommt?«

»Gute Idee.«

Marie stand auf.

»Dann bereite ich mal deine Medikamente vor«, sagte sie. »Das passt auch von der Zeit.«

Emma schlug die Augen auf und sah zu dem durchsichtigen Kunststoffbehälter an dem Infusionsgestell hoch, der gleich mit den Medikamenten und dem Inhalt der Essensriegel an ihre Nahrungssonde angeschlossen werden würde.

»Danke. Ich gehe noch mal auf die Toilette, bevor ich einschlafe«, sagte sie und schlug die Bettdecke zur Seite.

Ihre Mutter setzte sie behutsam auf den Toilettensitz, und Emma stützte sich auf den weißen Armlehnen ab. Marie sah sich in dem Spiegel über dem Handwaschbecken. Sie entblößte ihre Zähne, die nach wie vor weiß und gut in Schuss waren.

Nur wenige Menschen schätzten ihr Alter richtig. In der Regel ging sie als acht bis zehn Jahre jünger durch. Gute Gene.

Sie lächelte zynisch bei dem Gedanken an die Gene.

»In ein paar Stunden, sagst du?«, fragte sie beiläufig.

»Was?«

»Andreas.«

»Ja. Wie spät ist es?«

Marie schaute auf ihr Handy.

»Kurz vor zehn.«

»Er wäre früher gekommen, musste aber noch seinen Bruder im Krankenhaus besuchen«, sagte Emma. »Der ist gestern mit einem Geschwür in der Leiste eingeliefert worden. Möglicherweise muss das Bein amputiert werden, obwohl er erst einundzwanzig ist. Er ist ein Fixer.«

»Ich wusste gar nicht, dass Andreas einen Bruder hat. Und der ist ein Junkie? Wieso überrascht mich das nicht?«

»Andreas raucht nicht mal! Und Alkohol trinkt er auch nicht.«

»War nicht so gemeint.«

Marie lächelte ihr Spiegelbild an und drehte sich um.

»Bist du fertig?«

In den vergangenen fünf Minuten hatten weder Tanya noch Jakob etwas gesagt. Die Stille war nicht unangenehm, sie hatten sich nur einfach gerade nichts zu sagen. Jakob steckte sich eine Zigarette nach der anderen an, und Tanya schaute durch die dunkelgrünen Brillengläser ihrer Ray-Ban abwesend über den glitzernden Wasserspiegel des Fjords. Vor Orø war eine Ansammlung weißer Segel zu sehen, vielleicht eine Regatta.

Sie hatten im Hotel ihren Morgenkaffee zusammen getrunken und waren danach acht Kilometer am Holbæk Fjord entlanggelaufen. Tanya war zwischendurch überzeugt gewesen, es nicht mehr zurückzuschaffen. Nach drei Kilometern hatte sie heftig gekeucht, während ihr Herz trocken und hart gegen die Rippen hämmerte und ihre Beine zitterten. Noch nie hatte sie einen Menschen so innig gehasst, wie sie Jakob Nordsted in diesem Moment hasste. Er lief schnell, landgewinnend und unbeschwert wie ein Gnu. Und sie hörte noch nicht einmal seinen Atem. Als sie nach vier Kilometern eine kurze Pause an einem Badesteg einlegten, hatte sie hechelnd über dem Geländer gehangen, während Jakob sich interessiert umgesehen und seine Beinmuskeln gestreckt hatte – auf einem Bein balancierend wie ein verflixter Flamingo – ohne die kleinste Schweißperle auf der Stirn. Das war unmenschlich. Er war Kettenraucher, verdammt noch mal! Das war nicht gerecht.

Jetzt saßen sie, in dünne Fleecedecken gewickelt, auf der breiten, sonnenbeschienenen Holzveranda des Hotels und tranken Macchiato.

»Ich bin übrigens aus dem Kolleg ausgezogen«, informierte Tanya ihn.

Jakob musterte sie von der Seite.

»Wohin?«

»In ein Motel am Stadtrand. Ich hab den Gestank nicht länger ausgehalten.«

»Und, ist das Motel besser? Duftmäßig, meine ich?«

»Finde ich, ja. Und wie geht es jetzt weiter, Jakob?«

Er schaute auf seine großen Hände.

»Wir sind gerade in einer ruhigen Phase, Tanya. In jeder Ermittlung gibt es ruhige Phasen. Das ist wie im Krieg. Neunzig

Prozent Langeweile und zehn Prozent Panik. Gibt es bauchbare Zeugen? Ich habe noch nichts gehört. Du?«

»Nichts. Die Polizei vor Ort hat ziemlich gute Arbeit geleistet, muss ich sagen. Sie haben Klinken geputzt, nicht nur in Anne Holsts Straße, sondern im ganzen Viertel. Ebenso in Engdals. Er wird übrigens heute beerdigt. Die sterblichen Überreste sind endlich für die Familie freigegeben worden ...«

Jakob seufzte. Er atmete tief aus und änderte seine Position in dem Korbstuhl. Tanya hatte ihn noch nie so nachdenklich, nahezu handzahm erlebt.

»Unglaublich, oder?«, murmelte er resigniert. »In diesen Vierteln wimmelt es den ganzen Tag nur so von Rentnern, Zeitungsboten, Postboten, Tagesmüttern, Hausfrauen, Kindern, die wegen Bauchschmerzen nicht in der Schule sind, und Handwerkern. Aber nicht einer von ihnen hat irgendwas gesehen. Das hat etwas von einer kollektiven Sonnenfinsternis.«

»Jeder kann übersehen werden und mit allem durchkommen, wenn er sich nur natürlich und locker benimmt und ins Bild einfügt«, sagte sie.

Jakob sah sie an und leerte seine Kaffeetasse.

»Da hast du recht. Wie übrigens meistens, wie mir aufgefallen ist. Das ist ziemlich ... nein, das ist scheißirritierend.«

Sie lächelte.

»Ich verspreche, mich in Zukunft öfter mal zu irren.«

Jakob räusperte sich.

»Was ist?«, fragte Tanya.

»Erinnerst du dich an das Telefonat mit der Justizministerin, als ich sie gebeten habe, dafür zu sorgen, dass du hierbleibst ... bei mir?«

Tanya verzog das Gesicht bei der Erinnerung.

»Das war einer der peinlichsten Augenblicke meines Lebens. Zwei Tage ist das jetzt her, und es war furchtbar. Ich hatte echt Mordgedanken.«

Jakob machte eine ausladende Armbewegung.

»Das ist mir schon klar. Aber jetzt muss ich dich verlassen ... für eine Weile.«

»Warum?«

Tanya richtete sich auf.

»Nicht auf Dauer«, schob er eilig hinterher. »Aber hier tut sich im Moment nicht viel. Ich bestimme leider nicht über meine Zeit. Ich bin nur angestellt. Genau wie du.«

Natürlich war ihr das alles klar, trotzdem hatte sie das Gefühl, als würde ihr der Boden unter den Füßen weggezogen, als würde sie alleingelassen – frei in der Luft hängen. Wie damals mit Christian ...

Sie war dankbar für ihre Sonnenbrille.

»Das weiß ich«, sagte sie. »Was ist passiert?«

»Der Anruf kam heute Morgen um fünf. Eine Frau ist zwischen ihrer Stammkneipe in Køge und ihrer Wohnung verschwunden ... ihre zwei Kinder waren allein zu Hause. Um zwei Uhr heute Nacht hat man sie hinter einem Müllcontainer gefunden. Mit dem berühmten stumpfen Gegenstand erschlagen ...«

»Und es war nicht wie üblich der Ex-Mann?«

Jakob zuckte mit den Schultern.

»Na ja, ihre Tasche ist jedenfalls nicht angerührt worden. Das Problem ist, dass sie aus Nigeria stammt, wo sie auch schon ein paar Kinder hat. Sie hat mal als Prostituierte gearbeitet, und möglicherweise wollten irgendwelche angepissten Menschenhändler ein Exempel statuieren, weil sie ihnen noch Geld schuldete.

»Trotzdem ...«

Jakob streckte die Hand aus und legte sie auf ihre. Sie merkte erst unter seiner warmen Handfläche, wie kalt ihre war.

»Der internationale Aspekt«, murmelte er.

»Weil du Suaheli sprichst?«, platzte sie heraus. »Wir haben hier in Holbæk auch zwei unaufgeklärte Morde und sind noch keinen Schritt weiter.«

Jakob lächelte, und sie erwartete einen Verweis auf ihre unselige Herkunft aus Hundige.

»Das ist so nicht ganz korrekt, Tanya. Und ich bin überzeugt, dass du nicht eher die Waffen strecken wirst, bis du den Fall gelöst hast. Und – by the way – in Nigeria wird nicht Suaheli gesprochen. Das ist eine ostafrikanische Sprache. In Nigeria spricht man entweder Hausa oder Yoruba.«

Sie zog ihre Hand weg.

»Whatever ...«

»Ich bin heute Abend wieder da. Und du hast meine Nummer. Okay?«

»Okay«, murmelte sie leise.

»Wenn was passiert, komme ich natürlich sofort.«

»Danke.«

Jakob stand auf und sah sie an.

»Dann pack ich mal meine Sachen.«

Sie nahm die Sonnenbrille ab und lächelte.

»Klar.«

Finster betrachtete er die Dächer der Provinzstadt, die sich dort an den Hängen hochschoben, wo irgendwann einmal eine Gletscherzunge einen Naturhafen in die Erde gegraben hatte.

»Davon einmal abgesehen, glaube ich nicht, dass noch irgendwas passiert ... das Problem ist ...«

Tanya kam ebenfalls auf die Beine. »Das Problem ist, dass wir beide wissen, dass die verrückte Alte in dem Apothekeranwesen es getan hat und wir nicht genügend Beweise haben, um sie festzunehmen.«

Jakob lachte.

»Vielleicht. Aber die wirst du finden, Tanya. Das, was hier geschehen ist, ist eine Sünde. Und das kannst du nicht hinnehmen. Das willst du aufklären.«

»Das ist wohl wahr«, sagte sie leise.

In einem brutalen, kurzen Moment sah Tanya eine Reihe endloser Tage vor sich. Sie wusste, dass sie bleiben würde. Ihre Brüder riefen alle naselang an und machten sich Sorgen um sie. Die Ermittlung würde im Sand verlaufen, weil es weder verwertbare Zeugenaussagen noch eindeutige Identifikationen oder Beweise gab. Sie hatte es selber schon gesehen: erfahrene, engagierte und talentierte Ermittler, die ihren letzten unaufgeklärten Mord nicht überdauerten. Im besten Fall baten sie um ihre Versetzung. Im schlimmsten Fall wurden sie abhängig von Sertralin oder anderen Antidepressiva und von irgendwelchen Sicherheitsfirmen eingestellt – oder bezogen einen Stuhl in einer Bodega, den sie nicht mehr verließen. Und das alles nicht, weil die Mörder in irgendeiner Form genial waren – sie hatten einfach nur Glück gehabt. Sie würde für ihre Zukunft lernen müssen, über Enttäuschungen hinwegzukommen, ohne daran zu zerbrechen. Sich an Niederlagen zu gewöhnen. Wie jetzt, wo ihr jugendlicher Übermut auf Mittelmäßigkeit und Apathie zurechtgestutzt wurde.

Doch so weit würde sie es nicht kommen lassen! Lieber sterben als das. Oder sich zumindest einen anderen Aufgabenbereich suchen. Sie wollte nicht wie Nordsted enden.

Den restlichen Vormittag und Nachmittag studierte sie Emma Lorenz' Homepage und YouTube-Kanal, bis sie alle Videos und Kommentare auswendig konnte. Die Mutter, die auf allen Bildern ihre Hand hielt. Die gesponserten Reisen ans Tote Meer, wo Emma auf dem salzhaltigen Wasser lag und sich treiben ließ, während sie durch ihre große Sonnenbrille in den blauen Himmel schaute. Disneyworld. Eine Skihütte in Norwegen. Die Stimme des Mädchens und die einsilbige Wortwahl, die permanent hin und her schwang zwischen dem hellen, beherrschten Sopran einer Fünfjährigen und einer Siebzehnjährigen mit einem erstaunlich avancierten Wortschatz.

Das alles passte irgendwie nicht zusammen!

Das kindlich entzückte Starren, das plötzlich von einem reifen, allwissenden Lächeln abgelöst wurde, das zu einem sehr viel älteren Menschen gehörte.

Die Haustür war nicht abgeschlossen und der Hausdrachen nirgends in Sicht. Aber Andreas hörte Popmusik aus Maries Zimmer. Ausnahmsweise einmal hatte er freie Bahn zu Emma, und er lief, wie üblich zwei Stufen auf einmal nehmend, die Treppe hoch. Die Tür zu Emmas Zimmer war angelehnt, und sie rief ihn herein, als sie die Bodenbretter unter seinen Stiefeln knarren hörte.

»Komm rein!«

Ihre Stimme war klar, und er wusste, warum.

Er schloss die Tür hinter sich und lächelte sie an. Emma klopfte einladend auf die Bettkante.

»Setz dich zu mir.«

Sie klang ausgelassen.

Andreas zog den Reißverschluss seines Parkas auf und sein

iPhone aus der Innentasche, ehe er sich setzte und nach ihrer Hand griff.

»Jetzt erkenn ich dich wieder, Emma. Die Veränderung von gestern auf heute ist echt krass.«

»Ich bin auch ganz happy. Wie geht es deinem Bruder?«

Er schob sich ein Kaugummi in den Mund und bot ihr auch eins an, das sie kopfschüttelnd ablehnte.

»Das vertrag ich nicht. Mama sagt, ich wäre allergisch.«

»Ich glaube, es geht ihm einigermaßen. Er wird das Bein wohl behalten.«

Sie klatschte in die Hände.

»Das ist ja toll!«

»Er ist ein Idiot. Warum nimmt er so einen Scheiß?«

»Vielleicht ist er unglücklich. Will nichts spüren. Ich dachte, du magst ihn.«

Andreas zog die Schultern hoch.

»Er ist mein Bruder. Wie man sich da halt mag.«

»Natürlich magst du ihn.«

Er grinste.

»Dich mag ich! Und die Pastorin.«

»Du bist süß.«

»Du hast also gewusst, dass ich recht habe«, flüsterte er und beugte sich über sie. »Das war wirklich eine clevere Idee mit dem Kondom.«

Emma wurde knallrot. Dann zog sie seinen Kopf mit einem festen Griff um den Parkakragen zu sich herunter. Im ersten Augenblick glaubte er, dass sie ihn küssen wollte, was sie nur selten tat. Stattdessen drehte sie den Kopf und hauchte ihm warm ins Ohr: »Sie hört mit, Andreas! Steck den Pfropfen in die Rohrmündung.«

Er tat, worum sie ihn gebeten hatte, und schob den Korken fest in den Messingtrichter.

»Wie hältst du das bloß aus?«

»Sie kümmert sich um mich. Ich kümmere mich um sie. So war es schon immer. Ich hatte sonst niemanden. Bis ich dich kennengelernt habe.«

Er war zu wütend, um auf der Bettkante sitzen zu bleiben.

»Sie dopt dich, verdammt noch mal, damit du mit ihr hier verrottest. Und sie hört dich ab. Du hast drei Tage lang geschlafen!«

Er kämpfte gegen die erdrückenden und ungesunden Schwingungen in diesem Haus an, die sie immer wieder zurück zu ihrer Mutter trieben wie eine Unterströmung im Meer.

»Willst du denn nicht hier weg?«

Das Weinen saß tief in seinem Hals. Er musste kräftig schlucken.

»Doch ...«

»Ich habe ein Auto gekauft«, sagte er übergangslos.

»Was hast du? What?!«

»Einen Toyota-Kastenwagen. Ich hab ihn für einen echt guten Preis von einem Elektriker übernommen, der in Rente geht. Der Wagen ist perfekt. Da passt dein Rollstuhl rein. Und man kann zwei Kojen in den Laderaum einbauen. Eine Campingtoilette. Eine kleine Küche mit Kühlschrank. Wir können da drin schlafen und einfach losfahren, wenn wir wollen. Nach Spanien, Portugal ... oder Schottland.«

Andreas zeigte ihr Fotos von dem dunkelblauen, verdreckten Kastenwagen auf seinem Smartphone.

»Ist der nicht geil?«

»Ja!« Sie lachte heiser und aufgeregt. »Das ist das schönste Auto auf der Welt. Fährt es auch?«

»Und ob es fährt.«

»Und es gehört uns?«

»Ja.«

Andreas hatte sie noch nie so glücklich erlebt.

Sie drückten sich aneinander. Dann schob sie ihn mit ihren schlanken, starken Armen von sich weg.

»Du meinst es wirklich ernst! Shit ...«

»Natürlich meine ich es ernst! Glaub mir doch endlich mal, verflucht. Ich liebe dich. Und ich hab was zusammengespart. Ich habe tonnenweise Geld.«

»Und ich krieg Frührente von dem Tag an, an dem ich achtzehn bin.«

»Ja. Liebst du mich?«

»Wie kannst du das fragen?«, sagte sie.

Ihr Gesicht wurde plötzlich nachdenklich, und sie schaute zur Seite. Ihre Augen wurden schmal, fern und kühl.

»Andreas?«

»Was?«

»Du hast gesagt, dass das mit den Kondomen eine gute Idee war, nicht? Aber woher weißt du, was ich damit gemacht habe?«

»Natürlich weiß ich das. Du hast mithilfe eines Zwirnfadens ein Kondom an das Ende deiner Sonde geknotet.« Er zeigte auf den weißen Schlauch an ihrer Wange. »Dann hast du die Sonde mit dem Kondom geschluckt, damit das Scheißgift deiner Mutter nicht in deinen Magen gelangt. Später hast du die Sonde dann mit dem Kondom wieder rausgezogen und geleert. Das war genial. Wo ist das Problem?«

Sie legte sich zurück und schaute an die Zimmerdecke.

»Ach, nichts. Aber ... woher zum Teufel weißt du das?«

Er lächelt triumphierend, schaltete das Mobiltelefon ein und rutschte näher an sie heran.

»Weil du nicht der einzige geniale Kopf bist. Guck mal!«

Er klickte die Kamera-App an. Dann winkte er, und Emma sah bestürzt sein lächelndes Gesicht auf dem Display. Ihre Augen wanderten nach oben.

»Der Drachen?«

»Ja.«

Er stand auf und nahm den blauen, ungarischen Drachen von dem Platz zwischen Professor Dumbledore und Hagrid herunter. Er drehte ihn zu Emma hin, die jetzt kristallklar ihr eigenes blasses Gesicht sah.

»Ich habe die Kamera in den Drachenkopf eingenäht ... um zu sehen, was deine Mutter hier drinnen treibt.«

»Lass mal sehen«, sagte sie.

Er fand die Sequenz aus der letzten Nacht.

»Es ist halb zwei.«

Das Zimmer lag im Dunkeln. Emmas Füße bewegten sich nicht. Ihr Atem ging ruhig und gleichmäßig. Die Tür zum Treppenabsatz ging auf, und Marie schlich ins Zimmer. Sie blieb einen Moment am Kopfende des Betts stehen, als wollte sie sich vergewissern, dass ihre Tochter auch wirklich schlief, dann ging sie zum Fensterbrett, das von einem Streifen Licht von der Treppe her beleuchtet wurde. Leise vor sich hin summend, zerstieß sie eine Handvoll Tabletten in einem Porzellanmörser.

»Jetzt siehst du es selbst, oder?«, sagte Andreas gespannt.

Ihr Gesicht war schlagartig blass und verzerrt.

»Emma ... was ist los?«

»Ich hab nicht geschlafen, als sie reingekommen ist, ich hab nur so getan, Andreas. Ich weiß sehr wohl, was sie treibt. Aber mach weiter.«

»Bist du sicher?«

»Ja!«

Marie schüttete das Tablettenpulver in den Messbecher, in dem sie sonst Emmas Nahrungsbausteine mischte. Sie rührte sorgfältig mit einem Plastiklöffel um und goss die Mischung in den Behälter an dem Infusionsständer. Die milchig weiße Flüssigkeit schlängelte sich durch den Plastikschlauch auf Emmas Gesicht zu. Die Mutter zog die Tür hinter sich zu, und der Bildschirm wurde wieder unscharf und grün.

»Mach das aus«, sagte sie hart und sah ihn mit unverhohlener Verachtung an.

»Was zum Teufel ist los?«, platzte Andreas gereizt heraus. »Das hab ich für dich gemacht!«

»Ich hab das im Griff! Wann kapierst du das endlich?!«

»Ja, aber ...«

Sie schaute auf den matten, schwarzen Handybildschirm.

»Was hast du noch gesehen?«, fragte sie mit einem ansatzweise versöhnlichen Lächeln. Das Unwetter in ihr schien sich verzogen zu haben.

»Was meinst du? Ich hab nicht mehr gesehen! Reicht das nicht? Ich versteh nicht ...«

»Ich versteh nicht ...«, äffte sie ihn höhnisch und mit weinerlichem Unterton nach. »Weißt du was? Ich kann nicht verstehen, wie du mich so hintergehen konntest. Ist das Ding die ganze Nacht gelaufen, oder was? Deine verkackte Spionkamera?«

Andreas zog die Schultern an die Ohren.

»Ich nehme es an. In der Kamera steckt eine Micro-SD-Karte,

die zehn Gigabyte speichern kann. Weiter als bis hierher hab ich nicht geguckt. Mir hat das gereicht!«

Sie lächelte dünn.

»Zeig mir, wie man das löscht.«

»Warum?«

»Egal. Ich mach das selbst.«

Sie navigierte hektisch und zornig durch das Menü und löschte die Datei. Andreas sah ihr entgeistert zu. Ihr musste doch klar sein, dass das Handy die Aufnahme in einer Cloud-Drive speicherte, zu der er über seinen Computer zu Hause im Keller jederzeit Zugang hatte, aber er sagte nichts.

Sie hielt ihm das Handy hin. Andreas beugte sich vor, um danach zu greifen, als Emma sich blitzschnell im Bett aufrichtete und ihm eine schallende Backpfeife verpasste, nach der sein linkes Ohr ordentlich pfiff.

»Was soll das?«

Sie lehnte sich zurück und sah ihn ruhig an.

»Ich liebe dich, Andreas, das tu ich, aber du bist echt ein Trottel! Habe ich dir nicht gesagt, dass du dir nichts Schlaues ausdenken sollst, ohne vorher mit mir darüber zu reden?«

»Schlaues? Aber ich wollte dir doch nur beweisen, dass ...«

»Nimm deinen Scheißdrachen und geh nach Hause. Ich ertrage dich gerade nicht in meiner Nähe. Wir reden morgen weiter.«

Er stand wortlos auf. Auf halber Strecke zur Tür blieb er stehen.

»Jetzt geh schon!«

»Emma ...«

»Steh nicht da rum wie ein verdammter Loser«, sagte sie grob. »Du hast keine Ahnung von Dingen, die wehtun oder einfach nur hoffnungslos sind. Tu doch zur Abwechslung mal was Vernünftiges und besuch deinen Bruder im Krankenhaus. Der hat bestimmt eine Scheißangst, sein Bein zu verlieren. Er braucht dich, und er ist nicht nur dein Bruder. Ich könnte mir nichts Tolleres vorstellen, als einen großen Bruder zu haben. Du solltest echt verdammt dankbar sein, Andreas.«

»Und was machst du jetzt?«, fragte er verloren.

Sie sah ihn aus ihrem großen Krankenhausbett an.

»Nachdenken. Es ist wichtig, dass einer von uns das tut.«

Er hatte die Tür erreicht, als sie noch etwas sagte.

Er drehte sich in einer wilden Hoffnung um, die in dem Moment verlöschte, als er ihr Gesicht sah.

»Andreas?«

»Ja.«

Emma schaute auf ihre über der Bettdecke gefalteten Hände und sagte langsam: »Schwör mir, absolut nichts mehr zu unternehmen, ohne mich vorher anzurufen, verstanden? Egal wie genial du selbst es findest. Abgemacht?«

»Okay.«

»Schwörst du es?«

»Ja.«

Verwirrt und mit leerem Kopf ging Andreas mit seinem kleinen, alles sehenden Plüschdrachen unter dem Arm die Treppe hinunter.

Er verstand die Welt nicht mehr. Sie hatte ihn geschlagen. Aber sie waren doch Soulmates, verdammt! War sie wirklich so kaputt, und kam das Ganze viel, viel zu spät? Emma war seine einzige Vertraute, und er hatte sich noch nie so abgewiesen und weggestoßen gefühlt. Gleichzeitig war er sauwütend. Er hatte ihr einen Ausweg gezeigt und für viel Geld ein Auto gekauft – und da schlug sie ihn einfach!

»Andreas? Bist du das?«

Maries Stimme kam vom unteren Ende der Treppe. Andreas knirschte frustriert mit den Zähnen. Das Letzte, worauf er jetzt Bock hatte, war, mit der verrückten Alten da unten aneinanderzurasseln. Er schlich so lautlos wie möglich die knarrenden Stufen hinunter und hoffte, ungesehen an der Tür zu ihrem Wohnbereich vorbeizukommen, aber schon nach wenigen Schritten tauchte sie auf.

»Du bist es tatsächlich«, sagte sie lächelnd. »Ich habe dich gar nicht kommen hören.«

»Nein. Und jetzt bin ich auch schon wieder auf dem Weg nach draußen«, sagte er und ging weiter zur Haustür.

»Andreas, findest du nicht, dass wir beide uns mal ganz in Ruhe unterhalten sollten? Nur wir zwei?«

»Ich weiß wirklich nicht, worüber wir reden sollten«, antwortete er.

»O doch, das weißt du sehr wohl, denke ich«, antwortete Marie ernst. »Über Emma. Und was das Beste für sie ist.«

Sie betrachtete ihn mit zur Seite geneigtem Kopf. Er starrte sie hasserfüllt an. Marie seufzte.

»Hör zu, Andreas. Wir wollen beide ihr Bestes – wir sind uns nur nicht einig darüber, was das ist. Jetzt komm schon kurz rein. Es gibt Dinge über Emma, die du nicht weißt – die du nicht wissen kannst.«

Sie machte auf dem Absatz kehrt und verschwand mit einem letzten Blick auf ihn durch die Tür. Andreas seufzte und folgte ihr; wie magnetisch angezogen von der schlanken Gestalt und dem Duft von frisch gewaschenem Haar.

Diesen Teil des Hauses hatte er noch nie betreten. Maries Räume waren der einzige Bereich im Apothekerhof, in dem es warm war. Außer dem großen Radiator bollerte an der hinteren Wand des riesigen Zimmers ein Kamin. Es roch heimelig nach brennendem Holz und einem angenehmen, leicht würzigen Parfüm.

Andreas stellte den Drachen auf einem Tisch neben der Tür ab, zog den Reißverschluss seiner Jacke runter und sah sich um. Wie überall im Haus hing auch hier eine Auswahl an Jagdtrophäen an den Wänden. In der Mitte des Zimmers stand ein riesiges Bett, und über einem Stuhlrücken vor einem Schminktisch hingen diverse feminine Bekleidungsstücke – schwarze Nylonstrümpfe, ein Nachthemd aus dünner Seide und ein Halstuch.

Marie ging zu einem niedrigen Tisch am hinteren Ende des Raums. Sie trug einen dünnen Seidenmantel und war barfuß, wie er feststellte. Sie warf ihm einen einladenden Blick über die Schulter zu.

»Magst du ein Glas Wein? Oder vielleicht was Stärkeres? Du bist doch über achtzehn, oder?«

»Nein, danke«, antwortete er.

»Sicher? Ich könnte jetzt ein Glas gebrauchen.«

Sie schenkte Rotwein in zwei hübsche Kristallgläser und kam mit einem Glas in jeder Hand und mit schwingenden Hüften auf ihn zu.

Sie war nackt unter dem Morgenmantel, der plötzlich wie zufällig von ihrer Schulter glitt und den Blick auf eine ihrer fülligen Brüste freigab. Sie beantwortete Andreas' Blick, der lange auf der dunkelbraunen Brustwarze verweilte, mit einem wissenden Funkeln.

Er wurde rot und nahm das Weinglas, das sie ihm reichte, und als ihre Finger seine berührten, reagierte sein Körper ganz instinktiv. Es war unendlich lange her, dass er einer Frau so nahe gewesen war. Marie beugte sich noch näher zu ihm hin, ihr Duft hüllte ihn ein, und er schaffte es nicht, den Kopf abzuwenden, bevor sie ihre Lippen auf seine drückte und ihren Arm um seinen Nacken schlang. Ihre Lippen waren weich, warm und feucht, und sie bewegte sich mit einer erfahrenen Selbstsicherheit, die es ihm leicht machte, sich führen zu lassen. Als ihre Hand sich einen Augenblick später um seinen Schwanz schloss, war er steinhart.

»Wow«, hauchte Marie ihm warm und duftend ins Ohr. »Du bist ja so was von startklar ...«

Sie griff nach seiner Hand und legte sie auf ihre entblößte Brust. Andreas verschlug es den Atem. Seine Hand bewegte sich über ihren Körper. Maries blasse, perfekte Haut war unfassbar weich und glatt. Sie küsste ihn leidenschaftlich, als sie ihn auf das Bett zog. Sie schmeckte wunderbar. Ihr Unterleib presste sich gegen seine Hand, und sie klammerte sich stöhnend an ihn. Dann versuchte sie, ihm die Hose auszuziehen.

»Das hier«, seufzte sie in sein Ohr, »wird Emma dir niemals geben können. Das weißt du, oder? Das ist unmöglich. Sie wird niemals ...«

Andreas verkrampfte, als er Emmas Namen hörte, und schubste Marie in einer heftigen Bewegung von sich.

»Au! Was soll das?«

Er sprang von dem Bett auf, zog seine Jeans hoch und schloss den Reißverschluss über seiner Erektion.

»Ich weiß, was Sie mit ihr machen, Sie Irre!«

Maries Gesicht vollzog eine dramatische Verwandlung. Der

eben noch sanfte, sinnliche Blick war jetzt eiskalt, und die Kälte reichte bis in ihre Stimme.

»Einen Scheißdreck weißt du, du erbärmlicher Wicht. Du hast keine Ahnung, was hier wirklich abgeht. Und du wirst auch niemals meine Beziehung zu meiner Tochter verstehen.«

Andreas sah sie ungläubig an. Dann lächelte er verächtlich.

»Beziehung? Und ob ich Ihre Beziehung verstehe. Sie vergiften sie, Sie kranke Irre! Sie haben sie zum Krüppel gemacht, an ein Bett gefesselt, an dieses Haus und an Sie – aber damit ist jetzt Schluss.«

Marie setzte sich auf dem Bett auf und sah ihn mit einem dunklen, fast mitleidigen Blick an.

»Du weißt wirklich nicht, wovon du sprichst.«

Blitzschnell und verblüffend gelenkig lehnte sie sich nach hinten und griff unter das Bett. Im nächsten Augenblick schaute Andreas in den Doppellauf einer Schrotflinte wie in zwei Bergtunnel.

»Sind Sie wahnsinnig?«

»Wenn du weißt, was das Beste für dich ist, vergisst du ganz schnell alles über dieses Haus. Und über Emma und mich. Du setzt nie wieder einen Fuß über diese Schwelle. Und wenn ich dich irgendwann auf diesem Grundstück sehe, blase ich dir das Hirn weg. Nachricht angekommen?«

Sie musterte ihn aufmerksam und wachsam. Die Flinte lag fest in ihren schlanken Händen.

»Und wo hast du überhaupt diese wahnwitzigen Ideen her? Von der Pastorin? Von Grethe? Welche Lügen hat sie dir über mich aufgetischt? Und über Emma?«

Sie lachte leise vor sich hin, und seine Nackenhaare stellten sich auf.

»Andreas, mein armer kleiner, dummer Junge, glaubst du wirklich, du wärst der Erste, der es versucht, sich zwischen mich und Emma zu drängen? Einen Keil zwischen uns zu treiben?«

Andreas antwortete nicht. Er zog seinen Reißverschluss bis unters Kinn hoch und sein Cap tiefer in die Stirn. Als er sich zur Tür umdrehte, entdeckte er den Plüschdrachen, den er auf dem Tisch abgestellt hatte. Er schien ihm verschwörerisch zuzublinzeln. Er verharrte mitten in einem Schritt. Dann lächelte er, nahm den Drachen und klemmte ihn sich unter den Arm. In der Tür zur Eingangshalle drehte er sich noch einmal um und lächelte Marie schief an.

»Du weißt ja gar nicht, wie fertig du bist, du Miststück!«

Marie klopfte vorsichtig an die Tür zu Emmas Zimmer und wartete brav, bis sie die Stimme ihrer Tochter hörte. Erst dann trat sie ein, legte einen Stapel frische Bettwäsche auf den Tisch und ließ sich auf den Stuhl fallen, von dem sie erst vor wenigen Stunden aufgestanden war.

Emma musterte sie aufmerksam. Ihre Mutter schien geweint zu haben. Die Schminke war verlaufen und der tiefrote Lippenstift verwischt. Ihr Blick war dunkel und nach innen gerichtet.

»Was ist passiert?«, fragte Emma.

Ihre Mutter schien sie nicht zu hören.

Als sie sich mit dem Handrücken über die Augen wischte, verschmierte sie die Mascara in einem breiten Streifen bis zur Schläfe noch weiter.

»Mama?«

Marie hob den Kopf.

»Was? Entschuldige … Habe ich dich geweckt?«

»Nein.«

»Warum schläfst du nicht? Ist was mit Andreas? Ihr habt ziemlich laut gesprochen. Ich hab es bis unten gehört. Ist was passiert? Hattet ihr Streit?«

»Ja, hatten wir.«

»Worüber?«

»Ach … er hat mich hintergangen. Er hat mir einen Harry-Potter-Drachen geschenkt. Was echt süß war, aber er hat eine Überwachungskamera darin eingenäht, die Aufnahmen von meinem Zimmer gemacht hat. Das finde ich komplett daneben. Ein absolutes No-Go.«

Sie zeigte zu dem Regalbord.

»Da oben stand er, neben Hagrid.«

Maries Gesicht wurde hochrot.

»So eine verdammte Schweinerei«, zischte sie aufgebracht. »Wie lange hat der Drachen dort gestanden?«

»Ein paar Tage.«

Emmas Mundwinkel verzogen sich zu einem ironischen Lächeln.

»Der Drachen hat alles gesehen. Offenbar …«

Marie stand auf, legte die Hände in den unteren Rücken und begann, in dem großen Zimmer auf und ab zu gehen.

»Macht dich das gar nicht wütend?«, platzte sie heraus.

»Doch, verdammt noch mal.«

»Dieser Kerl! Ich will ihn hier nicht mehr sehen, Emma, hörst du? Er ist böse!«

Emma nickte.

»Ja, sieht so aus. Vielleicht.«

Ihre Mutter blieb stehen und verdrehte die Augen.

»Doch, doch, doch …! Du klingst kein bisschen wütend! Der Bursche ist doch nicht ganz richtig im Kopf.«

Maries Stimme war vor Wut verzerrt, ihr Gesicht leichenblass.

»Hast du gesehen, was die Kamera aufgenommen hat?«

Emma nickte.

»Andreas behauptet, dass du mir betäubende Mittel gegeben hast, durch die ich fast ins Koma gefallen bin. Es sah auch so aus, als ob du mitten in der Nacht in mein Zimmer gekommen wärst … ohne Licht zu machen … und irgendwelche Pillen in meine Nahrungslösung gemischt hättest. Er hat mir die Aufnahme gezeigt, bevor ich ihn rausgeschmissen habe.«

Marie setzte sich wieder und legte die Hände vors Gesicht. Dann stampfte sie mit ihren nackten Füßen auf den Boden auf und stieß einen tiefen, animalischen Laut aus, bevor sie Emma mit einem glühenden, verletzten Blick ansah.

»Das denkt er sich doch alles nur aus, Emma. Er ist ein Computernerd, oder?«

»Er ist gut, ja.«

»Dann dürfte es ganz einfach für ihn sein, so ein Video zu manipulieren. Aufnahmen so zusammenzuschneiden, dass etwas völlig Harmloses plötzlich verdächtig und böse aussieht. Du weißt doch genau, dass ich so etwas nie tun würde, oder?«

Emma wich dem Blick ihrer Mutter aus.

»Bestimmt könnte er das«, sagte Emma nicht sehr überzeugt.

Marie stand auf, setzte sich auf Emmas Bettkante und drückte ihre Hände.

»Emma?«

»Ja?«

Marie ließ Emmas Hände los und atmete tief ein. Ihr Blick war auf die Bettdecke gerichtet.

»Normalerweise würde ich nicht einmal im Traum daran denken, dir das zu erzählen, weil du noch so jung bist und nicht weißt, wie Jungen und Männer ... ticken, um es einmal so auszudrücken. Aber jetzt habe ich keine andere Wahl. Zu deinem eigenen Besten, hörst du? Es tut mir wirklich furchtbar leid, aber ...«

»Was willst du mir sagen?«

Marie raffte den Bademantel unter dem Kinn zusammen und räusperte sich.

»Also ... bevor er das Haus verlassen hat, hat er an meine Tür geklopft. Ich kam gerade aus dem Bad und hatte nur meinen Hausmantel an, weißt du. Er meinte, dass er mit mir reden wolle. Über dich.«

Emma nickte mit großen Augen.

»Und?«

Ihre Mutter lächelte nervös.

»Ja ... das war wirklich dumm von mir, aber ich habe ihn in mein Schlafzimmer gelassen, und ehe ich mich's versehen habe, hat er versucht, mich zu küssen.«

»Was hat er gemacht?«

Emma richtete sich im Bett auf.

»Dafür, dass er so ein Schmachthaken ist, ist er ganz schön stark. Er hat mir eine Hand zwischen die Beine geschoben und mich aufs Bett geschubst.«

Marie öffnete langsam den Bademantel und entblößte blaue, blutunterlaufene Flecken an der Innenseite ihrer Oberschenkel; und frische rote Kratzspuren an der einen Flanke.

»Er hat mich gewürgt!«

»Andreas?«

»Ja! Sieh dir das an!«

Die Mutter zog den Kragen zur Seite, und Emma starrte auf ein paar blaue Fingerabdrücke an Maries weißem, glattem Hals.

»Es tut mir so leid für dich, Schatz«, sagte die Mutter geknickt. »Ich habe ihn natürlich weggeschubst und ihm mit der Polizei und allem Möglichen gedroht. Da hat ihn offensichtlich der Mut verlassen, und er ist gegangen. Es ist gelinde gesagt nicht das erste Mal, dass ich so etwas erlebe.« Sie lachte bitter. »Männer!«

Emma ließ sich zurück in die Kissen fallen und schaute an die Decke, ohne etwas Bestimmtes zu fokussieren.

»Andreas?«

Die Mutter griff wieder nach ihren Händen und drückte sie fest.

Eine Weile sagten sie gar nichts.

»Vielleicht sollten wir nicht zu hart mit ihm ins Gericht gehen«, murmelte Marie schließlich.

»Wie meinst du das? Er ist ein verfluchter Wichser …«

»Das ist er ganz bestimmt, aber er ist auch ein junger Mann, meine Kleine. Und … nun ja. Die haben Bedürfnisse. Ich geh mal nicht davon aus, dass du … dass ihr … dass du in der Lage warst …«

Emma sah sie mit ausdrucksloser Miene an.

»Nein, haben wir nicht. Wie sollte das auch gehen? Ich kann ja so gut wie nichts, oder?«

Marie lächelte.

»Meine arme Kleine. Aber dann sind wir uns einig, dass er nicht mehr hierherkommt?«

»Ja, natürlich.«

Emma drehte sich mit Mühe auf die Seite. Weg von ihrer Mutter. Sie schob die Hände unter ihre Wange und starrte die Wand an.

»Ich wäre jetzt gerne allein.«

»Bist du sicher? Wir könnten einen Film zusammen schauen ... wie in den guten alten Zeiten. Wie wär's mit Toy Story?«

Emma rührte sich nicht.

»Jetzt nicht.«

»Wie du willst.«

Marie verließ leise das Zimmer.

Andreas saß auf seiner Stammbank in dem kleinen, friedlichen Park. Hinter den Bäumen ragte das schwarze Schieferdach des Apothekerhofs auf. Die Sonne schien, doch das nahm er nicht wahr. Er zerdrückte den letzten McNugget zwischen den Fingern und streute die Krümel für einen Schwarm Tauben in den Kies. Es schien ihnen zu schmecken. Ein Vogel hatte einen von einem rot glänzenden Geschwür verkrüppelten Fuß.

»Das ist Huhn, ihr Idioten«, murmelte er. »Was für verfluchte Kannibalen ihr doch seid.«

Mit hektisch zuckenden Kopfbewegungen pickten die Tauben die letzten Reste der panierten Hähnchenbrust aus dem Kies auf und flatterten weg.

Er merkte, dass er weinte.

»Emma. Emma, zum Teufel noch mal ...«

Er schaltete die Kamera-App seines Handys ein und betrachtete die Bilder.

»Ich weiß, was Sie mit ihr machen, Sie Irre!«

Seine eigene Stimme klang so unerwartet klar. Die Kamera war der Wahnsinn: Maries weiche nackte, weiße Brust – ihre Hand, die sich hinter seinen Hosenbund schob und seinen Schwanz umfasste.

Alles in Andreas krampfte sich bei dem Anblick zusammen. Er hatte ein pechschwarzes Gewissen.

Seine Finger tippten die SMS wie ferngesteuert ein.

EMMA. EMMA! SIEH DIR DIE DATEI AN. ICH WEISS GENAU, DASS SIE DICH MIT LÜGEN FÜTTERT. SIEH DIR DAS AN! SIE IST SO KRANK IM KOPF. DAS HIER IST WIRKLICH PASSIERT.

Er schickte Emma das Video, das der Plüschdrachen in Maries Schlafzimmer aufgenommen hatte, und begann an den Nägeln zu kauen. Die Minuten krochen dahin. Zwei Jungs aus seiner alten Schule schlenderten vorbei. Als sie ihn erkannten, zögerten sie kurz vor seiner Bank und machten dann einen großen Bogen um ihn.

»Freak ...«, hörte er einen von ihnen murmeln.

Andreas kümmerte es nicht. Er schob die Hand in den Rücken, wo sein Butterflymesser in einer Schlangenlederscheide steckte, als ihm einfiel, dass er es Emma gegeben hatte. Er verspürte den übermächtigen Drang, sie abzustrafen, und dafür brauchte er kein Messer.

Sein Handy vibrierte. Er öffnete die Nachricht und stellte fest, dass seine Finger zitterten.

ICH HAB ES MIR ANGESEHEN.
ICH WEISS DAS.

Andreas runzelte die Stirn, als er die nächste Nachricht las, die gleich darauf kam.

GEH NACH HAUSE, ANDREAS.
TU NICHTS.

Keine versöhnenden Emojis. Nichts. Er krümmte sich zusammen und schrie seinen Frust heraus. Für einen kurzen Augenblick überlegte er, den Jungs hinterherzulaufen und sie fertigzumachen.

TU NICHTS.

Eine hellgraue Taube pickte die letzten Krümel neben seinem Fuß auf. Blitzschnell packte er zu. Sie gurrte erschrocken und fühlte sich unerwartet warm an in seiner Hand. Und weich wie Maries Brust.

Andreas sah den Vogel nicht an, als der Hals zwischen seinen Fingern knackte. Danach warf er den Kadaver in den Abfalleimer.

Emmas iPad flog schwungvoll durch das halbdunkle Zimmer und zerschellte mit einem unschönen Krachen an der Wand.

Sie hyperventilierte, und ihre Finger begannen zu kribbeln. Dann bekam sie eine Plastiktüte in dem Fach unter dem Nachttisch zu fassen und presste sie sich auf den Mund, um das Kohlendioxid im Blut anzureichern und den Sauerstoff zu drosseln. Sie schloss die Augen und zwang sich, alles andere außer ihrer Atmung zu ignorieren. Die tausend kleinen Nadelstiche in den Fingerspitzen verebbten, und irgendwann konnte sie die Tüte wieder weglegen.

Sie drehte sich auf die Seite, rollte sich zusammen und hielt die Knie umschlungen, als wären sie der einzige noch sichere Anker. Sie schob eine Hand unter das Kissen und fand Andreas' Messer.

Später trocknete sie sich die Augen und schaute niedergeschlagen an die Wand mit dem sonnenhellen Aquarell aus der Toskana, das ihr einer ihrer Follower auf YouTube geschickt hatte. Zu dem mit Grünspan überzogenen Messingrohr hin, durch das ihre Mutter sie belauschte, seit sie in den Apothekerhof gezogen waren. Sie legte die Stirn in Falten und sah die Plastiktüte an, in die sie eben geatmet hatte. Und wieder das Rohr. Alle größeren Zimmer und Produktionsräume im Haus waren durch das Rohrsystem miteinander verbunden.

»Opa ...«

Wenn sie ihn besucht hatten, hatte er ihr immer vorgelesen: Astrid Lindgren, Der Wind in den Weiden, Peter Pan, Tolkien und Peter Hase. Dabei hatte er Pfeife geraucht und den Figuren in den Büchern unterschiedliche Stimmen gegeben, und er hatte nie aufgehört, bevor Emma eingeschlafen war.

»Verzeih mir, Opa. Ich bin so eine Idiotin«, flüsterte sie. »Aber jetzt verstehe ich, wie sie es gemacht hat.«

Sie schaute erneut zu dem kräftigen Rohr hin, das fest im Boden verankert war. Ihre Gedanken schweiften zurück in die Nacht, in der ihr Großvater gestorben war. Zu dem Auto in der Garage. Dem Motor, der die ganze Zeit gelaufen war.

Die Tür ging auf. Ihre Mutter schaltete das Licht ein. Sie hatte sich geschmackvoll geschminkt. Die Delfinohrstecker aus dem Schmuckkästchen genommen. Die schmalen Goldarmreifen. Parfümduft zog durch den Raum. Marie trug eine enge schwarze

Jeans, eine dunkle Jacke und einen schwarzen Kaschmirpullover. Ihre Nägel glänzten blutrot.

Sie übersah glücklicherweise das zerschmetterte iPad in der Ecke und begann mit dem Mischen von Emmas Abendbausteinen, wobei sie eine Melodie vor sich hin summte.

Ihre Laune hatte sich – wieder einmal – um 180 Grad gedreht. Sie lächelte ihre Tochter an.

»Wie sehe ich aus?«

»Gut. Was hast du vor?«

»Ein Date über Tinder. In einer Cocktailbar in Kopenhagen. Mehr nicht. Hab ich dir das nicht erzählt?«

»Nein, hast du nicht. Wer ist er?«

Ihre Mutter lächelte vor sich hin, bevor sie leise lachte.

»Ich bin ja nicht mehr so verwöhnt, aber er sieht wirklich wahnsinnig gut aus ... Ich versteh nicht ganz, was er bei Tinder verloren hat. Aber ich tummele mich ja auch dort. Er ist Fachzahnarzt, etwas älter als ich und besitzt ein umwerfend schönes Haus auf Mallorca. Er hat mir ein paar Bilder von der Terrasse geschickt und den Bougainvel... Bougans...«

»Bougainvilleen.«

»Genau. Die fließen wie ein Wasserfall vom Balkon über die Terrasse den Berghang hinunter. Wunderschön. Keine Kinder.«

»So ein Glückspilz. Kommst du heute Nacht nach Hause?«

Marie rührte den Drink fertig an und füllte den Mix in den Plastikbehälter an dem Infusionsständer.

»Ich hoffe doch nicht!«

»Mama ...«

»Ich mach nur Spaß ...« Marie schaute einen Moment vor sich hin. »Aber zwischendurch hat man einfach mal das Bedürfnis, berührt zu werden, oder? Sonst verwelkt man.«

Sie sah Emma an und tätschelte ihr die Wange.

»Ich komme nach Hause, Schatz. Und du kannst mich jederzeit anrufen, okay?«

»Ja.«

Marie stellte sich vor den Wandspiegel und strich mit einer feuchten Fingerspitze über ihre Augenbrauen.

»Das wäre doch was, mal wieder zu einem verlängerten Wochenende eingeladen zu werden. Es sind schließlich nur knapp drei Stunden Flug da runter.«

Sie drehte sich mit einem sinnlichen Hüftschwung um und machte ein paar Tanzschritte, was sie mit Rücksicht auf ihre Lendenwirbel aber gleich wieder sein ließ.

»Wenn das tatsächlich passieren sollte ... glaubst du, du kämst ein paar Tage hier ohne mich aus, wenn ich Joan bitte, nach dir zu schauen und dir dein Essen und deine Medizin zu geben? Sie ist ja auch Krankenschwester. Aber das passiert natürlich nicht. So was passiert nur anderen. Aber falls doch?«

Joan und Marie waren zusammen zur Schule gegangen, sie war die älteste Freundin ihrer Mutter in Holbæk.

»Klar schaff ich das. Das wäre doch toll. Aber mit dem Aufzug komm ich auch gut allein zurecht. Ich kann selbst zu Fakta fahren und einkaufen, wenn es nötig ist, und Nahrungsbausteine haben wir ja vermutlich genug?«

»Tonnenweise! Aber ...«

»Kein Aber. Ich weiß genau, welche Medikamente ich wann brauche. Und wo die Apotheke ist, weiß ich auch.«

Marie sah sie mit einer Falte zwischen ihren sorgfältig gezupften Augenbrauen an.

»Dann brauchst du mich eigentlich gar nicht mehr, Schatz?«

»Natürlich brauch ich dich. Nimmst du das Auto?«

»Nein, den Zug. In Kopenhagen findet man so schwer einen Parkplatz. Dann mach ich mich mal auf. Und über das andere sprechen wir, falls ich tatsächlich einen Abstecher nach Mallorca mache. Drück mir die Daumen! Schlaf gut, Schatz.«

Emma antwortete nicht.

Marie zog die Tür hinter sich ins Schloss.

Später am selben Abend, St.-Nikolai-Kirche

Die Pastorin war auf ihre eigene, stille Art passioniert. Es gab mit Sicherheit Menschen, die sie als christliche Fundamentalistin bezeichnen würden. Sie nahm kein Blatt vor den Mund, was ihre Gesinnung betraf, übte ihren Beruf aber auf untadelige Weise aus. Sie hatte sich mit Haut und Haaren der Tidehvervs-Bewegung verschrieben, einer der radikaleren Strömungen innerhalb der dänischen Nationalkirche, ließ aber auch bedacht katholische Elemente, Rituale und Erkenntnisse einfließen. Holbæk und das Dominikanerkloster waren nun einmal untrennbar miteinander verbunden: Die Schwarzen Brüder hatten sich im 13. Jahrhundert dort niedergelassen.

Sie war allein in der Kirche gewesen wie so oft nach Sonnenuntergang. Sie genoss es, den Kirchenraum für sich zu haben. Halb spaßhaft nannte sie das ihre persönliche Vesper-Meditation – nach dem rituellen, katholischen Abendgebet.

Jetzt schloss sie die Seitentür des Waffenhauses hinter sich ab. Atmete tief die klare, kühle Luft ein, schaute durch die Pappelallee zu dem dunklen Friedhof auf der anderen Seite der Gleise hin und zu den ersten Sternen und der Venus hoch, die gerade den südlichen Horizont verlassen hatte.

Andreas setzte vorsichtig einen Fuß vor den anderen. Seine Schritte waren lautlos in dem taufeuchten Gras. Der Kirchturm zeichnete sich scharf vor dem nachglühenden Sonnenuntergang ab.

Völlig aufgewühlt hatte er nach Emmas brutalen SMS stundenlang den Apothekerhof umkreist. Hatte immer wieder versucht, sie anzurufen, war aber jedes Mal auf der Mailbox gelandet. Irgendwann war die Haustür aufgegangen, und eine schwarz gekleidete Gestalt hatte das Haus verlassen. Sie war den Gartenweg entlanggeeilt und vor dem Gartentor stehen geblieben, wie um die Umgebung zu sondieren. Andreas hatte hinter einem Pkw Deckung gesucht.

Zwischen den weit auseinanderstehenden Straßenlaternen war die Gestalt ein Schatten unter vielen. Dann war sie zielstrebig Richtung St.-Nikolai-Kirche gelaufen.

Außer der Person und Andreas, der sich mit vielleicht hundert Meter Abstand unauffällig an die Fersen der schlanken Silhouette hängte, war niemand unterwegs.

Er war sich sicher, dass sie ihn nicht bemerkt hatte. Die Gestalt lief zwischen den Gebäuden in der Smedelundsgade hindurch auf die verlassenen Parkplätze und Gässchen hinter den Grundstücken. Dann öffnete sich die Grünfläche zu der Pappelallee, der Kirche und dem Kirchvorplatz hin und zu dem schattigen Friedhof und dem Pfarrhaus auf der anderen Seite der Bahngleise.

Andreas schluckte, als er die hohen, erleuchteten Kirchenfenster sah. Er schaute auf die Uhr. Grethe hatte ihm erlaubt, an ihren Vesper-Gebeten teilzunehmen – unter der ausdrücklichen Bedingung, dass er in der hintersten Reihe saß und keinen Mucks von sich gab, solange die Pastorin vor dem Altar kniete.

Die Tür zum Waffenhaus ging auf. Das Licht fiel in einem Rechteck über den Kirchvorplatz. Im Türrahmen erkannte er Grethes kräftige Gestalt. Sie löschte das Licht und schloss die Tür hinter sich ab.

Er wusste, dass sie den üblichen Weg zum Pfarrhaus gehen würde, heim zu Mann und Kind; über den Friedhof mit seinen endlosen Kieswegen, die zwischen den Reihen bleicher, feucht schimmernder Grabsteine hindurchführten.

Das wussten alle.

Die Schattengestalt war in der üppigen Vegetation des Friedhofs kaum zu erkennen. Andreas verringerte den Abstand. Die Silhouette huschte schnell und geduckt über den Rasen und verschwand zwischen den dicht belaubten Bäumen, die den Friedhof umsäumten.

Sein Atem ging schneller. Wo war sie?

Andreas bewegte sich so lautlos wie möglich. Da erhaschte er einen Blick auf die nahezu unkörperliche Gestalt, die langsamer geworden war und durch das Gras des Mittelgangs lief.

Unbekümmert kam Grethe ihren üblichen Weg entlang. Sie fürchtete nichts und niemanden, weder die Lebenden noch die Toten. Der Kies knirschte unter ihren festen Schuhen.

Die Gestalt stand im Schatten einer Trauerweide still wie eine Statue. Ein schmaler, länglicher Gegenstand löste sich von ihrem Körper, und Andreas biss sich auf die Lippe. Er erinnerte sich klarer, als ihm lieb war, an das eiskalte Gefühl zwischen den Schulterblättern, als er Marie und der Schrotflinte den Rücken zugewandt, den Plüschdrachen vom Tisch genommen und jeden

Augenblick mit dem Schuss gerechnet hatte. Er wusste, dass eine doppelläufige, mit Tierschrot geladene Schrotflinte Kaliber 12/70 alles im Umkreis weniger Meter tötete. Ein ausgewachsener Hirsch würde auf der Stelle an dem Schock sterben, wenn der Schrot ihn traf.

Zehn Meter.

Der Mond war aufgegangen, Grethes helle Jacke schimmerte silbern. Das Weiß ihrer Augäpfel leuchtete. Ferne, gelbe Straßenlaternen malten unheimliche, pechschwarze Schatten in den Kies.

Aus dem Dunkel unter der Trauerweide war ein kurzes Klicken zu hören, als die Waffe entsichert wurde.

Fünf Meter.

»GRETHE!«

Die Pastorin blieb stehen und hob den Kopf. Ihr Gesicht war im quecksilbrigen Licht des Monds weiß und schwarz.

Andreas rammte die schlanke Gestalt unter dem Baum.

Der erste Schuss löste sich mit einem flachen, trockenen Knall. Das Geräusch überraschte ihn. Er hatte ein Krachen wie von einer Schiffskanone erwartet. Die Schrotkugeln schlugen in den Kies vor den Füßen der Pastorin ein, der in alle Himmelsrichtungen spritzte.

Die Gestalt lag jetzt unter ihm; derselbe Duft wie in Maries Schlafzimmer stieg ihm in die Nase. Sie kämpften stumm und verbissen. Sie war unerwartet wendig, und Verzweiflung und Wut verliehen ihr enorme Kräfte.

»Hexe«, presste er zwischen den Zähnen hervor und kassierte einen gnadenlosen Kniestoß in die Weichteile. Er schnappte nach Luft und krümmte sich im Gras zusammen. Die Mörderin wand sich aus seinem Griff und kam auf die Beine. Andreas biss die Zähne aufeinander, versuchte den Schmerz zu ignorieren und kam auf die Knie. Grethe stand wie eine große, unbewegliche Zielscheibe noch immer wie paralysiert auf dem Kiesweg.

»LAUF, GRETHE, VERDAMMT NOCH MAL!«

Endlich erwachte die Pastorin aus ihrer Starre und lief los. Unerträglich langsam und stolpernd, als wäre sie noch nie in ihrem Leben gerannt.

Er hörte die schnellen Schritte der Mörderin auf dem weichen Untergrund.

Andreas stolperte auf die andere Seite des Stammes und riss die Gestalt erneut zu Boden. Er drückte seine Gegnerin gegen den Fuß des Baums, aber sie kämpfte wie ein wildes Tier und hielt ihn sich mit Tritten vom Leib.

Der andere Schuss ging dicht neben ihm los. Viel zu dicht.

»Aaahhhh ...«

Sein linkes Bein wurde nach hinten gerissen.

In den nächsten Sekunden nahm Andreas nichts mehr um sich herum wahr. Der von Schritt und Bein ausstrahlende Schmerz umschloss ihn wie das Wasser in einem tiefen Brunnen. Benommen setzte er sich auf und betrachtete das zerfetzte Hosenbein unterhalb seines Knies. In der Dunkelheit waren keine Farben oder Grauabstufungen zu erkennen: Die Haut war weiß und das Blut schwarz. Er zog sich am Stamm der Trauerweide hoch und belastete ganz vorsichtig den linken Fuß. Der Schmerz war schier unerträglich, aber er konnte sich humpelnd fortbewegen.

Die Mörderin war verschwunden. Ebenso die Pastorin. Er war allein auf dem Friedhof. Aber nicht mehr lange. In der Ferne hörte er Sirenen und sah blau blinkende Lichter über den Himmel flackern.

Er schaltete die grelle Taschenlampe seines Handys an und richtete sie auf den Kies und das Gras.

Eine Zeile aus Paulus' Brief an die Römer kam ihm in den Sinn: »Mein ist die Rache, ich werde vergelten.« Andreas nickte energisch und wischte sich mit dem Jackenärmel die Tränen aus dem Gesicht. Genau das würde er tun. Das war es, wofür er von nun an leben würde. Die Sirenen waren jetzt sehr laut. Die Scheinwerfer der Einsatzwagen schnitten lange, dunstige Kerben in den dunklen Friedhof. Ein Polizeihund kläffte. Ihm blieb höchstens eine Minute. Und mit dem verdammten Bein konnte er nicht flüchten.

Der erste Schuss hatte dort, wo die Pastorin gestanden hatte, einen tiefen Krater in den Kiesboden gerissen. Er humpelte über den Rasen, um nach Fußspuren der Mörderin zu suchen. In der schlammigen Erde um die Trauerweide war ein deutlicher Abdruck zu erkennen. Er sah sich das Profilmuster der Sohle genauer an. Irgendwie kam es ihm bekannt vor, aber er konnte es nicht zuordnen. Er verwischte die Spur mit seinem gesunden Fuß und stieß einen Schmerzensschrei aus, als sein Körpergewicht für einen kurzen Moment auf dem linken Fuß lag. Dann hinkte er weiter durchs Gras, die Handytaschenlampe vor sich auf den Boden gerichtet.

Da war noch einer. Und noch einer.

Er fuhr mit dem Fuß darüber, sammelte einen verirrten Papierfetzen aus dem Gras auf und steckte ihn in die Tasche.

»Hey …!«, rief eine Stimme direkt hinter ihm. Andreas' Körper warf einen langen Schatten im Schein der kräftigen Stablampe.

»Ganz ruhig stehen bleiben!«

Jütländischer Akzent, na klar.

»Ich steh still!«, rief er.

»Gut. Drehen Sie sich um und zeigen Sie mir Ihre Hände.«

Andreas schaltete das Handylicht aus, hob die Hände in Schulterhöhe und drehte sich um. Er kniff die Augen zu und wandte das Gesicht von dem Lichtkegel ab.

Neben der Polizistin war ein tiefes, warnendes Knurren von einem dunklen Schatten zu hören. Weitere Polizisten kamen hinzu, begleitet von den hitzig schnarrenden Stimmen aus den Funkgeräten. Die Polizistin stand einen Meter vor ihm. Sie war schlank, hatte einen dicken, blonden Pferdeschwanz und war einen Kopf kleiner als er. Sie lächelte ihn an, die Dienstwaffe in der rechten Hand.

Der Hund gab ein brusttiefes Knurren von sich.

»Wie heißt er?«

»Gandalf.«

»Klar.«

»Sind Sie bewaffnet?«

»Nein.«

»Wie heißen Sie?«

»Andreas Ambrosius.«

Die Frau nickte.

»Wenn Sie lügen, wird Gandalf richtig sauer.«

»Das glaub ich gerne.«

Ein Polizist gesellte sich zu der Frau. Er unterzog Andreas einer Leibesvisitation, trat einen Schritt zurück und nahm im Licht seiner Maglite das blutende Bein in Augenschein.

»Wir sollten ihn als Erstes ins Krankenhaus fahren. Das sieht schlimm aus. Tut das nicht weh?«

»Höllisch«, antwortete Andreas aufrichtig. Die freundliche Frage des Polizisten führte dazu, dass es noch heftiger wehtat.

»Wer hat geschossen?«

»Keine Ahnung«, sagte Andreas. »Ich hab einen Spaziergang gemacht.«

Sie glaubten ihm natürlich kein Wort.

Emma hörte durch die angelehnte Tür, wie unten die Haustür zufiel und abgeschlossen wurde. Ein Schlüsselbund landete klirrend in der wie eine auf dem Rücken liegende Schildkröte geformten Porzellanschale auf dem Tisch in der Eingangshalle. Danach war nur noch das eindringliche, elektrische Ticken der Wanduhr zu hören und das Knarren der alten Holzstufen im Treppenhaus, aber die Tür ging nicht auf.

»Emma?«, flüsterte Marie.

»Ich schlafe!«

Maries Stimme klang undeutlich und gebrochen. »Schatz … alles in Ordnung mit dir?«

»Gute Nacht, Mama.«

Stille.

»Entschuldige.«

»Wofür?«

Wieder eine untypische Pause. Ihre Mutter hatte sonst keine Wortfindungsschwierigkeiten. Im Gegenteil.

»Mir geht's bestens. Ist dein Date gut gelaufen?«

Die Tür bewegte sich leicht, als hätte ihre Mutter eine Hand daran gelegt.

»Was …? Ja, danke. Es war sehr nett. Ausnahmsweise mal. Ganz entspannt, als würden wir uns schon ewig kennen.«

»Und, seht ihr euch wieder?«

»Von mir aus sehr gerne, und ich glaube, Allan möchte das auch.«

»Allan?«

»Ja.«

Die Eule, die schon seit Jahren einen abgestorbenen Birnbaum vor ihrem Fenster bewohnte, stieß einen lauten Schrei aus.

»Ich habe Sirenen gehört. Von Einsatzwagen. Gar nicht so weit von hier«, sagte Emma. »Weißt du, was da los war?«

Sie hörte ihre Mutter gähnen.

»Nein, ich bin direkt vom Bahnhof nach Hause gegangen. Schlaf gut, Schatz.«

»Ebenso.«

Tanya träumte von weißen Pferden auf einer endlosen, grünen Grassteppe. Am Anfang waren es nur wenige, die neugierig näher kamen. Die Steppe war wie der Ozean. Dann kamen immer mehr, als wäre sie ein Pferdemagnet, und sie ging langsam rückwärts, den Blick immer auf die Pferde gerichtet, damit die Tiere ihr die Angst nicht anmerkten ...

Ein hartnäckiges Klingeln riss sie mit einem erschrockenen Luftschnappen schweißgebadet aus dem Schlaf.

Das Handy.

Sie griff danach und wusste für einen Moment nicht, wo sie war.

»Hallo?«

»Tanya?«

»Ja?«

»Rasmus hier. Es gab eine Schießerei auf dem Friedhof in Holbæk. Möglicherweise ein Mordversuch.«

»Rasmus?«

Tanya setzte sich im Bett auf.

Seine Stimme war klar und wach, als wäre er in dieser Nacht noch nicht im Bett gewesen.

»Rasmus Neergaard. Du hast mir auf der Polizeischule einen Schneidezahn ausgeschlagen, und wir haben vor ein paar Tagen miteinander gesprochen, nach dem Mord an dem Arzt. Du warst zusammen mit Nordsted da. Bist du wach?«

»Ja ... doch, bin ich. Geht's dir gut?«

»Die Frage sollte ich dir eher stellen«, sagte Rasmus. »Du hörst dich an, als hättest du dir gestern die Kante gegeben.«

»Quatsch«, sagte sie empört.

Rasmus war ein fröhlicher, unkomplizierter Mensch. Ein sonniges Gemüt. Tanya hatte auf einem Abschlussfest der Polizeischule mit ihm geknutscht – nachdem er gerade ein nagelneues Zahnimplantat bekommen hatte und wieder wie der Alte aussah. Ihre Brüder hätten ihn geliebt. Den Kunsthistoriker Christian hatten sie nie leiden können. Rasmus spielte Handball in der Division, fischte und jagte: Er verkörperte all das, was Christian nicht war.

Sie stieg aus dem Bett und ging hin und her, um ihren Kreislauf in Gang zu bringen.

»Auf wen ist geschossen worden?«, fragte sie.

»Jemand hat versucht, Grethe Lund mit einem Jagdgewehr zu erschießen. Das ist die Pastorin der St.-Nikolai-Kirche. Sie ist wie üblich über den Friedhof nach Hause gegangen, als auf sie geschossen wurde. Sie ist sehr aufgewühlt, aber unversehrt.«

»Wer hat geschossen?«

»Wir haben einen jungen Mann festgenommen, einen Andreas Ambrosius. Ein echt komischer Kauz. Sagt keinen Ton. Wir haben ihn auf dem Friedhof angetroffen. Ihm wurde ins Bein geschossen, allerdings nur ein Streifschuss.«

»Schnapp ihn dir und verfrachte ihn umgehend in die Kriminaltechnik.«

»Er ist schon unterwegs.«

Andreas würde in einen Plastikoverall gesteckt werden, um eventuelle Kordit-Partikel von der Schrotpatrone auf der Haut und an den Kleidern zu konservieren.

»Gut. Kannst du die Pastorin und Andreas für morgen früh in die Tagesstation in Holbæk bestellen?«

»No problemo.«

»Habt ihr die Waffe gefunden?«

»Nein.«

»Nein? Das war aber doch eine große Schrotflinte?«, fragte sie irritiert.

»Ja, sieht so aus.«

»Und der sind keine Beine gewachsen, auf denen sie davongelaufen ist?«

»Sicher nicht.«

Tanya wartete auf eine Fortsetzung, die nicht kam.

»Dann waren also noch mehr Personen am Tatort?«, hakte sie nach.

Rasmus zögerte.

»Ich glaube nicht, dass er der Schütze war«, sagte Rasmus schließlich. »Ich hab eher das Gefühl, dass er die Pastorin warnen wollte. Wir sind gerade dabei, den Tatort zu untersuchen, Tanya. Und es ist Nacht, weißt du.«

»Ich rufe Nordsted an«, sagte sie. »Er ist gerade in Køge.«

»Okay ...«

Rasmus verstummte. Für die meisten Polizisten stand Jakob Nordsted außerhalb jeder Kategorie. Man wusste, dass es ihn gab, wollte aber am liebsten nichts direkt mit ihm zu tun haben.

Die meisten Kollegen machten einen großen Bogen um ihn wie um einen launischen und allmächtigen Flaschengeist; potenziell wohlgesonnen, aber ebenso wahrscheinlich auch bösartig.

»Kannst du das nicht einfach übernehmen, Tanya?«

»Das ist Nordsteds Fall«, murmelte sie ohne jeden besonderen Nachdruck hinter den Worten. »So ist nun mal das System, Ras.«

»Aber ... Nordsted, verdammt. Der Kerl ist so fucking ...«

»Ist er überhaupt nicht!«, sagte sie und wunderte sich über die Heftigkeit ihrer Verteidigung. »Er ist total in Ordnung. Du darfst nicht alles glauben, was du hörst.«

»Wenn du das sagst.«

Zwei Tage später, Krankenhaus Holbæk

Nordsted war seit dem Attentat auf die Pastorin ein halbes Dutzend Mal zwischen Køge, seiner Wohnung und Holbæk hin und her gependelt. Er war erschöpft, wortkarg, blass und extrem reizbar an der Grenze zur Explosion. Sie mussten anderthalb Tage warten, bis Andreas Ambrosius vernehmungsfähig war. Er hatte zweimal operiert werden müssen, um das gute Dutzend Schrotkügelchen aus Haut, Fettschicht, Muskelhaut und den Muskeln der linken Wade zu entfernen.

Das Gesicht des Jungen war blass und verschlossen wie eine Faust, sie bekamen zu keinem Zeitpunkt Augenkontakt zu ihm. Die schwarze Baseballkappe klebte an seinem Kopf, und er hatte seinen Parka über der Bettdecke ausgebreitet und den Kragen hochgeklappt wie eine schwarze Fledermaus. Das angeschossene Bein steckte in einer Gipsschiene, die mit einer gelben Elastikbinde an einem Metallgestell befestigt war.

Der Junge war stumm wie eine Auster. Er wiederholte müde die immer gleiche Geschichte, dass er auf dem Friedhof spazieren gegangen war, als er die Pastorin und eine verdächtige Gestalt zwischen den Bäumen gesehen hatte. Die Bewohner von Holbæk waren nach den Morden an Anne Holst und Dr. Engdal in Aufruhr und trauten ihren Mitmenschen das Schlimmste zu. Als er mitbekommen hatte, dass eine Waffe auf die Pastorin gerichtet war, hatte er ihr eine Warnung zugerufen. Dann war er über den Rasen gelaufen, um den Schützen unschädlich zu machen, aber der war spurlos in der Dunkelheit verschwunden.

End of story.

Etwa fünfzig Meter vom Tatort entfernt, war zwischen den Grabsteinen eine antike Hahnflinte Kaliber 12/70 gefunden worden. Beide Läufe waren abgefeuert worden, aber Hans Schmidt hatte keine Fingerabdrücke auf der Waffe sichern können. Es handelte sich um eine Purdey & Sons, London, in hervorragendem Zustand, die bei einer internationalen Waffenauktion ohne Weiteres zweihundertfünfzigtausend Kronen einbringen würde.

Was der Schütze offenbar nicht wusste, dachte Tanya.

Sie lächelte Andreas an.

»Gehst du häufiger so spätabends noch spazieren?«

»Manchmal.«

»Und Grethe Lund ... sie ist deine Freundin und Vertrauensperson, nicht?«

Die blassen Nasenflügel des Jungen vibrierten, und die Kiefermuskeln arbeiteten unter der Haut.

So weit waren sie das Ganze jetzt mindestens zehnmal durchgegangen.

»Jetzt antworte endlich, verdammt noch mal!«, donnerte Jakob los.

Der Junge sah ihn verächtlich an, ehe sein Blick wieder zu den Deckenplatten wanderte.

Tanya schloss verärgert die Augen.

»Jakob? ... Jakob!«

»Was?«

»Ich würde zu einem Becher von dem ekelhaften Kaffee aus dem Automaten neben der Information nicht Nein sagen. Holst du einen?«

Um Jakobs Augen zuckte es, und sie rechnete fast damit, dass er dem Jungen eine reinhaute – oder ihr. Aber er zog die breiten Schultern hoch und presste die Luft in einem tiefen Seufzer aus den Lungen.

»Also gut. Gut!«

Nach einem grimmigen, bösen Blick auf Andreas Ambrosius verließ Jakob das Krankenzimmer und knallte die Tür hinter sich zu. Andreas lächelte höhnisch.

»Jetzt sind nur noch wir beide hier, Andreas. Ich werde das Aufnahmegerät ausschalten. Damit kann nichts von dem, was wir besprechen, vor Gericht gegen dich verwendet werden, verstehst du?«

Der Junge sah sie an, bewegte das Bein und schnitt eine schmerzverzerrte Grimasse.

»Hast du Schmerzen? Soll ich eine Krankenschwester rufen?«

»Nicht noch mehr Schwestern«, murmelte Andreas.

Tanya sah ihn an.

»Nein?«

»Nein! Warum schalten Sie das Gerät aus?«

»Weil uns die Zeit zwischen den Fingern zerrinnt, Andreas.«

Zum ersten Mal drehte er den Kopf und sah sie unter dem Schatten des Schirms mit einem flackernden, unsicheren Blick an.

»Was wollen Sie damit sagen?«

»Zwei Morde. Ein Mordversuch. Du weißt sehr wohl, wer dahintersteckt. Du bist mit der Pastorin befreundet. Du hast eine Beziehung mit Emma Lorenz. Du weißt alles, Andreas. Wie viele Menschen sollen denn noch sterben?«

Er schien über etwas nachzusinnen. Griff nach dem Plastikbecher mit Wasser und trank ein paar langsame Schlucke.

»Niemand«, murmelte er.

Tanya machte eine ausladende Armbewegung.

»War es Marie?«

»Marie ...? Ich weiß es nicht. Es war dunkel. Das kann ich mir aber nicht vorstellen.«

»War da ein bestimmter Duft? Du warst so nah dran. Ihr habt gekämpft. Hast du einen bekannten Duft gerochen?«

»Nein.« Er schüttelte heftig den Kopf, und sie wusste, dass er log.

»Ich kenne den Grund nicht, aber du hast dir ziemlich viel Mühe gemacht, die Fußabdrücke deines Widersachers zu verwischen, was unausweichlich zu der Schlussfolgerung führt, dass du ihn kennst und deckst.«

»Ich weiß nicht, wovon Sie reden.«

Andreas zog den Reißverschluss noch weiter hoch, als wollte er hinter dem schwarzen, wind- und wetterfesten Goretex das Licht, den Tag, die Welt und das Verhör ausschließen.

Tanya stand auf und streckte sich. Es knackte in Schultern und Nacken. Sie ging zu den Fenstern, durch die man auf den Parkplatz vor dem Zentralgebäude sehen konnte. Schließlich drehte sie sich um.

»Glaubst du wirklich, dass du das hier auf eigene Faust schaffst? Ich weiß, dass du bereits für drei Gewalttaten eingesessen hast. Und ich stimme dir zu, dass manche Leute wirklich zum Kotzen provokant sind. Aber die Pastorin, mit der ich gestern gesprochen habe, hat auch gesagt, dass du immer Geld in den Kollektenkasten wirfst, dass du alle Absprachen einhältst und dass du wirklich an die christliche Botschaft glaubst.«

»Auge um Auge, zum Beispiel?«

»Ich dachte eher an das Neue Testament, Andreas.«

Er schloss die Augen, und einen Augenblick lang dachte Tanya, dass er eingeschlafen war. Dann wurde sein Gesicht lebendig und wach. Wieder verzog es sich schmerzvoll, doch das lag wohl weniger an den körperlichen Schmerzen als an einer tiefer liegenden Pein.

Er seufzte, sagte aber kein Wort.

»Willst du mir nicht wenigstens erzählen, ob es eine Frau oder ein Mann war?«

Sein grauer Blick streifte sie flüchtig, ehe er wieder distanziert wurde.

»Vielleicht war es auch ein bewaffnetes Tier«, sagte er. »Woher soll ich das wissen?«

Schweigen zog in das sterile Krankenzimmer ein. Tanya war verzweifelt, aber sie wusste nicht, was sie noch tun konnte. Wie ärgerlich, dass Waterboarding verboten war.

Die Tür ging auf, und Jakob kam mit einem Becher Kaffee in der Hand zurück.

Ein Blick auf die beiden reichte, um zu sehen, dass Tanya auf eine unüberwindbare Mauer gestoßen war. Wie oft hatte er das schon erlebt: Zeugen, die alles wussten, aber in ihrem Schweigen gefangen waren – aus Loyalität, Furcht oder Zweifel. Tanya hatte sein volles Mitgefühl. Er war sicher, dass sie ihr gesamtes Überredungstalent aufgeboten hatte, und er war geduldig im Flur auf und ab gegangen, um ihr die Zeit zu geben, die sie brauchte.

Aber jetzt sah er nur Niederlage und Müdigkeit in ihrem Gesicht.

Er blieb stehen und schaute sie an: übermannt von Gefühlen, die er schon lange nicht mehr gespürt hatte, die er längst abgestorben wähnte, vertrocknet, weil sie nie gebraucht wurden. Zärtlichkeit, Beschützerinstinkt und eine eigenartige Sehnsucht, sie wieder lächeln zu sehen.

Er bedachte Andreas Ambrosius mit einem grimmigen Blick.

»Hey!«

Der Junge schaute ihn an.

»Du begehst gerade einen großen Fehler. Ist dir das klar?«

»Ich würde jetzt gerne schlafen.«

»Wir kommen wieder«, verkündete Jakob drohend.

Tanya stand auf und packte Schmidts Fotos und ihr Notizbuch in ihre Schultertasche.

Die Sonne spiegelte sich in dem harten, grünen Lack des Jaguars.

Jakob lehnte sich an die Kühlerhaube und zündete eine Zigarette an. Dann sah er Tanya durch einen seiner perfekten Rauchringe an.

»Stumm und dumm?«

Sie nickte.

»Natürlich weiß er, wer es war. Er glaubt, sie durch sein Schweigen zu beschützen.«

»Wen?«

»Das Mädchen ... Emma Lorenz. Zugleich hat er eine Höllenangst, was die Mutter sich einfallen lassen könnte. Können wir wirklich nicht ...«

Jakob blies den Rauch in einem dünnen Strahl aus.

»Die alte Hexe waterboarden?«

Tanya zog die Schultern hoch.

»Daran habe ich auch schon gedacht. Allerdings was den Jungen angeht.«

Jakob lächelte.

»Verlockend. Manchmal wünscht man sich wirklich ein ganz offenes Gespräch mit einem Verdächtigen, von dessen Schuld man eindeutig überzeugt ist. Aber ich glaube, der Dänische Richterbund wäre mit der Vorgehensweise nicht einig. Das sind so anständige, humane, realitätsfremde Menschen, die in ihrem Kokon in Hellerup leben und Mitleid mit all jenen haben, die, verglichen mit ihrem heiteren Spaziergang durch diese Welt, benachteiligt sind. Was kannst du schon dafür, dass du deine junge Freundin mit einer Eisenstange verdrischst und aus dem Fenster des dritten Stocks wirfst, wenn du selber eine traumatische Kindheit hattest? Der mit der Eisenstange muss einem im Grunde genommen doch am meisten leidtun. Also kann er in seiner dreijährigen Haft eine Ausbildung für ein Leben nach dem Gefängnis machen, während das Mädchen für den Rest ihres Lebens ein Korsett tragen muss, weil sie sich bei dem Sturz den Rücken gebrochen hat, und eine Spezialbrille, weil sie nicht mehr richtig sehen und lesen kann. Kinder kann sie wegen des zerschmetterten Beckens auch nicht mehr kriegen, und wegen ihrer Sozialphobie traut sie sich nicht mehr aus ihrer Wohnung, obwohl sie erst vierundzwanzig ist.«

Jakob schnippte die Zigarette weg.

»Ich widerspreche dir nicht«, sagte Tanya.

»Nicht?«

»Nein. Aber was machen wir jetzt? Und wie läuft es in Køge?«

Jakob spielte mit dem soliden, elektronischen Autoschlüssel.

»Ich komme mir vor wie Merkur. Ein ohnmächtiger Bote. Meine Fresse, geht das langsam! Zwei jüngere nigerianische Männer in schwarzen Lederjacken sind, zwei Tage bevor Daraja Nielsen erschlagen und hinter einen Müllcontainer geworfen wurde, mit einem Touristenvisum in Dänemark eingereist. Sie haben in Kastrup bei AVIS einen schicken Ford Mondeo gemietet und sind vier Stunden nach dem vermuteten Todeszeitpunkt mit Turkish Airlines zurück nach Lagos geflogen, ohne dass ein Hahn danach gekräht hätte. Und natürlich sind sie wie vom Erdboden verschluckt und werden niemals ausgeliefert werden.«

Tanya legte eine Hand auf seinen Arm.

»Das tut mir leid zu hören.«

Er nahm ihre Hand und streifte ihre Knöchel mit seinen Lippen.

Tanya sah ihn mit großen Augen an.

»Jakob?«

»Ja?«

»Entschuldige … aber ich dachte, wir …«, murmelte sie unsicher.

Er ließ ihre Hand los und sah ihr stattdessen in die Augen.

»Ich weiß ja, aber …«

Sie versuchte es mit einem Lächeln.

»Ich bin nur verwirrt.«

»Das bin ich auch. Entschuldige.«

»Du musst dich nicht entschuldigen, aber sollten wir nicht erst mal diesen Fall hier lösen?«, fragte sie.

»Doch … das …«

Sie lachte.

»Dann bist du also doch ein bisschen in mich verknallt«, zog sie ihn auf. »Nein, du bist richtig in mich verschossen, stimmt's?«
Er schnaubte.
»... verknallt, verschossen ...«
Sie drückte sich an ihn, versuchte, ihn mit theatralischen Schmatzlauten zu küssen, während er mindestens so intensiv versuchte, sich ihr zu entziehen. Aber das Auto war im Weg.
Tanya schaute mit groß aufgerissenen Augen zu ihm auf und klammerte sich an ihn.
»Tanya, zum Teufel ... hör auf!«
»Du liebst mich, Jakob!«, sang sie. »Du willst kleine Babys mit mir haben. Viele, viele kleine Babys ...«
»Jetzt halt endlich die Klappe!«
Die Leute starrten schon zu ihnen rüber, aber sie konnte nicht aufhören zu lachen.
Dann ließ sie plötzlich seine Jacke los und schubste ihn grob von sich weg.
»Und? Kommst du mit in mein Motel, Schatz?«, sagte sie lächelnd.
»Das ist nicht dein Ernst, du verrücktes Huhn.«
Jetzt schnaubte sie.
»Nein, auf keinen Fall! Wie heißt dein Sohn noch gleich?«
»Dennis.«
Sie riss die Augen in gespielter Verblüffung auf. Dann legte sie eine Hand auf seinen Arm.
»Weißt du was? Das ist ein richtig schöner Name, Nordsted. Ich bin stolz auf dich. Mutig.«
Er sah sie ernst an und schüttelte den Kopf.
»Du machst mich wahnsinnig«, sagte er und legte verzweifelt die Hände vors Gesicht. »Absolut wahnsinnig.«

»Das Gefühl kenn ich. Von dir.«

Jakob sah auf seine Uhr und seufzte.

»Ich muss zurück nach Køge.« Er warf einen Blick zu den Fenstern in der ersten Etage. »Behalt ihn gut im Auge.«

»Das hab ich vor. Fahr vorsichtig.«

Er lächelte sie an.

»Hab im Hinterkopf, dass der Mensch, der dich als Erstes im Krankenhaus besucht, in der Regel auch derjenige ist, der dir am nächsten steht. Ich denke in diesem Fall natürlich an Andreas.«

»Ich werde es im Hinterkopf behalten.«

»Tu das.«

Tanya winkte, als der Jaguar vom Parkplatz fuhr, was Jakob wahrscheinlich gar nicht sah.

Drei Tage waren vergangen.

Am späten Nachmittag kleidete Marie sich mit größter Sorgfalt vor dem hohen, venezianischen Spiegel im Schlafzimmer an. Ihre Haut prickelte wohlig nach einem ausgiebigen Wannenbad. Nach mehreren Anläufen entschied sie sich für die elfenbeinfarbene Unterwäsche von La Perla. Aufreizend, sinnlich – und sehr kostbar. Etwas, das eingeatmet und bewundert werden wollte, bevor man es auszog. Sie hatte sie vor mehreren Jahren gekauft, aber nie angezogen, sie für einen ganz besonderen Anlass aufgehoben, der nun hoffentlich gekommen war. Von ihren regelmäßigen Besuchen im Silver Solarium in der Hauptstraße war ihre Haut kleidsam bronzefarben. Die letzten Tage hatte sie sich ausschließlich von Knäckebrot und Wasser ernährt und war so zwei Kilo an Po und Bauch losgeworden. Jetzt hatte sie wieder das Gewicht, das sie mit dreißig gehabt hatte. Ihre Taille war schmal wie die eines jungen Mädchens, und sie hatte mit einem Brazilian Waxing ihre Schambehaarung zu einem scharfkantigen, goldenen Dreieck auf dem Venushügel trimmen lassen.

Schwarze, transparente, halterlose Seidenstrümpfe. Schwarzer, stramm anliegender Rock und eine helle Seidenbluse. Sie summte vor sich hin, und ihr war seit Monaten nicht mehr so leicht ums Herz gewesen. Sie und Allan hatten bis spät in die Nacht wie Teenager geplaudert, die absolut alles voneinander wissen wollten. Er konnte wunderbar zuhören und ließ sich offensichtlich nicht davon abschrecken, dass es Emma gab.

Alles hatte sich ganz leicht und natürlich gefügt. Er hatte eine Vertretung organisiert, die auch für ihn in der Klinik einsprang, wenn er zu internationalen Kongressen reiste, und er freute sich wahnsinnig, mit ihr nach Mallorca zu fliegen.

Und genauso wirkte er auf sie: voller kindlicher Vorfreude.

Er hatte galant angeboten, dass sie ihr eigenes Zimmer in der Finca in den Bergen über Cala Murta haben könnte, aber Marie hatte sehr deutlich gemacht, dass sie ihn wollte und von nichts anderem mehr träumte als von einem großen Doppelbett, das sie nicht mehr verlassen wollte, außer vielleicht für einen Ausflug an den privaten Strand oder einen kühlen Weißwein auf der Terrasse.

Das Bett war gemacht, weiß und einladend. Die Pflanzen waren gegossen, und sie hatte mit Joan abgesprochen, dass sie die nächsten Tage auf Abruf bereitstand, falls Emma sie brauchte.

Bei einem schnellen Abschiedskaffee in ihrem Stammcafé hatte Marie mit schlecht verhohlener Befriedigung bemerkt, wie neidisch ihre älteste Freundin war und wie schwer es ihr fiel, das zu verbergen. Joan war mit Bjarne verheiratet, dem IT-Supporter der Gemeinde, der immer zwischen *Das Große Backen* und *Barnaby* einschlief. Ihre fünfzehnjährige Tochter Cecilie spielte schottischen Dudelsack, und der dreizehnjährige Viktor war Pfadfinder und Legastheniker.

Sie verließ ihre Zimmer und stellte den Rollkoffer in der großen Eingangshalle mit ihren launischen Echos ab. Ein Indian Summer hatte dem Moränetal und der Stadt die letzten paar Tage scharfes Sonnenlicht und eine warme Brise beschert. Die Sonne schien durch die hohen Spitzbogenfenster des Apothekerhofs und zeichnete grafische Schatten auf die Treppe und die Wände mit den vielen Geweihen. Ein Schauer durchfuhr Marie vom Kopf bis zu den Füßen. Wie sehr sie doch etwas anderes brauchte als dieses verfluchte Anwesen mit all seinen Trophäen und verreckten Träumen! Seinem Medizingeruch, seiner vergessenen Vergangenheit und dem knarrenden, ächzenden Verfall.

Sie hatte einen breitkrempigen Strohhut an den Handgriff des Koffers gebunden, das blaue Seidenband lag schlaff auf dem schachbrettgemusterten Marmorboden, der – wie alles andere im Haus – mal wieder gereinigt, aufpoliert und imprägniert werden müsste. Eine unmögliche Aufgabe für einen Menschen allein. Der Verfall fraß einen mit Haut und Haaren, bis man sich dafür entschied, ihn zu ignorieren oder zugrunde zu gehen.

Marie wünschte sich nichts sehnlicher, als ihrem Alltag ein paar Tage zu entkommen. Zu erleben, dass es noch andere, sorglosere Arten gab, sein Leben zu leben. Wenn man das nötige

Kleingeld dafür hatte. Sie würde sich ganz schamlos von Allan aushalten lassen.

Sie schaute die Treppe hinauf.

Sie hatte sich am Morgen von Emma verabschiedet, die jedoch völlig gleichgültig reagiert hatte, wortkarg und noch unnahbarer als in den letzten Tagen. Und in diesem Moment hatte sie überhaupt keine Lust, sich die gute Laune von dem vergrämten Gesicht ihrer Tochter verderben zu lassen.

Joan, die in der orthopädischen Chirurgie des Krankenhauses arbeitete, hatte ihr erzählt, dass der Dreckskerl Andreas heute oder morgen entlassen würde. Vielleicht war er schon draußen und auf dem Weg hierher.

Sie hatte noch nie einen Menschen so gehasst wie Andreas Ambrosius. Bald würde er wieder bei Emma sein, wie eine Elster, die sich nicht aus dem Garten vertreiben ließ. Aber in diesem Moment war das Marie egal. Scheißegal. Sollten die zwei doch zum Teufel machen, was sie wollten. Sie wusste genau, was er gerne mit Emma machen würde. Männer – egal welchen Alters – waren so vorhersehbar. Sie strebten mit ausgeschalteten Hirnen auf den Honigtopf zu. Das war ihr Fluch und ihre Bestimmung.

Die Haustür fiel mit einem Knall hinter ihr ins Schloss. Marie stellte den Koffer auf der Steintreppe ab und klapperte in ihren schicken, roten Stilettos über die gebrochenen Steinfliesen des Hofplatzes. Der eine Absatz knickte um, und sie fluchte leidenschaftslos.

Tanya saß ein Stück weiter die Straße hoch in ihrem Fiat – seit fast zwei zähen Stunden. Die Scheiben waren völlig verschmutzt von Straßendreck, was den Vorteil hatte, dass die

Passanten überhaupt nicht wahrnahmen, dass sie dort saß. Sie biss in ein Snickers und trank einen Schluck abgestandenes Mineralwasser, während die Sonne auf das Autodach knallte.

Sie hatte hier eigentlich nichts zu tun, kriegte aber einen Koller in ihrem Motel, seit sie festgestellt hatte, dass die Eskortdamen des Ortes die Nachbarzimmer für ihre trivialen Dienstleistungen nutzten. Die ausgeleierten Federn der Motelbetten quietschten fürchterlich, und es gab kaum etwas Einsameres und Trostloseres, als alleine im Bett zu liegen, umringt von wild kopulierenden, stöhnenden Männern und vorgetäuscht juchzenden Frauen.

Sie ertappte sich dabei, dass sie dem kahl rasierten, ganzkörpertätowierten Death-Metal-Fan im Kolleg fast ein bisschen nachtrauerte. Wie viel Zeit blieb ihr wohl noch, bis jemand sie zurück nach Kopenhagen beorderte, damit sie ihren Ausbildungsturnus wieder aufnahm? Vermutlich nur noch wenige Tage. Tanya hatte ein paarmal mit Jakob gesprochen, aber sie hatten sich nicht viel zu sagen, da die Gespräche sich nur um die inzwischen im Sande verlaufenden Fälle drehten: seiner in Køge und ihrer hier in Holbæk.

Ein Pling kündigte eine SMS von Hans Schmidt an, die sie lustlos las. Nach gründlichen Analysen hatten an Andreas Ambrosius' Händen, Kleidern und Armen keine Schmauch- oder Korditspuren festgestellt werden können. Er hatte mit anderen Worten auf dem Friedhof nicht die Schrotflinte abgefeuert.

»Shit!«

Sie knüllte die leere Snickersverpackung zu einer harten Kugel zusammen und warf sie in den Fußraum. Dann startete sie den Motor ihres mitgenommenen und ungeliebten Fiats und fuhr los. Sie hatte Badesachen im Auto und überlegte, nach Tuse Næs zu fahren, sich ein einsames Plätzchen zu suchen und zu schwimmen. Die Rastlosigkeit und der Frust nagten an ihr, und Tanya dachte mit neu gewonnenem Respekt an Jakob. Er hatte sich im Laufe seiner Karriere schon viele Male an dem Punkt befunden, an dem sie jetzt war, aber auf die eine oder andere Weise hatte er sich seinen Idealismus bewahrt. Das war löblich.

Sie begann allmählich zu zweifeln, ob ihr wahrer Platz bei der Polizei war oder ob sie den Laden verlassen sollte. Sie könnte jederzeit Krav-Maga-Trainerin werden oder eine Ausbildung zur Parfümeurin in Frankreich machen.

Marie startete den behindertengerechten VW Touran in der Garage und öffnete die Handtasche, um sich ein letztes Mal zu vergewissern, dass sie an alles gedacht hatte: Pass, Tickets, die Reservierung für das Parkhaus P4 in Kastrup. Allan würde an der Treppe zur Sicherheitsschleuse in Terminal 3 auf sie warten, wie er ihr mehrmals versichert hatte.

Sie hatte nichts vergessen, legte den Rückwärtsgang ein und drückte auf die Fernbedienung für das Garagentor.

Nichts tat sich. Sie drückte immer wieder auf die Taste, aber das kleine LED-Lämpchen leuchtete hartnäckig rot.

»Gibt es in diesem verdammten Dreckshaus denn wirklich gar nichts, das funktioniert …?«

Sie machte den Motor aus, stieg aus und tastete sich zu der Seitentür hin. Drückte den Schalter für die Neonröhre, aber auch hier tat sich nichts. Fluchend ging sie zur rechten Seite des Garagentors, wo in der unteren Ecke der Handgriff für den Schließmechanismus war. Sie achtete darauf, die angekratzten

Lendenwirbel nicht zu belasten, als sie vorsichtig in die Hocke ging und mit angehaltenem Atem den Handgriff nach oben zog. Das Letzte, was sie jetzt brauchen konnte, war ein Hexenschuss – vor dem Flug, dem Flughafen, der lauen Brise auf Mallorca, der Autofahrt, Allans zauberhafter Finca, dem Schlafzimmer mit dem Doppelbett, den weißen, luftigen Vorhängen und dem kühlen Fliesenboden. Er hatte ihr alles genauestens beschrieben und traumhafte Fotos auf seinem Smartphone gezeigt. Der Entwurf des Hauses im traditionellen Haciendastil stammte von ihm.

Sie zog, aber das Tor rührte sich keinen Millimeter.

»Scheiße, was ...«

Marie umfasste den Hebel mit beiden Händen und stemmte sich mit ihren kräftigen Beinmuskeln hoch, bis ihr schwarz vor Augen wurde und ihr Schweißperlen auf die Stirn traten. Das Metalltor war wie an den Betonboden geschweißt. Mit aufsteigender Verzweiflung schaute sie auf die Leuchtzeiger ihrer Armbanduhr. Es war Freitagnachmittag, die Umgehungsstraße vermutlich wochenendverstopft. Sie hatte so viel Zeit gehabt, aber zu lange vor dem Spiegel verbracht; für das perfekte Make-up, die Wahl der Unterwäsche, des Lippenstifts und Lidschattens, bis der Nagellack trocken war.

Aller-, allerspätestens in einer Stunde musste sie am Flughafen sein. Sollte sie ein Taxi nehmen? Das würde sie von Holbæk nach Kastrup tausend Kronen kosten. Mindestens. Sie starrte durch die Dunkelheit das verfluchte Garagentor an, das sich ausgerechnet den heutigen Tag für seinen Streik ausgesucht hatte. Sie wollte weg! Das Haus verkaufen, Allan verführen, ihm einen soliden Vorgeschmack darauf geben, was ihn erwartete. Sie konnte noch immer jeden haben, dachte sie. Jeden.

Sie entschied sich für das Taxi und wollte die Seitentür aufdrücken, die jedoch ins Schloss gefallen war. Die Schlüssel für die Garage lagen im Koffer, der vor der Tür zu ihren Zimmern stand – und ihr Handy steckte im Vorfach des Koffers.

»Nein, nein, nein!«

Sie schlug mit den Handflächen gegen die Stahltür.

»Hilfe …!«

Der erste Ruf war noch halbherzig. Sie kam sich wie eine Idiotin vor.

Dann wurden ihre Rufe lauter, sie ließ ihrer Verzweiflung freien Lauf. Rüttelte an dem Türgriff. Hämmerte mit den Fäusten gegen die Tür. Ein Fingernagel brach ab, und ein stechender Schmerz fuhr durch ihren Arm.

Sie weinte vor Frust und Wut über das grausame Schicksal. Ihr Make-up begann zu verlaufen. Fluchend stolperte sie durch die Dunkelheit, ging wieder in die Hocke und zerrte und ruckelte an dem Hebel. Jäh hielt sie inne. Die zwischen dem fünften Lendenwirbel und dem Kreuzbein verräterisch instabile Bandscheibe bewegte sich. Sie hielt die Luft an und wartete auf den vertrauten, weiß glühenden Schmerz des eingeklemmten Nervs, der pfeilspitze Stromstöße in die linke Pobacke und das Bein jagte. Aber es war ihr gerade noch gelungen, das Rausrutschen zu verhindern. Der Schmerz blieb aus, und sie richtete sich langsam auf.

Sie versuchte es erneut an der Seitentür.

»HILFE! WARUM HILFT MIR DENN KEINER!«

Sie setzte sich hinter das Steuer des Touran, startete den Motor, legte den Rückwärtsgang ein und gab Gas, bis der Umdrehungsmesserzeiger im roten Feld vibrierte. Lieber ein kaputtes Garagentor und ein verbeultes Heck als Mallorca und Allan verpassen.

Marie schaute über die Schulter nach hinten, biss die Zähne aufeinander und wollte gerade die Kupplung kommen lassen, als kurz die Seitentür aufging und sich sofort wieder schloss. Der schmale Lichtkegel einer kleinen Taschenlampe huschte über ihr Gesicht wie die Zunge einer Eidechse und richtete sich dann auf den dreckigen Boden. Marie fühlte sich matt und ausgelaugt vor Erleichterung. Sie umklammerte mit beiden Händen das Lenkrad und legte die Stirn auf das kühle Leder. Ihre Lippen bewegten sich in stummen Dankesbekundungen.

»O Gott! Danke, danke ...«

Sie stieg aus und betrachtete den kreisrunden weißen Fleck, den der Lichtkegel vor ihren Füßen bildete. Dann richtete sie sich auf und tupfte vorsichtig mit den Zeigefingern die Tränen von den Wangen, um das Make-up nicht noch mehr zu verwischen als unbedingt nötig.

Die Taschenlampe ging aus.

Aber sie war in der Dunkelheit nicht allein.

Sie streckte die Hand aus, ohne jemanden zu berühren. Da war ein bekannter Duft, den sie in ihrem chaotischen Geisteszustand aber nicht einordnen konnte. Aufgewühlt, wie sie war, bildete sie sich wahrscheinlich alles Mögliche ein. Allan. Die Chance auf ein neues Leben. Vielleicht ihre letzte. Die Veranda. Das blaue, endlos weite Mittelmeer. Die Bougainvilleen, die sich in violetten und tiefroten Kaskaden über die Balustrade ergossen. Sie lächelte bei dem Gedanken an das Meer und die Blumenpracht.

»Pass auf, dass die verflixte Tür nicht wieder zufällt«, murmelte sie und lachte unsicher. »Sonst stecken wir für immer hier fest.«

Jemand bewegte sich an ihr vorbei. Die Wärme des anderen Körpers ließ sich die Härchen auf ihrem Unterarm aufrichten. Marie schob sich um den vorderen Kotflügel des Wagens, den Blick auf den hellen Umriss der Tür gerichtet, die nur einen Meter entfernt war.

»Pass auf deinen schicken Rock auf«, sagte eine gedämpfte Stimme in der Dunkelheit.

Marie nahm die Hand vom Türgriff, als hätte sie sich verbrannt.

Tanya setzte ihre Füße vorsichtig zwischen den Steinen auf dem Meeresgrund auf. Die Sonne wärmte ihre Schultern und ihren Hals, ihre nackten Arme und Beine, je weiter sie aus dem Wasser kam. Sie war nur so weit in den Fjord hinausgeschwommen, wie sie sich sicher fühlte, obwohl ihre Kondition noch für viel weiter gereicht hätte. Bis weit in die Dämmerung hinein. Sie hatte sich so leicht gefühlt. Das stille, salzige Wasser trug sie, und das warme Blut strömte von ihrem Herzen in die Gliedmaßen. Vielleicht sollte sie Jakob als Abwechslung zu seinen todlangweiligen, auslaugenden Langdistanzläufen zu einem Schwimmwettkampf herausfordern. Tanya konnte noch immer lange Strecken mühelos und kraftvoll crawlen, sie war so eine Art Star im Langstreckenteam des Schwimmklubs Hundige gewesen, bis sie ernsthaft angefangen hatte, sich um ihre Hausarbeiten zu kümmern, um in allen Kursen die volle Punktzahl zu erreichen. Weil sie einfach die Beste sein wollte. Und bis sie Krav Maga für sich entdeckt hatte.

Sie schüttelte das Salzwasser aus den Haaren wie ein Retriever und lauschte.

»Fuck ...«

Irgendwo in dem Kleiderhaufen auf dem steinigen Boden unter den herbstgelben Buchen klingelte ihr Handy. Sie hatte sonst keinen Menschen an dem Strandabschnitt gesehen. Tanya hatte diesen einsamen Flecken durch Zufall entdeckt, nachdem sie sich oben von der Straße aus, die zur Landspitze von Tuse Næs führte, einen Weg durch unberührtes Unterholz runter zum Wasser gebahnt hatte.

Das Handy verstummte.

Tanya rubbelte Haare, Gesicht und Arme trocken, bevor sie den letzten Anruf aufrief. Sie hoffte, dass es Jakob war, aber es war eine unbekannte Nummer, die im Laufe der letzten Stunde dreimal angerufen hatte.

»Hallo?«

»Hallo, hier ist Joan aus dem Krankenhaus. Ich hab doch versprochen, mich zu melden, wenn ...«

Jesus! Die Krankenschwester aus Andreas' Abteilung.

Sie hatten abgemacht, dass sie sich meldete, wenn Andreas entlassen wurde und das Krankenhaus verließ.

»Ja! Danke, Joan. Tausend Dank.«

»Ich hab es schon dreimal versucht«, sagte die Krankenschwester unüberhörbar genervt. »Hier ist richtig viel los.«

»Tut mir leid. Ich war gerade schwimmen.«

Die Schwester nahm die Mitteilung kommentarlos entgegen.

»Bei Tuse Næs«, verdeutlichte Tanya.

»Ist das nicht eiskalt?«

Joan klang widerstrebend beeindruckt.

»Ein bisschen. Was ist jetzt mit Andreas?«

»Er wurde vor ungefähr drei Stunden entlassen.«

»Vor drei Stunden? Aber ...«

Die Schwester seufzte.

»Machen Sie meinen Job mal einen Tag. Wissen Sie, wie viel wir zu tun haben? Nicht mit den Patienten. Die werden immer unwichtiger, nein, mit der Dokumentation und den Berichten für die Bezirksbehörden und die Gesundheitsplattform. Davon haben Sie doch schon mal gehört, oder?«

»Ich weiß, wovon Sie sprechen, und ich bin Ihnen auch wirklich dankbar, dass Sie anrufen, Joan. Aber ... drei Stunden sind eine lange Zeit. Hat ihn jemand abgeholt?«

Die Stimme der Krankenschwester wurde ruhiger, vertraulicher.

»Ich glaube nicht. Da käme dann auch nur die Pastorin infrage, Grethe, aber die ist völlig durch den Wind, soweit ich weiß. Sie traut sich nicht mehr aus dem Pfarrhaus, nach dem, was passiert ist. Oder Emma, möglicherweise, aber ...«

»Emma Lorenz?«

»Ja, die beiden sind ja so was wie ein Paar ... aber ...«

Joan ließ das Ende des Satzes vielsagend offen.

»Aber was, Joan? Wissen Sie etwas?«

Tanya hasste ihren einschmeichelnden intimen Tonfall – von Mädchen zu Mädchen –, aber sie sah keine andere Chance, an Informationen zu kommen.

Die Krankenschwester zögerte eine angemessene Weile, ehe sie die Schleuse öffnete: Immerhin war es die Polizei, die fragte.

»Na ja, Marie ist ja meine beste Freundin, und sie hat erzählt, dass Andreas und Emma Streit hatten.«

»Ah ja?«

»Das kommt jetzt nicht von mir, okay?«

»Natürlich nicht, Joan. Wir nehmen die Anonymität unserer

Quellen und höchste Diskretion sehr ernst«, versicherte Tanya nachdrücklich. »Seit den ganzen Whistleblowern gelten neue Richtlinien für uns.«

»Okay. Also, Marie hat erzählt, dass Andreas Emmas Vertrauen missbraucht hat. Irgendwas mit einer in eine Harry-Potter-Figur eingenähten Kamera. Sie war völlig außer sich. Also Emma.«

Tanya legte sich das Handtuch um die Schultern und betrachtete die Orøfähre, die auf ihrem eigenen, kristallklaren Spiegelbild über den Fjord glitt. Die Sonne senkte sich der Horizontlinie im Westen entgegen, und sie begann zu frösteln.

»Merkwürdig.«

»Ja, in dem Haus gehen eigenartige Dinge vor. Ich kann sehr gut verstehen, dass Marie da rauswill.«

Tanya spitzte die Ohren.

»Raus? Wie? Verreisen?«

»Ja.«

»Aber kann sie das denn? Kann Emma denn überhaupt allein zurechtkommen?«

Im Hintergrund klingelte ein Telefon, Joan rief ungeduldig ein paar Anweisungen über die Schulter.

»Was ist da los?«, fragte Tanya.

»Irgendein Patient, dem es schlecht geht.«

»Noch ganz kurz. Marie will also verreisen?«

»Nach Mallorca, mit einem irre gut aussehenden Zahnarzt, den sie über Tinder kennengelernt hat. Er hat dort eine Finca. Das sollte mir mal passieren! Jetzt muss ich aber los.«

»Wann?«

»Sie müsste jetzt in Kastrup sein. Und was Emma betrifft ...«

»Ja?«

Die Stimme der Krankenschwester wurde noch vertraulicher. »Ich bin mir nicht sicher, wer in der Beziehung die Hosen anhat. Emma oder Marie. Das Mädchen kann mit Sicherheit mehr, als man auf den ersten Blick meint. In jedem Fall mehr, als Marie wahrhaben will. Ich muss jetzt wirklich los. Ciao!«
Die Verbindung war tot.

Tanya stand eilig auf und zog sich den klebrigen, nassen Badeanzug aus, ohne sich umzusehen. Eventuelle neugierige Blicke von der Fähre oder aus dem Wald waren ihr egal.

Sie zog ihren Slip und die Jeans an, steckte die große H-&-K-9-mm-Dienstpistole im Halfter über der linken Hüfte unter den Hosenbund und zog das schwarze T-Shirt über den Kopf und die noch nasse Haut. Dann folgten die Strümpfe und ihre kurzschaftigen, braunen Stiefel, wobei sie auf einem Bein im Sand hüpfte, und schließlich ihre heiß geliebte hellbraune Lederjacke.

Nachdenklich nahm sie ein rasierklingenscharfes Gerber-Klappmesser aus der Tasche und schob es in den rechten Strumpfschaft.

Jakob Nordsted hatte darauf bestanden, dass sie immer zwei Waffen bei sich trug: ihre Dienstpistole und ein Messer. Das hatte ihm in dem Keller im Botschaftsviertel in Ryvangen das Leben gerettet, hatte er ihr an einem späten Abend anvertraut. Er konnte den älteren Bruder der beiden frauenhassenden und -verstümmelnden Brüder zwar unschädlich machen, doch der jüngere hatte mit einem Jagdgewehr auf ihn geschossen. Während er dagelegen hatte und zusehen musste, wie sein Blut und sein Darminhalt sich auf dem Kellerboden unter ihm ausbreiteten, hatte der kleine Bruder einen Fuß auf seine Schulter gestellt und das Gewehr angelegt, um seine Tat zu vollenden, als Jakob mit einer einzigen Bewegung die große Arterie auf der Oberschenkelinnenseite des Frauenmörders mit dem Messer durchtrennt hatte, das in seinem Stiefelschaft steckte.

Tanya hatte sich seinen Rat zu Herzen genommen.

Sie dachte über die Informationen der Krankenschwester nach.

Andreas war vor drei Stunden entlassen worden. Das war eine Ewigkeit her. Und ausgerechnet diesen Zeitpunkt hatte sie gewählt, um ein paar Kilometer im Fjord zu schwimmen, als wäre sie im Badeurlaub.

Sie setzte sich in Bewegung und rannte den lehmigen Hang hinauf.

KOMM EINFACH, LIEBSTER. MAMA IST WEG. VERMISSE DICH.

Andreas las Emmas SMS wieder und wieder. Er lächelte und erhob sich von seiner Stammbank in der Parkanlage. Sein Bein tat höllisch weh. Er war mit einem großzügigen Päckchen schmerzstillender Medikamente entlassen worden – Tramadol, Ibuprofen, Paracetamol und Ketogan –, aber Emmas SMS war sehr viel heilsamer als jede Medizin.

Eigentlich hatte er damit gerechnet, am Klinikeingang von der hartnäckigen Polizistin in Empfang genommen zu werden, um das Verhör fortzusetzen, aber es hatte niemand auf ihn gewartet.

Andreas humpelte den Kiesweg entlang auf den Bürgersteig und bog rechts auf den kleinen Trampelpfad hinter dem Apothekerhof ab.

WEG.

Was bedeutete das? Dass die Alte für immer weg war? Das wagte er nicht zu hoffen. Aber es war auch egal. Er würde Emma sehen, und sie vermisste ihn.

Er öffnete das Gartentor und hinkte vorsichtig über den gefliesten Gartenweg zur Haustür.

Andreas ließ den schweren Türklopfer ein paarmal auf die Bronzeplatte fallen. Die Schläge hallten durchs Haus. Endlich hörte er das Summen des Rollstuhlaufzugs.

Die Tür schwang auf. Emma machte sich gut in ihrem knallgelben Rollstuhl. Sie trug eine neue blaue Jeans und einen schwarzen Kapuzenpulli und strahlte ihn an. Er trat in die kalte Halle und überreichte ihr den Blumenstrauß, den er im Park gepflückt hatte. Sie nahm die Blumen und vergrub ihre Nase darin. Dann legte sie den Strauß auf den Schoß und rollte rückwärts zurück in die Halle.

»Mach die Tür zu und komm mit nach oben.«

Sie manövrierte den Rollstuhl routiniert auf die Grundplatte und drückte den Knopf. Andreas blieb stehen, als er neben der Tür zu Maries Zimmern einen nagelneuen Rollkoffer mit einem an den Griff geknoteten Strohhut stehen sah. Emma schnalzte ungeduldig mit der Zunge.

»Tut es sehr weh?«, fragte sie, als er langsam eine Stufe nach der anderen hochstieg.

»Es ist zu ertragen.«

»Du Armer.«

Sie erreichten den Treppenabsatz vor ihrem Zimmer. Emma manövrierte geschickt die Räder über die Türschwelle und zeigte auf den Sessel in der Mitte des Raums.

»Setz dich. Du siehst aus, als hättest du Schmerzen. Was hat die Polizei gesagt?«

Andreas zuckte mit den Schultern und zog den Reißverschluss seines Parkas auf.

»Dies und das. So wie immer. Ich hab nicht einen Ton gesagt.«

»Hat diese Polizistin dich verhört? Die hübsche mit dem Pferdeschwanz?«

»Du bist hübsch.«

»Findest du?«

Sie fuhr den Rollstuhl neben den Sessel.

»Und du duftest richtig gut«, sagte Andreas.

»Besser als sie?«, frotzelte sie.

Er nickte ernst.

»Besser als irgendwer sonst.«

Sie legte eine Hand auf seinen Oberschenkel. Sie fühlte sich zart und warm an durch den Hosenstoff.

»Besser als Mama?«

Andreas drückte sich tief in den Sessel und schaute zu Boden.

»Oh, jetzt hab ich was Dummes gesagt«, sagte sie. »Tut mir leid!«

»Nein, nein! … Ich muss mich …«

Sie schüttelte den Kopf.

»Musst du nicht! Glaubst du, es wäre das erste Mal, das mit dir? Wenn du wüsstest, was ich schon alles gehört und gesehen habe. Verdammt. All ihre verfluchten Männergeschichten. Du kannst nichts dafür.« Emma schnipste mit den Fingern. »Darin ist sie eine Meisterin. Sie bringt jeden Mann dazu, dass er mit hechelnder Zunge vor ihr steht. Ich habe dein Video gesehen, alles ist gut.«

»Meinst du das wirklich?«, fragte er mit belegter Stimme, als wäre das Hinrichtungskommando in letzter Sekunde zurückgepfiffen worden.

»Ganz sicher. Ich würde mir nur wünschen ...«

Emma beugte sich im Rollstuhl noch näher zu ihm hin. Ihre Hand lag noch immer auf seinem Oberschenkel.

»Was?«

Sie sah ihm mit leicht geöffneten, lipglossglänzenden Lippen tief in die Augen. Er konnte ihre weißen Zähne und die hellrosa Zungenspitze sehen. Sie zog unsicher die Schultern hoch und ließ den Blick abwärtsgleiten. Er spürte förmlich, wie er zwischen seinen Beinen hängen blieb.

»Was, Emma? Was wünschst du dir?«

Er räusperte sich.

»Nur ... dass ich ... dass wir, also, dass wir das miteinander machen, was Mama von dir wollte. Ernsthaft, Andreas, du weißt doch genau, was ich meine.«

Er legte seine Hand über ihre und drückte sie.

»Ist das so wichtig?«, fragte er.

»Für mich schon.«

Ihre Hand schob sich seinen Oberschenkel hinauf und legte sich über seinen Schwanz. Ihre Finger drückten sanft zu. Lockerten sich. Drückten zu.

»Weil wir dann richtig zusammen sind.«

Andreas zog sie zu sich und küsste sie.

»Pass auf, dass ich nicht aus dem Stuhl falle«, murmelte sie und nahm den Kopf leicht zurück. Ihr Atem war frisch und warm, und ihr Lächeln hellte sein Gemüt bis in den allerhintersten Winkel auf.

»Willst du das wirklich?«, fragte er.

Sie nickte energisch.

»Und dann gehen wir zusammen weg und kommen nie wieder. Komm schon. Aber du musst mir helfen.«

Sie schwang den Rollstuhl herum, rollte zum Bett und zog den Kapuzenpulli über den Kopf. Andreas folgte ihr willenlos.

Tanya stieg gerade die Kellertreppe von einem ganz gewöhnlichen gelben Backsteinhaus am Rand von Holbæk hinunter, wo Andreas Ambrosius offiziell gemeldet war, als die Haustür aufging und ein vierschrötiger Mann auf den Treppenabsatz trat.

Seine Hände waren riesig und rot. Er umfasste fest das Geländer und starrte in ihr nach oben gewandtes Gesicht.

»Was machen Sie da, bitte schön?«, fragte er.

Dein Blutdruck ist erhöht. Und du trinkst viel, viel zu viel, dachte sie. Von der unförmigen Nase breitete sich ein lila Netz aus Adern über die Wangen aus. Das Geländer drückte in das karierte, kurzärmelige Hemd über seiner monströsen Wampe.

Tanya schnupperte.

»Pastete?«

»Was?«

Die kleinen, blauen Augen des Mannes verschwanden mehr oder weniger in den roten Fettpolstern.

»Wer ist das, Henning?«, rief eine grelle Stimme aus der Wohnung. Im Hintergrund war die Übertragung eines Frauenhandballkampfes zu hören, und die Wohnzimmerfenster wurden von einem riesigen Flachbildschirm erleuchtet.

»Pastete«, wiederholte Tanya.

»Ja, und? Was zum Teufel wollen Sie hier? Der Idiot ist nicht da.«

»Idiot?«

»Der Junge. Der Idiot. Andreas. Wird sich wohl wieder irgendwo mit jemandem prügeln. Oder sonst irgendeinen Unfug anstellen. Ein Idiot, wie gesagt. Kennen Sie ihn?«

Der Mann ließ das Geländer los und fischte eine Zigarette aus seiner Brusttasche.

Tanya zeigte ihm ihren Dienstausweis, worauf der Mann einen Schritt zurücktrat und sie etwas respektvoller anschaute.

»Entschuldigung, aber ...«

»Was ist, Henning! Willst du das Spiel nicht sehen? Mit wem redest du da?«

Er schaute mit einem Seufzer über die Schulter.

»Halt doch mal kurz die Klappe, Inger! Das ist die Polizei.«

Tanya rüttelte an der Kellertür. Sie war abgeschlossen.

»Schon wieder?«, war Hennings Frau zu hören. »Was hat er denn jetzt wieder angestellt?«

»Wann haben Sie ihn das letzte Mal gesehen?«, fragte Tanya.

Der Mann steckte sich eine filterlose Zigarette an, blies den Rauch aus und hustete nass. Gleich darauf spukte er einen braunen Schleimklumpen über ihre Schulter.

Zwei Jahre, dachte Tanya angeekelt. Maximal noch zwei Jahre.

»Das ist schon ein paar Tage her, aber ich hab gehört, dass er die Pastorin erschossen hat oder so was. Der ist doch geisteskrank.«

Eine kleine Flamme flackerte in Tanyas Brust auf.

»Ist er das?«, fragte sie provokant. »Und was bezahlt er so im Monat für dieses Kellerloch? Geben Sie das auch bei der Steuer an? Miete? Nebeneinkünfte? Gibt es einen Mietvertrag?«

Der Mann sah sie perplex an.

»Natürlich«, sagte er überrumpelt.

»Logo!«

Ihre Stimme war klar und unerschrocken. Das war einer der vielen, vielen Vorteile, aus Vestegnen zu kommen: Man konnte sich auf alle Sozialstufen einstellen, und immer – immer – nannte man das Kind beim Namen.

Der Mann schnipste die Kippe weg und sah sie mit stupider und verschlossener Miene an.

»Ich habe ihn nicht gesehen.«

Tanya reichte ihm ihre Visitenkarte.

»Rufen sie mich an, wenn Sie ihn sehen.«

Der Mann schaute auf die Karte.

»Sonst?«

»Finanzamt.«

»Ich melde mich.«

»Andreas?«

»Ja?«

Emmas Hand schob sich weiter nach oben. Sie lag jetzt im Bett auf der Seite, und er stand an der Bettkante. Es war ihr erstes Mal. Er hatte nie weiter darüber nachgedacht. Nur gewusst, dass er sie liebte.

»Mach ich das richtig?«, flüsterte Emma.

Andreas schob die Beine etwas auseinander und seufzte.

»Ja … ja … das ist echt gut. Sehr gut.«

»Küss mich.«

Er beugte sich zu ihr runter. Der Kuss war kühl und keusch. Dann öffnete sie den Mund, und ihre Zunge war warm und suchend. Andreas spürte, wie sich eine Erektion aufbaute. Er stöhnte in ihre Mundhöhle, worauf sie den Kopf wegzog und ihn anlächelte.

»Ich liebe dich«, murmelte er, öffnete den Reißverschluss und zog die Jeans samt Unterhose über die Knie. Das schmerzende Bein war vergessen.

Sie betrachtete mit ernsten Augen seinen blassen, erigierten Penis.

»Ähm ... soll ich ihn in den Mund nehmen?«

Andreas lachte unsicher und streichelte ihr über das kurze, blonde Haar.

»Hast du darüber gelesen? Meinetwegen sehr gerne!«

»Und Filme gesehen.«

»Emma ... ich würde dich auch gerne berühren.«

»Mich ... warum?«

»Verdammt ... weil ich Lust dazu habe. Darf ich mich zu dir legen? Oder platzt deine Gluckenmutter plötzlich herein?«

»Nein, nein. Sie ist von irgendeinem superattraktiven Zahnarzt auf Tinder nach Mallorca eingeladen worden und kommt erst am Montag zurück. Oder gar nicht mehr ...«

»Cool.«

»Ich hab gebadet«, sagte Emma. »Ich bin also ganz sauber. Und ich hab das Bett neu bezogen.« Sie zog das T-Shirt über den Kopf und knöpfte ihre Jeans auf.

»Du bist rein und schön und wunderbar«, sagte er und fragte sich, wo die Worte plötzlich herkamen.

»Findest du das wirklich? Ganz im Ernst?«

»Du bist das hübscheste Mädchen auf der Welt.«

Er zog ihr die Jeans über die schmalen Füße. Legte sich neben sie und zog sie an sich.

Sie sah ihn feierlich an.

»Du weißt schon, dass ich ... also, dass ich Jungfrau bin, oder? Versprich mir, ganz vorsichtig zu sein, okay? Und ich bin mir nicht sicher, ob ich das kann. Ob es überhaupt möglich ist. Ich will einfach nicht, dass etwas mit dir wehtut.«

»Ich bin mehr oder weniger auch noch Jungfrau«, sagte Andreas. »Das kriegen wir schon zusammen hin.«

Es wurde immer dunkler. Tanya saß in ihrem Fiat vor Andreas Ambrosius' Adresse und kaute nervös auf den Nägeln. Halbherzig suchte sie im Handschuhfach nach einem Päckchen Kaugummi, obwohl sie genau wusste, dass dort keins war. Sie erinnerte sich allzu gut an Jakobs Predigten über Beweisführung, das Hohngelächter des Staatsanwalts, Indizien, Anzeigen, Durchsuchungsbeschlüsse. Die uneingeschränkten Bürgerrechte.

Aber irgendwas braute sich zusammen. Die Stadt hielt den Atem an. Die Sonne versank hinter turmhohen, gewittergrauen Wolken. Auf den grauen Straßen im Viertel war keine lebende Seele zu sehen, weder Mensch noch Tier.

Tanya betrachtete sich selbst als rationalen Menschen, der für Ahnungen und Bauchgefühle – Aberglauben, schwarze Katzen, gesprungene Spiegel – nur ein Schulterzucken übrig hatte.

Ihr Handy klingelte. Jakob.

»Was willst du?«, fragte sie grober als geplant.

»Alles okay mit dir?«

Seine ruhige Stimme dämpfte Tanyas Nervosität.

»Ja klar. Wo bist du?«, fragte sie.

»Auf dem Weg nach Holbæk.«

»Warum?«

Die folgende Pause war ungewöhnlich lang, selbst für den wortkargen Kriminalkommissar. Sein Autoradio lief nicht wie sonst, was sicher ein schlechtes Zeichen war.

»Es läuft gut«, sagte sie. »Oder ...«

»Super. Ich wollte nur mal nach dir schauen.«

»Nicht nötig. Ich bin erwachsen und so. Andreas ist vor ein paar Stunden entlassen worden, und ich habe gehört, dass Marie Lorenz mit einem neuen Lover auf dem Weg nach Mallorca ist.«

»Weißt du, wo er jetzt ist? Andreas, meine ich.«
»Das versuche ich gerade herauszufinden.«
»Apothekerhof?«
Sie stöhnte laut.
»Jakob, ich habe stundenlang vor der verfluchten Apotheke gesessen. Ich war bei ihm zu Hause in seinem Keller, der Vermieter hat ihn seit Tagen nicht mehr gesehen. Hier tut sich absolut nichts. Und jetzt wollte ich mich gerade wieder auf den Weg zum Apothekerhof machen. Ich kann meine Zeit genauso gut da vergeuden wie irgendwo anders. Er hat übrigens nicht auf die Pastorin geschossen.«
»Die SMS habe ich auch von Hans bekommen. Was bedeutet, dass jemand anderer geschossen hat, richtig?«
»Genau.«
Jakobs Stimme klang untypisch besorgt.
»Pass auf dich auf, okay?«
Tanya lächelte ihr Spiegelbild im Rückspiegel an.
»Hast du ... böse Vorahnungen?«, fragte sie frotzelnd.
»Fuck you«, fiel er ihr ins Wort. »Und ja, habe ich. Warst du in seinem Keller?«
»Ich hab keinen Durchsuchungsbeschluss«, antwortete sie.
»Hm ... Tanya?«
»Ja?«
»Es gibt einen Zeitpunkt, an dem man einfach weiß, dass was Schlimmes passiert.«
»Genauso geht's mir gerade.«
»Das ist auch der Zeitpunkt, zu dem man Türen eintritt und auf Durchsuchungsbeschlüsse scheißt. Es ist nun einmal einfacher, später um Vergebung zu bitten als vorher eine Genehmigung zu bekommen, wenn man damit Fakten und Ergebnisse schafft.«

»Wo ist der Pfadfinder abgeblieben, der sich an alle juristischen Spitzfindigkeiten hält?«

»Der hat heute frei. Ich kümmere mich um Andreas' Keller, und du fährst schon mal zum Apothekerhof. Aber geh nicht ohne mich da rein! Ich bin in fünf Minuten bei Andreas.«

»Okay, Skipper.«

Emma und Andreas lagen schweißnass nebeneinander, seufzten und gaben Banalitäten von sich.

»Warum haben wir so lange damit gewartet?«, fragte Emma irgendwann.

Er drehte sich auf die Seite und sah ihr ins Gesicht.

»Weil deine bescheuerte Mutter immer hier ist?«

Emma schaute lächelnd an die Zimmerdecke.

»Stimmt. Aber jetzt ist sie weg.«

»Sicher?«

»Ganz sicher. Ist das Auto fertig? Unser Auto?«

Andreas lachte.

»Ich habe heute die Nummernschilder abgeholt.«

Sie drückte sich mit einem hellen Juchzer an ihn.

»Genial! Ich bin so glücklich. Glücklich. Glücklich! Dann können wir losfahren?«

»Ja! Und nie mehr zurückkommen. Ich habe einen Haufen Geld. Ich hab es dabei.«

»Bar?«

Er zeigte auf seinen Parka.

»Ich meide Kreditkarten. Die kann man aufspüren.«

»Lass es uns machen«, sagte sie ruhig. »Jetzt gleich. Du hilfst mir beim Packen, dann fahren wir.«

»Ist das dein Ernst?«

»Ja.«

»In Ordnung. Aber jetzt hab ich erst einmal Durst«, sagte Andreas und schwang die Beine über die Bettkante. Emma zog die Bettdecke vor die Augen und sah ihn verlegen an.

»War ich okay?«

»Ja.«

Ihr Gesicht war bei der schwachen Beleuchtung im Zimmer dunkler.

»Bin ich ... also, bin ich da unten ganz normal?«

Andreas lächelte sie an.

»Du bist wunderbar.«

»Aber ... normal?«

»Ja. Willst du auch Wasser?«

»Ja, gerne.«

Andreas stellte die Füße auf den kühlen Boden. Dann zögerte er.

»Du hast gesagt, dass sie verreist ist?«

»Mama?«

»Ja.«

»Ja, sie ist nach Mallorca geflogen. Wieso fragst du?«

Andreas ging in Emmas Badezimmer und schaltete das Licht an.

»Wem gehört dann der Koffer unten in der Halle? Ein Sonnenhut ist ja nicht gerade dein Stil. Bist du sicher, dass sie überhaupt abgereist ist?«

Emma antwortete nicht.

Andreas füllte zwei Gläser mit kaltem Wasser und kam zurück ins Zimmer. Emma saß auf dem Bett, die Beine unter der Decke. Sie hatte ihr T-Shirt und den Slip angezogen und die Bettlampe angeknipst. Sie leerte das Glas in einem Zug, ohne es abzusetzen. Ihr Gesicht hatte Farbe bekommen. Die Augen strahlten.

»Das verstehe ich nicht«, sagte sie.

»Dass der Koffer da unten steht?«

»Ja. Ich dachte, ich hätte das Auto gehört. Vielleicht hat sie ja erst am Flughafen gemerkt, dass sie ihn vergessen hat, und beschlossen, sich auf Mallorca neue Sachen zu kaufen. Es könnte nämlich sein, dass sie festgenommen wird, wenn sie zurückkommt.«

»Weswegen?«

Sie sah ihn mit einer Falte zwischen den Augenbrauen an.

»Also … ich glaube, dass sie es war. Du hast die ganze Zeit recht gehabt. Entschuldige. Anne und Henrik. Mein Arzt. Sie ist total unzurechnungsfähig geworden. Ich hab echt Angst vor ihr.«

»Noch ein Grund mehr, abzuhauen. Du … der Abend mit der Pastorin?«

»Ja. Die arme Grethe. Das ist so furchtbar. Weißt du was darüber?«

Andreas machte eine ausladende Bewegung mit den Armen.

»Ich weiß alles. Deine Mutter hat versucht, sie zu töten. Du hast recht. Sie ist total durchgeknallt.«

Er hatte entrüstete Proteste erwartet, aber es kam nichts.

»Woher weißt du das?«

»Ich bin ihr vom Apothekerhof aus gefolgt. Sie ist zum Friedhof geschlichen und hatte dieselbe Schrotflinte dabei, mit der sie mich bedroht hat.«

»Hast du das der Polizei gesagt, Andreas?«

»Natürlich nicht.«

Emma zog die Beine unter der Decke an und schlang die Arme um die Knie.

»Warum nicht? Wenn du dir so sicher bist?«

Andreas hatte eine Eingebung. Er schaltete die Deckenbeleuchtung ein und öffnete Emmas großen Kleiderschrank. Er wühlte darin herum, bis er sich sicher war.

Emma sah ihn gespannt an, als er sich aufrichtete und zu ihr umdrehte.

»Ich hab's gewusst!«

»Was hast du gewusst?«

»Die Sneaker, die ich dir mitgebracht habe.«

Emma streckte den Hals und sah in den Kleiderschrank.

»Meine grünen VANS? Ich liebe sie. Die ziehe ich an, wenn wir fahren.«

»Die verfluchte Hexe hat sie an dem Abend getragen. Das Profil der Abdrücke auf dem Friedhof kam mir so bekannt vor. Deine Schuhe sind weg!«

»Was meinst du?«

»Ich konnte noch alle Fußabdrücke verwischen, bevor die Polizei kam. Sie hat offensichtlich Spuren hinterlassen, um den Verdacht auf dich zu lenken, falls irgendwas schiefgeht.«

Emma legte die Stirn auf ihre angezogenen Knie und schloss die Augen. Ihre Schultern begannen zu beben, immer stärker. Sie schluchzte herzerweichend. Er setzte sich auf die Bettkante und versuchte, sie in den Arm zu nehmen.

»Nicht jetzt, du Idiot!«

Ihre Stimme war kalt, abweisend und leblos.

»Du hast also die Fußabdrücke auf dem Friedhof verwischt?«

Ihm fiel der Papierfetzen in seiner Hosentasche wieder ein. Er legte ihn auf die Decke.

»Ja. Und ich hab das hier mitgenommen. Ich glaube, das hat sie verloren.«

Emma stöhnte aus tiefster Seele. Sie schlug die Augen auf und wischte sich mit einem Zipfel der Bettdecke die Tränen ab. Sie nahm den Papierschnipsel, ohne ihn anzusehen, faltete ihn auf und sah ihn sich im Schein der Bettlampe an.

Sie schüttelte verächtlich den Kopf.

»Ein Teil von einem Apothekerrezept. Bravo, Andreas! Das war ganz, ganz toll!«

Sie ließ den Zettel auf den Boden fallen.

Andreas sah sie mit offenem Mund an.

»Aber ... es war deine Mutter! Sie wäre ins Gefängnis gekommen!«

»Ja! Und genau da gehört sie hin! Kapierst du das denn nicht? Lebenslang im Knast oder in der Geschlossenen. Und die Polizei ... verdammt noch mal! Was brauchen die denn noch alles, um sie festzunehmen? Ich meine ... Oh, wie ich dumme Menschen leid bin! Und dann verwischst du die Spuren, die sie eingebuchtet hätten, sodass ich endlich frei wäre!«

Sie sah ihn kopfschüttelnd an.

Andreas wollte sich das nicht länger anhören. Ungeschickt schlüpfte er in Unterhose und Jeans, zog seine Schuhe an, ohne sie zuzubinden, und schnappte sich seinen Parka.

»Ich gehe ...«

Endlich beendete Emma ihre Zornestirade. Sie unterbrach ihren Wortstrom und sah ihn mit großen Augen an. Ihre Pupillen waren geweitet, schwarz und bodenlos.

»Nein, nein, nein ... Du darfst nicht gehen, Andreas! Lass mich hier nicht allein. Das kannst du nicht machen, hörst du. Du musst bei mir bleiben. Lass uns zusammen abhauen.«

Er schob die Arme in den Parka und zog den Reißverschluss hoch.

»Ich muss gehen«, sagte er, ohne sie anzusehen.

»Wir haben gerade miteinander geschlafen!«

»Das dachte ich auch. Aber das war mit jemand anderem.«

»Mit jemand anderem? Wie meinst du das?«

»Du veränderst dich ständig, ich weiß manchmal gar nicht mehr, wer du eigentlich bist«, sagte er traurig.

»Aber das geht nicht, Andreas. Du darfst jetzt nicht gehen. Ich liebe dich.«

Ihr verzweifeltes Gesicht und ihre flehende Stimme hielten ihn fest.

»Tust du das wirklich?«

Tanya betrachtete die einem Tempel würdige Haustür des Apothekerhofs mit dem massiven Türklopfer, der wie die Faust eines Kreuzritters aussah.

Dann ging sie rückwärts zum Gartentor und schaute an der Fassade hoch. Sie meinte, in den Baumkronen hinten im Garten einen schwachen Lichtschein gesehen zu haben, aber das konnte auch etwas anderes gewesen sein.

Der Apothekerhof sah verlassen aus.

Sie klickte Andreas Ambrosius' Nummer in ihrer Anruferliste an.

Nach ein paar Freizeichen sprang der automatische Anrufbeantworter an.

»Jetzt nimm doch ab, du Trottel«, murmelte sie.

Aber was wollte sie ihm überhaupt sagen?

Dass er in Gefahr war?

Sie wusste nicht, ob es so war. Vielleicht ging es ihm blendend. Vielleicht war er in diesem Moment mit seiner gehandicapten Emma bei Freunden. Vielleicht schauten sie sich in diesem Moment eine Serie auf HBO Nordic an, aßen Popcorn, tranken Cola und kuschelten sich unter eine warme Wolldecke.

Vielleicht sollte sie das auch tun?

In einem seiner launischen Wutanfälle hatte Jakob sie einmal nach Hause geschickt.

»Such dir verdammt noch mal einen netten Mann und krieg Kinder. Mordermittlungen sind wie Ex-Frauen: Du vergisst sie nie, und du wirst sie nie verstehen. Für mich ist der Zug abgefahren, aber mach du nicht den gleichen Fehler.«

Emma und Andreas zuckten zusammen, als der Türklopfer gegen die Haustür schlug. Sie umarmten sich, und Emma stieß einen leisen Schrei aus, als Andreas' Handy zu brummen begann.

»Geh nicht ran!«

»Natürlich nicht.«

»O Andreas! Sei nicht mehr böse. Es tut mir leid.«

»Schon gut«, murmelte er.

»Wir hätten wegfahren sollen, als wir die Chance hatten. Nein ... vor ein paar Tagen. In deinem schönen Auto.«

Er lächelte sie an.

»In unserem schönen Auto. Und das können wir immer noch.«

Sie sah ihn mutlos an.

»Glaubst du? Ich bin mir nicht mehr so sicher.«

Der Schlag des Türklopfers hallte wieder durch das alte Haus. Bei jedem Schlag zuckte sie zusammen.

»Schau nach, wer das ist.«

Andreas knipste die Nachttischlampe aus, lief aus der Tür

und durch eine Flucht leerer Räume, in der früher in Reih und Glied die Pillenmaschinen gestanden hatten.

Er schob eine spröde Gardine beiseite, die zwischen seinen Fingern zerbröselte. Auf der anderen Straßenseite parkte ein beigefarbener Fiat, den er gut kannte. Er zog den Kopf zurück, als er die Polizistin mit dem dunkelblonden Haar rückwärts den Gartenweg entlanggehen und an der Fassade hochschauen sah.

»Fuck, fuck ... fuck.«

Er lief auf Zehenspitzen zurück in Emmas Zimmer. Sie hatte sich nicht von der Stelle gerührt, saß immer noch mit vor die Brust gezogenen Knien da, um sich so klein zu machen wie möglich.

»Sie ist es.«

»Tanya?«

»Heißt sie so?«

»Ja.«

»Woher weißt du das?«

»Tanya Nielsen. Rigspoliti. Ich weiß es einfach«, sagte sie mit kaum hörbarer Stimme.

»Vielleicht geht sie ja wieder«, sagte Andreas.

»Nein. So ist sie nicht.«

Tanya kniete sich auf die Fußmatte, schaltete die Taschenlampe an und öffnete den Briefschlitz. Der Lichtkegel beleuchtete die Treppe, die grauen Bodenfliesen der Eingangshalle und ... einen grauen Samsonitekoffer, an dessen Griff ein breitkrempiger Strohhut geknotet war.

Drinnen war es totenstill.

Dann stand sie auf und ging rechts um das Gebäude herum durch die schmale Passage zwischen Hausmauer und Garage, deren Seitentür angelehnt war. Sie öffnete leise die Tür und ging hinein. Der Lichtschalter war offensichtlich nicht mit den Lichtröhren unter der Decke verbunden.

In der Garage war Platz für zwei Fahrzeuge, aber es stand nur der graue Touran darin. Die Luft war schwer von Diesel- und Auspuffabgasen. Sie legte eine Hand auf die Motorhaube, die ziemlich kühl war. Die Fahrertür stand offen. Sie schaltete die Innenbeleuchtung an.

Black Opium von Yves Saint Laurent, stellte sie anerkennend fest, eins der verführerischsten Parfüms auf der Welt. Dann öffnete sie mit hochgezogenen Augenbrauen die grüne Vuitton-Handtasche auf dem Beifahrersitz: ein Päckchen Kondome, Tampons, ein Lippenstift und ein frisches Päckchen Papiertaschentücher. Kein Geldbeutel und keine Papiere.

Tanya schraubte die Kappe des Lippenstifts mit den Fingernagelkanten ab, um Maries Fingerabdrücke nicht zu zerstören, fuhr mit dem dunkelbraunen Stift über ihren Handrücken und war sich sicher: die Striche, die die Augenbrauen von Anne Holsts afrikanischer Maske so verlängert hatten, dass sie die Zahl 77 bildeten, waren mit diesem Lippenstift gezogen worden. Tanya lächelte sich selbst im Rückspiegel zu. Endlich ein Beweis! Das konnte selbst Jakob nicht leugnen.

Sie stieg aus dem Auto und ließ den Blick über den schmutzigen Betonboden schweifen, als sie den Geruch von Urin wahrnahm. Sie schaute in den hinteren Teil der Garage und schaltete die Taschenlampe wieder an.

»Oh Scheiße ...«

Das Licht aus dem Touran und der Taschenlampe holte die erhängte Frau aus den Schatten heraus: Beine in schwarzen Seidenstrümpfen, ein eng anliegender, schwarzer Rock.

Ein hochhackiger roter Schuh an einem baumelnden linken Fuß.

Tanya ging näher heran und richtete das Licht auf Marie Lorenz' Gesicht, das von dem aufgestauten Blut blau angelaufen war. Das helle Haar war zu einem Pferdeschwanz zusammengebunden und der Hals unnatürlich lang. Der Kopf war in einem Winkel geneigt, der ihr sagte, dass der Nacken im Fall gebrochen war. Die halb offenen Augen waren farblos und die Lippen von den Zähnen zurückgezogen.

Der andere Schuh lag auf dem Betonboden und glänzte lackrot. Wie es aussah, hatte Marie Lorenz sich auf einen Stapel Winterreifen gestellt, ein dünnes aber kräftiges Nylonseil um einen tragenden Querbalken des Garagendachs gebunden und war ins Nichts getreten. Der obere Reifen war von dem Stapel gerutscht und lag auf dem Boden.

Es gab keine Spuren eines Streits oder Kampfes. Alles war ordentlich und aufgeräumt. Der Geruch stammte von einer Urinlache unter den Füßen der Erhängten.

Tanyas Hände zitterten, als sie den schweren Reifen zurück auf den Stapel hievte. Sie zog ihr Messer aus dem Stiefelschaft und stieg auf die Reifen. Dann legte sie einen Arm um Maries Taille, hielt die Luft an und schnitt das Seil durch.

Mit knapper Not konnte sie verhindern, dass der überraschend schwere Körper unwürdig auf den harten Boden knallte wie eine Stoffpuppe, indem sie die Leiche an sich heruntergleiten ließ, bis sie Marie Lorenz' Handgelenke zu fassen bekam.

Es gab keinen Grund zur Eile. Die Totenstarre setzte in den Gliedmaßen bereits ein, der Nacken um die Bruchstelle hatte keinen Halt, und die Pupillen reagierten nicht auf das Licht der

Taschenlampe. Tanyas Blick wanderte zu den Fingern ihrer eigenen rechten Hand. Sie runzelte nachdenklich die Stirn. Daumen- und Zeigefingerkuppe klebten aneinander. Sie ließen sich leicht auseinanderziehen, aber über den Kuppen lag ein grauer Klebefilm. Sie kniete sich neben den Leichnam, um sich Arme und Handgelenke der Toten genauer anzusehen, und bemerkte ein paar bleiche Streifen um Marie Lorenz' Ring- und Mittelfinger, wo bis vor Kurzem offenbar noch ein paar Ringe gesteckt hatten, sowie um den Arm, wo sonst die Uhr saß. Der gleiche graue Klebefilm wie über ihren Fingerkuppen fand sich auch um die Handgelenke der Toten, und auf der Unterseite ihres linken Handgelenks hing ein vielleicht fünf Zentimeter langer, grauer Faden.

Tanya war dem Verdursten nahe und ging durch die Garage zu einer Werkbank, die an der Wand stand. In den Tisch war ein verdrecktes Stahlbecken eingelassen. Sie brauchte beide Hände, um den Wasserhahn so weit aufzudrehen, dass ein spärlicher, rostbrauner Strahl herauskam. Tanya wartete, bis das Wasser klarer wurde, hielt die gewölbten Hände unter den Strahl und trank gierig. Dann stützte sie sich auf der Arbeitsplatte ab und schloss die Augen.

Das war der Moment, in dem sie Jakob, Schmidt oder einen Ambulanzwagen rufen sollte – irgendwen –, aber vorher wollte sie noch das ganze verdammte Haus vom Keller bis unter den Dachgiebel durchkämmen. Das Ganze war persönlich und unumgänglich geworden. Jakob würde durchdrehen, wenn er davon erfuhr, doch daran verschwendete Tanya jetzt keinen Gedanken.

Ein weißer, rechteckiger Gegenstand auf dem Tisch erregte ihre Aufmerksamkeit: ein dicker, weißer Umschlag.

Für Emma stand in einer sauberen Handschrift auf dem Kuvert.

Tanya rührte ihn nicht an.

Neben dem Umschlag lag eine Rolle silbergraues Klebeband, daneben die abgerissene Verpackungsfolie. Sie begutachtete noch einmal ihre Fingerspitzen, beugte sich vor und schnupperte an dem Klebeband.

Kein Zweifel.

Sie ging zurück zu der Toten und sah sich das verzerrte Gesicht an. Als ob sie etwas sagen wollte, aber kein Wort herausbekam.

Tanya ging weiter um die Rückseite des Hauses herum und stieg vorsichtig die algenglatten Steinstufen zum Keller hinunter. Sie landete vor einer morschen, verschlossenen Doppeltür, die sie mit der Schulter aufdrückte. Die Türblätter glitten mit einem protestierenden Ächzen auseinander. Sie schaltete die Taschenlampe wieder an und sah sich um. Das Gebäude atmete verlassen und still.

Nun gab es kein Zurück mehr. Sie war weit über die Grenzen des Gesetzes hinausgegangen und würde gekreuzigt werden, wenn sie keine wasserdichten Beweise anbrachte, die vor Gericht standhielten und zu einer Festnahme führten. Sie lächelte verbissen. Es ist immer einfacher, um Vergebung zu bitten, als eine Genehmigung durchzusetzen, hatte Jakob gesagt. Vielleicht würde der Kriminalkommissar ja ein gutes Wort für sie einlegen? Bestimmt.

Aber er hatte auch gesagt, dass sie unter keinen Umständen allein ins Haus gehen sollte. Doch das Haus war leer. Sie spürte mit jeder Faser, dass außer ihr niemand hier war.

Der Keller roch nach Schimmel und Vergangenheit.

Sie kam in einen Wäschekeller mit zerfaserten Wäscheleinen und zerbrochenen Wäscheklammern, fröstelte und wickelte sich fester in ihre Lederjacke, durchquerte einen verlassenen, muffigen und kalten Raum nach dem anderen, bis sie im Hauswirtschaftsraum stand. Ein Wasserhahn tropfte rhythmisch durch eine vertrocknete Gummidichtung, das Mondlicht floss weiß durch die verstaubten Fenster, die zum Hofplatz rausgingen, und es roch nach kaltem Zigarettenrauch.

Sie kniete sich vor den Abfluss unter einem riesigen Zinkbecken und entdeckte einen Haufen Zigarettenkippen.

Einige waren fast aufgelöst, andere noch intakt. Sie hob eine Kippe auf und sah sich den Filter genauer an: Spuren von dunkelrotem Lippenstift.

Sie sah sich die Reihe solider Messingrohre an, die bis auf Hüfthöhe aus dem dreckigen Terrazzoboden ragten. An den trompetenförmigen Mündungsstücken hingen trockene Korkstopfen an mit Grünspan überzogenen Ketten.

Tanya fotografierte die merkwürdigen Rohre mit ihrem Smartphone und schickte die Bilder an Jakob.

Danach bewegte sie sich wie eine Versuchsratte weiter durch das endlose Kellerlabyrinth. Aus dem nächsten, niedrigen Raum starrte ihr ein mottenzerfressenes Schaukelpferd mit seinem einen noch vorhandenen braunen Glasauge entgegen, das bis hierher lebendigste Wesen, das ihr begegnet war.

Endlich fand sie eine Treppe, die hoch ins Erdgeschoss führte.

»Sie ist im Haus«, stöhnte Emma und versteckte ihr Gesicht in Andreas' schwarzem Parka. »Unten im Keller.«

Andreas streichelte ihren Nacken und die zitternden Schultern.

»Das darf sie nicht«, platzte er aufgebracht heraus. »Sie kann doch nicht einfach in euer Haus kommen.«

»Sag das ihr und nicht mir!«

»Soll ich runtergehen und sie rausschmeißen? Das ist verdammt noch mal illegal, was sie da macht.«

»Das wird nicht helfen. Nein, verstecken wir uns, bis sie wieder weg ist. Und dann fahren wir mit dem Auto los, ja, Andreas? So weit weg, dass niemand uns findet. Du und ich und dein Geld, das sich nicht aufspüren lässt.«

Sie hatte ihn am Kragen seines Parkas gepackt und erwürgte ihn fast.

»Ja ... natürlich. Aber woher weißt du, dass sie da unten ist? Ich höre nichts«, sagte er und befreite sich aus ihren Händen.

»Ich liege seit zwei Jahren in diesem Zimmer, Andreas, und kenne alle Geräusche in diesem verfluchten Haus bis zur Bewusstlosigkeit. Ich spüre, wenn außer mir noch jemand im Haus ist. Heb mich in den Rollstuhl. Aber erst muss ich mir was anziehen.«

Ihre Stimme war kurz vorm Kippen.

Andreas half ihr, die Hose und den Kapuzenpulli anzuziehen.

Dann sah er sich um. Wo bitte sollten sie sich hier verstecken?

Er hob Emma in ihren Stuhl. Sie rollte eilig zu ihrem Kleiderschrank und sah ihn über die Schulter an.

»Es gibt ein Versteck. Komm.«

Er machte eine ausladende Armbewegung.

»Wo, im Kleiderschrank? Das ist vielleicht nicht die cleverste Idee, Emma. Wir sind keine Kinder mehr. Und das ist nicht das Tor nach Narnia.«

Ihre Augen funkelten ungeduldig.

»Doch, ist es!«, rief sie. »Genau das ist es. Ein Liebesnest. So hat er es genannt. Mach das Feuerzeug an, das oben auf dem Schrank liegt.«

»Wer hat das so genannt?«

»Großvater. Er hat den Raum für die Mädchen genutzt, die oben im Dachgeschoss wohnten. Da hat er sie gefickt. Es war Tradition bei den Apothekern, die Schülerinnen und Zimmermädchen hier oben zu vögeln. Der konnte er nicht widerstehen, als er noch jünger war, hat er erzählt. Nimm das Bild ab.«

»Das hier?«

Er zeigte auf ein goldgerahmtes Ölgemälde von einem Vollschiff mit zerfetzten Segeln, das in einen Sturm geraten war.

»Beeil dich!«

Hinter dem Bild sah er im Licht der Feuerzeugflamme in der Wand eine Vertiefung mit einem kleinen, federbelasteten Metallhebel in der Mitte.

»Zieh daran«, befahl Emma nervös.

Hinter dem großen Kleiderschrank ertönte ein metallenes Klicken.

»Jetzt kannst du den Schrank von der Wand wegziehen.«

Der Schrank schwang lautlos ins Zimmer, und Andreas schaute in eine niedrige Öffnung im Mauerwerk.

»Indiana Jones«, murmelte er.

Emma kicherte aufgeregt.

»Du musst mich tragen«, sagte sie. »Dahinter ist eine Treppe.«

Andreas hob sie aus dem Rollstuhl.

»Hat er dich … mit hier hochgenommen?«

Sie legte den Kopf an seine Brust und seufzte.

»Ich glaube, er hat genau gewusst, was Mama mit mir gemacht hat. Er hat gesagt, dass ich mich hier oben verstecken und ihn anrufen kann, wenn sie …«

Ihre kurzen Haare kitzelten in seiner Nase.

»Und was hat sie mit dir gemacht?«

Sie versteifte sich in seinem Arm.

»Alles! Alles Mögliche, das ich dir nie erzählen werde, weil ich Angst habe, dass du mich dann nicht mehr magst.«

Andreas sagte nichts, als er langsam mit Emma auf dem Arm die enge Holztreppe durch die fast vollkommene Dunkelheit hinaufstieg. Er setzte die Füße vorsichtig auf. Plötzlich öffnete sich der schmale Aufgang in einen riesigen, höhlenartigen Raum.

»Das ist ja der Wahnsinn«, murmelte er.

»Auf dem Tisch circa drei Meter vor dir steht eine Petroleumlampe«, sagte Emma. »Setz mich einfach hier auf dem Boden ab.«

Er setzte sie behutsam auf dem Holzboden ab, knipste das Feuerzeug an und hielt es hoch über seinen Kopf.

Wie Emma gesagt hatte, stand in wenigen Metern Entfernung ein großer quadratischer Tisch mit einer Petroleumlampe. Er zündete sie an. Der Glasbehälter war mit einer gelblichen Flüssigkeit gefüllt, deren beruhigendes Licht das unheimliche Dunkel in dem geheimen Raum erhellte.

Andreas ging wieder nach unten, holte Emmas Rollstuhl, trug ihn die Treppe hoch und hob sie wieder hinein.

Ihr Körper versteifte bei einem Geräusch, das nur sie hörte.

»Was ist los?«, fragte Andreas.

Sie beugte sich weit vor, er konnte ihren Nacken sehen.

»Ihr Handy. Sie kommt … und sie macht alles kaputt.«

»Dann bleiben wir einfach hier, wie du gesagt hast, bis sie wieder verschwindet«, sagte er.

Emma sah ihn mit der Hoffnung einer Verzweifelten an. Sie wischte sich die Tränen aus den Augenwinkeln und zog die Nase hoch.

»Geh runter und zieh den Schrank wieder vor. Vielleicht finden sie uns ja nicht.«

Auf der oberen Stufe zögerte er kurz und drehte sich um.

»Warum verstecken wir uns eigentlich? Wir haben doch nichts Schlimmes getan.«

Sie sah ihn nicht an.

»Doch, das haben wir, Andreas! Wir haben furchtbare Dinge getan! Hilf mir, verdammt noch mal!«

Der Nachdruck in ihrer Stimme setzte seine Füße in Bewegung. Er lief die Treppe hinunter, zog den Schrank wieder vor die Wand und ging zu ihr zurück.

Emma saß jetzt mit dem Rücken zu ihm neben dem Tisch, auf dem außer der Lampe auch ein glanzloser Champagnerkühler stand. Ein Spinnennetz bildete eine Brücke von einer leeren Flasche auf die Tischplatte. Sie starrte vor sich hin und bemerkte ihn nicht. Als er ihr eine Hand auf die Schulter legte, fuhr sie mit einem leisen Aufschrei zusammen.

»Da drüben gibt es noch eine Stehlampe«, murmelte sie und zeigte auf eine Ottomane mit einer mitternachtsblauen Tagesdecke. Andreas konnte sich die Szenen lebhaft vorstellen: schüchterne, aufgeregte Mädchen und beredte, Süßholz raspelnde Apotheker mit prickelndem Champagner. Akademische Götter in ihrem kleinen Universum. Was sie wohl gemacht hatten, wenn eins der Mädchen schwanger wurde? Sie gefeuert? Die Ärzte im Ort bestochen, gesetzeswidrige Abtreibungen vorzunehmen? Ihnen ein Kuvert mit einem kleinen Vermögen in die Hand gedrückt und sie auf die Höfe in der Umgebung zurückgeschickt?

Er schaltete die Stehlampe an – und weit unter ihnen begann sich eine Metallscheibe in einem Stromzähler schneller zu drehen.

»Warst du oft hier oben?«, fragte Andreas.

Sie sah ihn an.

»Nicht so oft. Hin und wieder. Ich hab mich auf dem Po die Treppe hochgearbeitet.«

»Und deine Mutter wusste nichts von diesem Raum?«

»Nein.«

Andreas sah sich um.

Der Ort bereitete ihm Unbehagen.

Unvermittelt schlug Emma mit den Händen gegen die Reifen des Rollstuhls.

»Ssst!«

»Was ist?«

»Sie ist unten bei Mama und telefoniert!«

»Vielleicht bleibt sie ja unten.«

Sie funkelte ihn wütend mit rot geränderten Augen an. Sie hatte ein Temperament wie Quecksilber, und Andreas kam sich wie so oft unendlich dumm, nutzlos und fehl am Platz vor.

»Kannst du dich nicht um sie kümmern?«

»Wie meinst du das?«

»Was glaubst du wohl, wie ich das meine, Andreas? Jetzt tu du doch ausnahmsweise auch mal was!«

Er sah sie aus zusammengekniffenen Augen an, lächelte unsicher.

»Soll ich sie etwa umbringen? Das ist doch nicht dein Ernst.«

Er streckte eine Hand aus, aber sie schlug sie beiseite. Ihr Gesicht war wieder verzerrt und unversöhnlich.

»Du hast doch niemandem was getan«, wandte er vorsichtig ein.

»Genau das ist das Problem, Andreas ... Ich habe etwas getan. Kapier das doch endlich, verdammt noch mal!«

»Und was?«

»Tausend Dinge.«

Emma stieß einen Seufzer aus und ballte ihre Hände zu Fäusten, als würde sie sich zu einer schweren, aber unabwendbaren Entscheidung durchringen. Sie sah ihm in die Augen, und Andreas wünschte, sie würde es nicht tun. Es war, als schaute er in ein offenes Grab.

»Was soll ich mit dir, wenn ich doch alles selbst machen muss?«, sagte sie.

»Wie meinst du das?«

»Was soll ich mit dir? Antworte mir.«

Alle Kraft verließ Andreas, als die Worte bei ihm ankamen. Mit einer riesigen Anstrengung richtete er sich auf. Er sah zum Dach hoch, um die Tränen zurückzuhalten, aber das half nicht.

»Bin ich das für dich? Einer, der dir hier raushilft?«

»Was sonst?«

Sie saß reglos in ihrem Rollstuhl: eine kleine, Hass verspritzende Sphinx.

»Du bist genau wie deine Mutter«, flüsterte er verletzt. »Genauso geisteskrank.«

»Du weißt einen Scheißdreck. Du bist so hirnamputiert.«

Ihre Fingerknöchel waren weiß wie die Reifen des Rollstuhls.

Eine ohnmächtige Wut erfasste Andreas, und er kämpfte nicht dagegen an.

»Du miese, kranke Bitch«, knurrte er.

Sie sah ihn nicht an.

»Hau ab, du verdammter Loser«, rief sie. Speicheltröpfchen spritzten von ihren blutleeren Lippen. »Du absolut untauglicher Weirdo.«

Genauso hatten ihn die Jungs in der Schule immer genannt. Weirdo.

»Ich bring dich um, Emma.«

Lächelnd sah sie zu ihm hoch.

»Klar ...«

Ihre Stimme und ihr Gesicht strömten kalte Verachtung aus. Die würde er ihr schon noch austreiben, und wenn es das Letzte war, was er tat. Seine Hand tastete automatisch nach der Schlangenlederscheide an seiner Lende, doch seine Finger griffen ins Leere. Sie hatte ihm das Butterflymesser nie zurückgegeben.

»Wo bist du?«, fragte Jakob.

»Wo bist du?«, gab Tanya die Frage zurück.

»In Andreas' Keller.«

»Hast du die Tür eingetreten?«

»Genau das.«

»Großer Junge.«

»Und jetzt sag, wo du steckst?«

Tanya öffnete eine Klappe neben der Treppe und starrte im Schein der Taschenlampe auf den Stromzähler. Die Messscheibe drehte sich langsam. Während Tanya sie sich genauer ansah, wurde sie plötzlich schneller. Vielleicht war irgendwo im Haus ein Kühlschrank angesprungen.

Der Duft von Black Opium wurde mit jedem Schritt durch die Eingangshalle intensiver. Tanya öffnete eine Tür, fand einen Lichtschalter, und gleich drei Zimmer erstrahlten im goldenen, heimeligen Licht von ein paar Wandleuchtern und einem imposanten Kristallleuchter über ihr.

»Ich bin im Apothekerhof. Tut mir leid.«

»Habe ich dich verdammt noch mal nicht gebeten ... Warum?«

»Ich habe Marie Lorenz in der Garage gefunden. Sie hing an einem Dachbalken ... mausetot. Ihr Reisekoffer steht mit einem an den Griff geknoteten Strohhut in der Eingangshalle. Laut ihrer besten Freundin, Joan, sollte sie jetzt eigentlich in Gesellschaft ihres aktuellen Lovers in Palma de Mallorca gelandet sein. Allerdings ohne Koffer, Pass, Flugticket und Parkplatzreservierung.«

Es entstand eine lange, rauschende Pause.

»Selbstmord?«

»Nein. Ihre Papiere lagen nicht in der Handtasche im Auto, und jemand hat ihr die Fingerringe und die Armbanduhr abgenommen. Außerdem hat man ihr die Handgelenke mit Klebeband gefesselt – bevor sie an den Balken gehängt wurde. Möglicherweise hat sie da noch gelebt.«

»Shit ... Wer? Andreas?«

Tanya setzte sich auf die vordere Kante eines Sessels und rieb sich fest mit der freien Hand über die Wange.

»Darum bin ich hier. Ich befürchte, dass Andreas und Emma verschwunden sind.«

»Dann schreiben wir sie zur Fahndung aus«, brummte er. »Aber jetzt verlässt du auf der Stelle das Haus und wartest auf mich!«

»Mach ich«, log sie. »Hast du Andreas' Vermieter getroffen? Erd- und Betonarbeiter oder so was in der Art. Rot verquollenes Gesicht. Schrille Frau. Aggressiv.«

»Ja, und du scheinst einen gewissen Eindruck bei ihm hinterlassen zu haben. Er hat dich ›die verrückte Alte‹ genannt.«

»Das kann ich mir vorstellen. Und wie sieht es aus chez Andreas Ambrosius?«

Das Reden über Nebensächlichkeiten half ihr, sich zu sammeln, und gab ihr Zeit, sich in Marie Lorenz' feminin eingerichteten Zimmern umzusehen.

»Überraschend zivilisiert, muss ich sagen. Hochwertiger Teppich auf dem Boden, ein abgenutztes Børge-Mogensen-Sofa. Ölgemälde an den Wänden. Ein Schreibtisch mit vier PCs. Zwei davon wassergekühlt. Aber vergiss es, Tanya! Ich weiß sehr wohl, dass du mich mit dem inhaltslosen Gelaber hinhalten willst.«

Sie lächelte.

»Das würde mir im Traum nicht einfallen, Boss, aber ich bleibe hier. Ich habe keine andere Wahl.«

»Du widersetzt dich also meiner direkten Order?«

»Ja. War es nicht genau das, was du in Ryvangen getan hast?«

Er schnaubte indigniert.

»Das war was ganz anderes!«

»Weil du ein Mann bist und ich nicht?«

»Quatsch! Weil ich im Krieg in den verfluchten Bora-Bora-Bergen gegen Taliban und Al Quaida gekämpft habe, fünf Jahre bei der Spezialeinheit und zwanzig Jahre beim Militär war.«

»Okay, aber jetzt bin ich schon zu weit vorgedrungen. Und Andreas hat keine Totenschädel als Aschenbecher? Keine Poster von Cannibal Corpse?«

Sie gab ihrer Stimme einen leichten Plauderton, als könnte sie so ihre mahlende Unruhe und das drückende Gewicht des enormen Hauses dämpfen.

»Was soll das sein?«, fragte er.

»Eine echt morbide Death-Metal-Band. Ich bin in letzter Zeit zu so etwas wie einer Expertin mutiert.«

»Nein, aber es gibt ein paar richtig schöne Johannes-Larsen-Reproduktionen von Zugvögeln aus dem Kerteminde Museum.«

»Sicher, dass du nicht versehentlich beim Kulturredakteur der Politiken gelandet bist?«, fragte Tanya.

»Ziemlich. Ansonsten gibt's hier nämlich auch noch ein paar Hanteln, Messer, leere Pizzakartons und Pornovideos.«

»Und einen Computer, sagtest du?«

Jakob seufzte.

»Ich sitze gerade davor, und er verlangt ständig irgendwelche Passwörter von mir.«

Tanya dachte scharf nach.

»Passwörter oder PIN-Nummern?«

»Passwörter.«

»Andreas1999?«

»Nein.«

»Mmm … Fuck …«

»Fuck? Nein, auch nicht.«

Tanya stöhnte.

Wenn sie doch nur selbst dort wäre. Sie hätte im Laufe weniger Minuten den Passwortknacker des PET heruntergeladen. Aber Jakob am Telefon zu instruieren würde zwei Wochen dauern, wenn nicht länger.

»Emma?«

»Warte. Es flackert, aber nein.«

»Emmaheart?«

»Nein.«

»EmmaOne?«

»Ja! Bingo! Ich bin drin! Wonach soll ich gucken?«

Marie Lorenz' Doppelbett war gigantisch. Ordentlich gemacht unter einem geschmackvollen, bestickten Bettüberwurf. Tanya ließ die Hand über den glatten Stoff gleiten.

Sie setzte sich vorsichtig auf die Bettkante und schaute auf das Messingrohr, das hinter dem Sockel mit der Büste einer jungen und anmutigen, nachdenklichen Frau aus dem Boden ragte.

»Shit, Jakob!«

»Wie bitte?«

»Ich hab dir doch ein Foto von ein paar seltsamen Rohren geschickt, die überall in diesem sehr, sehr merkwürdigen Haus sind. Ich bin gerade in Marie Lorenz' Schlafzimmer. In der Ecke ist auch wieder so ein massives, auf Hochglanz poliertes Messingrohr. Eben war ich in so einer Art Großküche im Keller, wo es ungefähr ein halbes Dutzend dieser Rohre gibt. Was zum Teufel ist das? Wozu sind die gut?«

»Augenblick ...«

Sie glaubte fast, die Zahnräder in Jakobs Oberstübchen zu hören.

»Also ...«

»Schalt verdammt noch mal einen Gang höher, Jakob!«

»Immer mit der Ruhe. Also ... wie ich gerade sagen wollte ... Ich war mal an Bord eines alten amerikanischen Zerstörers in Norfolk, Virginia. Die hatten haargenau das gleiche System. Das sind Sprachrohre, durch die man mit dem Maschinenraum des Schiffs, der Kajüte, dem Flakturm und so weiter kommunizieren kann, wenn die Elektrizität an Bord zusammenbricht.«

Tanya saß still auf dem Bett, den Blick auf das Messingrohr gerichtet.

»Dann weiß ich, wie sie es gemacht hat.«

»Wer was gemacht hat?«

»Wie Marie ihren Vater getötet hat. Ich habe einen langen Industrieschlauch in der Garage gesehen, der nach Abgasen roch. Du erinnerst dich, dass der Pathologe im Autopsiebericht vermerkt hat, dass Thomas Lorenz ausgesehen hat wie das Opfer einer Kohlenmonoxidvergiftung?«

»Ja.«

Tanya beugte sich vor und fuhr sich mit den Fingerspitzen über die Stirn.

»Sie hat den Auspuff des Autos mit dem Sprachrohr verbunden, das in das Schlafzimmer ihres Vaters führte. Die Tür war abgeschlossen. Aber das Rohr war nicht blockiert. Ein Kohlefilter hat den Geruch rausgefiltert und …«

»Da könntest du tatsächlich recht haben. Was für eine clevere Idee.«

Tanya nickte vor sich hin.

»Ich habe im Auto einen Lippenstift gefunden. Dunkelrot, fast auberginefarben. Ich bin ganz sicher, dass das der Stift ist, mit dem die afrikanische Maske manipuliert wurde.«

»Aber wo steckt Emma?«

Tanya schaute zu dem gestickten Betthimmel über sich: potente Zentauren auf der Jagd nach Nymphen.

»Das versuche ich gerade herauszufinden.«

»Sei vorsichtig. Es gibt dich nur einmal.«

Tanya lächelte.

»Ist das gut oder schlecht? Sag schon ...«

»Gut, finde ich. Und jetzt sag, wonach ich auf dem verflixten Computer suchen soll?«

»Was für ein Computer ist das? Welche Marke?«

»Dell.«

»Gut: In der unteren linken Ecke ist ein Suchfeld. Gib Dell Recovery ein.«

Sie hörte ihn langsam tippen. Enervierend langsam.

»Da ist nichts«, klagte er.

Tanya schnaubte.

»Natürlich ist da was! Warte, Maries Krankenschwester-Freundin hat gesagt, Andreas hätte dem Mädchen eine digitale Kamera untergemogelt. Ist da irgendwo ein Icon, das wie eine Kamera aussieht?«

»Mmm ... Moment. Ja, da ist tatsächlich was.«

»Öffne es mit einem Doppelklick«, bat sie ihn und stand auf.

»Da sind eine Million MP3-Files.«

Tanya war zurück in der Eingangshalle und schaute die breite, geschwungene Treppe in den ersten Stock hoch. Die Fresken an der Hallendecke sahen gruselig lebendig aus. Überall waren weiße Tierschädel auf dunkle Platten montiert. Hunderte.

»Warum reicht nicht einer von jeder Art?«

»Was meinst du?«, fragte Jakob.

»Nichts. Überprüf mit einem Rechtsklick bei den ersten Dateien, ob er sie vor Kurzem geöffnet hat.«

»Rechtsklick?«

Tanya blieb auf der zweiten Stufe stehen und schloss die Augen. Das war schlimmer, als sie es für möglich gehalten hatte. Der Mann war der absolute IT-Idiot.

»Du weißt schon, was eine Computermaus ist, oder?«, fragte sie mit schwer erkämpfter Ruhe.

»Natürlich, ich bin ja nicht ... Da sind Aufnahmen von einer fest installierten Kamera drauf. Sehr scharfe Bilder. Ein dunkles Zimmer. Könnte ein Krankenzimmer sein. Man sieht das Fußende eines Betts und ein Paar Füße unter der Bettdecke.«

»Wunderbar. Wann wurde sie das letzte Mal geöffnet?«

»Mmm ... vor zwei Tagen.«

»Lass den Film laufen«, bat sie ihn.

Tanya ging weiter die Treppe hoch mit ein paar Abstechern in hohe Räume mit alten Maschinen, edlen Eichenholzregalen mit Spinnenweben, Tonkrügen mit lateinischen Beschriftungen in einer akkuraten Handschrift, weiteren Fresken von allen möglichen Leiden und ihren Therapien. Alles zugedeckt von einer fingerdicken Staubschicht. In einem der Räume lagen diverse Werkzeuge, Planen, Gerüstelemente und Tauwerk.

Wie konnte jemand hier leben? Das Haus war gigantisch, unheimlich und abweisend. Die ganzen Geweihe machten ihr eine Gänsehaut. Sie näherte sich Emmas Zimmer: steriler Krankenhausgeruch, ein zerwühltes Bett. Sie machte Licht. Das war ganz offensichtlich das Zimmer, das Jakob gerade auf dem Computer des Jungen vor sich hatte.

»Was siehst du?«, fragte sie mit gedämpfter Stimme.

»Marie Lorenz. Sie ist gerade ins Zimmer ihrer Tochter gekommen und hantiert mit irgendwelchen Pillen herum. So sieht es jedenfalls aus. Die Uhr zeigt halb zwei nachts. Sie steht vor der Fensterbank. Jetzt hängt sie etwas an einen Infusionsständer. Sie hat der Kamera den Rücken zugewandt.«

»Weiter!«

»Es gibt noch ungefähr ein weiteres Dutzend ungeöffnete Dateien. Wie es aussieht, hat er es nicht geschafft, sich alle anzugucken, oder es war ihm egal. Ja, ich habe einen Rechtsklick gemacht. Und jetzt sieh zu, dass du aus dem Haus rauskommst, Tanya!«

»Ja, mach ich.«

Sie legte die Handfläche auf das Laken und zog die Hand weg. Der Stoff war noch warm.

Ein greller Schrei durchschnitt die Stille. Tanya ließ vor Schreck das Handy fallen.

Sie tastete nach dem Handy und lauschte mit jeder Faser ihres Körpers. Endlich fand sie es und presste es ans Ohr.

»Da hat jemand geschrien, Jakob«, flüsterte sie atemlos.

»RAUS!«

»Ich kann doch nicht ...«

Wieder ertönte der schrille, verzweifelte Schrei. Tanya stand wie angewurzelt und unentschlossen da. Sie zog ihre Dienstpistole, zog den Schlitten zurück, ließ eine Patrone in die Kammer gleiten und entsicherte die Waffe. Ihre Hände zitterten.

...

»Hilfe ... Hilft mir denn niemand ...!«

Tanya drehte sich wie ein kopfloses Huhn um die eigene Achse. Sie lief ins Bad. Drückte auf alle Schalter, die sie finden konnte, bevor sie mitten im Schlafzimmer ruhig stehen blieb. Die Schreie schienen aus dem Kleiderschrank zu kommen. Sie riss die Türen fast aus den Angeln und wühlte verzweifelt in den Fächern zwischen den Kleidern herum. Aber da war nur die raue, unbehandelte Rückwand.

»Emma? Wo bist du?«

»Ahhh ... den Schrank wegziehen ...!«

Tanya stemmte links vom Schrank den Fuß gegen die Wand und zog. Er bewegte sich. Zuerst träge, dann leichter, und schließlich schwang er auf. Hinter dem Schrank war eine dunkle Öffnung in der Mauer und dahinter eine schmale Treppe.

Tanya rannte die Treppe hoch und fand das Mädchen der Länge nach ausgestreckt und blutend neben ihrem umgekippten Rollstuhl liegen. Hinter ihr öffnete sich ein lang gestreckter, von flackernden Kerzen, einer Petroleumlampe und einer elektrischen Stehlampe erleuchteter Raum.

Emma schaute matt und verzweifelt zu ihr hoch.

Tanya legte eine Hand an die Stirn des Mädchens, die so kalt wie Marmor war. Ihr Atem war lediglich ein schwacher Luftstrom. Sie konnte keine offensichtlichen Verletzungen entdecken, aber Emma Lorenz' T-Shirt war auf der Vorderseite blutverschmiert.

»Wer ist da drinnen, Emma?«

Die Pupillen des Mädchens waren klein wie Stecknadelköpfe.

Sie krallte sich an Tanyas Unterarm.

»Andreas ... er wollte mich umbringen. Muss ich sterben? Ich muss nicht sterben, oder?«

Tanya befreite sich behutsam aus ihrem Griff und richtete sich mit einem besorgten Lächeln auf.

»Du musst nicht sterben. Ich rufe sofort einen Krankenwagen, sobald ich ihn gefunden habe. Mein Partner ist unterwegs.«

»Nordsted?«

Tanya schaute über die Schulter zu Emma.

»Ja? Woher weißt du ...«

»Ich glaube, er hat auch meine Mutter umgebracht. Er hat sie in der Garage aufgehängt. Haben Sie sie gefunden?«

»Ja.«

»Ist sie tot?«

»Ja.«

Tanya ging weiter auf den Dachboden.

Jakob war aufgestanden und hatte sich von Andreas Ambrosius' Schreibtisch und dem hochgefahrenen Computer abgewandt, als ihm sein Handy einfiel, das auf dem Tisch lag. Er drehte sich um, nahm es und warf einen letzten Blick auf den Computerbildschirm, wo eins der Videos des Jungen lief. Dann stockte er, beugte sich ungläubig vor und drehte den Monitor in seine Richtung. In dem dunklen Zimmer bewegte sich plötzlich die weiße Bettdecke im gespenstischen Licht der Infrarotkamera. Ein zierliches, weibliches Wesen glitt aus dem Bett und blieb einen Augenblick davor stehen. Sie streckte sich, beugte sich vor und umfasste mit einem zufriedenen Seufzer ihre Zehenspitzen, ehe sie leichtfüßig ins Bad lief. Das Licht ging an.

Emma Lorenz. Sie wirkte so normal, gesund und sportlich wie eine Bodenturnerin. Während Tanya, die gerade im Haus nach ihr suchte, davon ausging, dass sie behindert und ungefährlich war.

Er schloss die Augen, geriet ins Schwanken.

Dann schnappte er sich den Papierkorb und übergab sich. Ihm brach der kalte Schweiß aus. Jakob warf den Papierkorb weg und stürmte auf die Kellertür zu, während sein Gehirn auf Hochtouren arbeitete.

Er lief durch den Vorgarten, sprang mit einem Satz über das

Gartentor und sah sich panisch um, suchte nach dem Autoschlüssel, der in den Rinnstein fiel, und ließ ihn dort liegen. Durch die Gärten der Anwohner und über die kürzeren Fußwege war er genauso schnell bei dem zwei Kilometer entfernten Apothekerhof, wenn er lief.

Tanya atmete gleichmäßig, wie der Ausbilder es ihr beigebracht hatte. Scheiß auf die Kimme, hatte er gesagt. Konzentrier dich einzig und allein auf das Korn. Wenn du die Kimme brauchst, ist das Ziel zu weit weg. Ziel mit dem Korn auf das Schwein und feuere eine Serie von zwei oder drei Schüssen ab. Dann triffst du garantiert – irgendwas, hatte er mit einem verschmitzten Grinsen nachgeschoben.

Das Korn ihrer 9-mm-Pistole war mit einem kleinen, fluoreszierenden Farbfleck für den Gebrauch in Situationen mit schlechten Lichtverhältnissen ausgerüstet. Der lang gestreckte Raum endete in einem der sechseckigen Turmzimmer – an der Grenze zwischen Licht und absoluter Dunkelheit. Die wenigen Dachluken waren von vielen Generationen von Spinnenweben verdunkelt.

Sie lief über weiche Teppiche und sah sich staunend um. Sie fühlte sich wie in der eskapistischen Parodie eines Oxford-College-Zimmers aus den 1920ern: Perserteppiche, eine grüne Chaiselongue, lange Pfeifen auf einem runden Pfeifenständer, stapelweise alte, ledereingebundene Bücher, ein Champagnerkühler. Fehlte nur noch Oscar Wilde in einem knöchellangen Seidenhausmantel, mit einem ägyptischen Fes auf den wilden, irischen Locken, eine Opiumzigarette schmauchend.

»Andreas!«, rief sie laut. »Hier ist die Polizei. Ich bin bewaffnet. Komm raus, damit ich dich sehen kann. Jetzt!«

Sie umrundete einen hohen Seidenparavent mit einer erotischen japanischen Seidenmalerei: Adlige mit langen, ausdruckslosen Gesichtern, die überdimensionierten Hengstschwänze halb in den üppigen Unterleiben von Konkubinen und Geishas und zwischen ihren unproportional dünnen Beinen begraben.

Dann blieb sie mit einem leisen Aufschrei stehen. Die Szene, die sich ihr bot, war unendlich weit von allem entfernt, was sie erwartet hatte. Der neunzehnjährige, magere Junge lag mit einer langen klaffenden Wunde am Hinterkopf, aus der das Blut lief, reg- und schutzlos auf dem Boden.

Tanya legte die Pistole ab, kniete sich neben die leblose Gestalt und legte behutsam eine Hand auf seinen Rücken. Sie seufzte erleichtert. Er atmete noch.

Dann fiel es ihr wie Schuppen von den Augen: Nicht Emma war das Opfer, sondern Andreas. Und das bedeutete ...

Tanyas Nackenhaare stellten sich auf. Der Duft von CK One war jetzt ganz nah und deutlich. Hinter ihr knarrte ein Bodenbrett. Blitzschnell beugte sie sich vor, griff nach ihrer Pistole, ging in den Kniestand, drehte sich geschmeidig um und feuerte einen Schuss auf den flüchtigen Schatten hinter ihr ab. Dann richtete sie sich ruckartig auf und hob den Kopf – was ihr vielleicht einen dauerhafte Hirnschaden ersparte, weil der schwere Messingkerzenhalter sie im Nacken hinter dem rechten Ohr traf statt an der Schläfe.

»Jakob ...«

Tanya hörte den Namen. Aber er klang so fern. Und sie erkannte ihre eigene Stimme nicht wieder. Gleich darauf wurde alles dunkel.

Als Tanya wieder zu Bewusstsein kam, stellte sie entsetzt fest, dass sie mit nacktem Oberkörper an einen soliden Holzstuhl gefesselt war, der vor einem schweren Esstisch stand.

An ihrem Rücken lief warmes Blut hinunter. Sie übergab sich und starrte verwirrt auf den Mageninhalt in ihrem Schoß.

Emma tanzte selbstvergessen vor dem japanischen Seidenparavent, was unheimlicher war als alles, was Tanya je gesehen hatte. Ihr T-Shirt war über der linken Schulter zerfetzt, die nur noch aus roten und weißen Fasern und Knochensplittern bestand.

Emma schien die klaffende Wunde nicht wahrzunehmen und tanzte, als wäre sie vollkommen intakt.

Tanya stemmte die Füße gegen den Boden, aber der Stuhl bewegte sich keinen Millimeter.

Das Mädchen tanzte näher an sie heran. Sie lächelte Tanya an und griff fest um ihre linke Brust, drückte forschend die Brustwarze zwischen Daumen und Zeigefinger.

»Deine Brüste sind wunderschön«, murmelte sie. »Ich bin ganz neidisch und kann gut verstehen, warum er das getan hat.«

»Warum wer was getan hat?«

»Der Kriminalkommissar dich gefickt.«

Tanya blickte in ein Paar unnatürlich verschleierter, irrer Augen. Sie schluckte und öffnete den Mund, versuchte, den Schmerz zu ignorieren. Es war ungeheuer wichtig, das Gespräch zwischen Geisel und Geiselnehmer am Laufen zu halten, hatte sie an der Polizeischule gelernt: Stellt ein persönliches Band zwischen euch her. Etwas, dass euch verbindet. Nichts, was euch trennt. Das war superwichtig.

Tanya knirschte verzweifelt mit den Zähnen und versuchte, ein freundliches Lächeln und ein paar harmlose Worte zu finden. Scheißtipp! Ich hab verdammt noch mal nichts mit einer wahnsinnigen Siebzehnjährigen gemein, einem komplett zerstörten Opfer jahrelanger und systematischer Verstümmelung, physischer und psychischer Folter durch eine noch wahnsinnigere Mutter. Ich bin die tüchtige Tochter des Nachbarn aus Hundige, die zum Schwimmen gegangen ist und den Labrador der Familie Gassi geführt hat. Wo bitte ist da eine Schnittmenge, ihr Idioten?

Sie versuchte, ihre Hände von der Klebebandfessel zu befreien, die sich straff und glatt um ihre Finger und Handgelenke wand.

Emma beobachtete ihre Anstrengungen mit interessierter Fürsorge.

»Ich glaube nicht, dass dir das gelingen wird, Süße«, sagte sie kopfschüttelnd. »Und ich rate dir, es besser nicht zu versuchen.«

Tanya antwortete nicht und machte weiter.

Emma drehte sich zu ihr um, jetzt mit einem Vorschlaghammer in der Hand.

»Du hörst auf, wenn ich es sage, verstanden?«

»Neeeiiin ...«

Das Mädchen zerschmetterte Tanyas linken Zeigefinger mit einem harten, gezielten Schlag des schweren Hammers. Der unbeschreibliche Schmerz drückte Tanya gegen das unnachgiebige Klebeband, das ihren Oberkörper an der Rückenlehne festhielt. Sie erbrach Galle.

Der Schmerz schoss durch den Arm und tief in ihr Gehirn, wo er wie eine Chrysanthemen-Bombe explodierte. Der Finger lag unnatürlich und abgewinkelt auf der Armlehne, als hätte er nie zu ihr gehört.

Sie schrie und schrie.

Emma schlug ihr hart ins Gesicht.

»Jammerlappen! Halt deine verdammte Fresse!«

Tanya beobachtete das dünne, kindliche Mädchen durch den Tränenschleier.

»Sieh her!«

Die nächste Ohrfeige schleuderte Tanyas Kopf erbarmungslos nach rechts.

Sie erhaschte einen kurzen Blick auf Andreas, der wahrscheinlich nicht mehr lebte.

Das Mädchen zog das blutige T-Shirt hoch.

»Sieh her! Wenn du mich nicht ansiehst, ist der nächste Finger dran. Sieh her!«

»Ich sehe«, murmelte Tanya benommen.

Wo zum Teufel blieb Jakob?

Emmas Finger folgte den alten, weißen Operationsnarben wie vertrauten Pfaden im Garten ihrer Kindheit.

»Am Ende haben sie immer getan, was Mama wollte. Der untere Teil des Dickdarms. Ohne Befund. Der Blinddarm? Nichts. Nirgendwo haben sie was gefunden, aber trotzdem munter an mir rumgeschnippelt. Ein Knoten an der Nebenniere ... NEIN! Der vermeintliche Knoten war die Nebenniere und der Radiologe halb blind.«

»Ich verstehe dich gut, Emma. Das war echt scheiße. Ich bin ganz deiner Meinung. Du hast mein volles Mitgefühl.«

Das Mädchen drehte ihr das Gesicht zu, ließ das T-Shirt los und strich das Haar von einer langen, weißen Narbe in der Kopfhaut zurück.

»An meinem Gehirn haben sie auch rumgemurkst und irgendwelches Gewebe entnommen.«

Sie ließ die Haare los, richtete sich auf und betrachtete Tanya.

»Aber wenigstens kannst du gehen«, sagte Tanya. »Das ist doch ein echtes Wunder.«

»Was hast du gesagt?«

»Dass du gehen kannst?«

Tanya schüttelte den Kopf, was sie besser nicht getan hätte. Ein gleißender Kometenregen schoss durch ihr Hirn.

»Ich hab nur gesagt, dass du gehen kannst«, murmelte sie.

Tanzschritte.

»Ich konnte immer gehen.«

»Wusste deine Mutter das?«

Emma sah sie erschrocken an.

»Nein! Nein, nein, nein … Dann hätte sie mir das auch noch genommen. Meine Beine zerstört. Sie hat sie mir ständig gebrochen, als ich klein war. Meine Arme auch. Damit man im Krankenhaus Mitleid mit ihr hatte. Ich kann mich nicht an den Schmerz erinnern, aber an das Geräusch.«

Tanya suchte den Augenkontakt

»Ich weiß, wovon du sprichst.«

»Ach ja, tust du das? Das hat sogar einen Namen, weißt du das auch?«

»Ja. Münchhausen by Proxy Syndrom. Man fügt seinem Kind systematisch Verletzungen zu, um Aufmerksamkeit zu bekommen.«

Emma sah sie seltsam verloren an. Dann lächelte sie breit.

»Das ist so verdammt unterirdisch, findest du nicht?«

»Absolut. Warum hast du Anne Holst ermordet?«

Emma näherte sich mit leerem Blick und dem Hammer in der Hand.

Tanya schloss die Augen und spannte alle Muskeln an.

»Niin Chinisin mit dim Kintribiss ...«

Der Schlag zertrümmerte Tanyas Mittelfinger und trennte ihn fast ab.

»JAKOB!!«

Emma schlug ihr hart und rhythmisch mit der flachen Hand ins Gesicht, bis sie die Augen wieder öffnete.

»Wach auf, Bitch. Oder der nächste Finger muss dran glauben. Du entscheidest. Ucht Chunusun ...«

Der Schlag und unbeschreibliche Folterqualen.

Emma setzte sich auf eine kunstvoll geschnitzte Kampferholzkiste. Ihre Hände baumelten zwischen den Knien, als sie Tanya mit leerem Blick ansah. Der Hammer lag auf dem Boden mit Spuren von Tanyas Haut am Kopf.

Andreas gab ein Stöhnen von sich.

Tanya drehte den Kopf, so weit sie konnte, und ignorierte den grauenvollen Schmerz im Nacken.

Der Junge versuchte, sich mit den Händen vom Boden hochzustemmen. Das Blut pulsierte immer noch aus der klaffenden Wunde am Hinterkopf.

Emma beobachtete unberührt seine Anstrengungen. Dann griff sie seufzend nach dem Kerzenhalter auf dem Tisch.

»Entschuldige, aber das ist ja wohl unglaublich ...«

»Lass ihn in Ruhe!«

Emma verharrte mitten im Schritt und sah sie an. Der Kerzenständer hing in ihrer Hand.

»Warum?«, fragte sie verwundert.

»Er hat dir nichts getan!«, schrie Tanya.

Das Mädchen lächelte.

»O doch, das hat er! Er war völlig untauglich. Mama hat immer gesagt, man soll keine Zeit auf nutzlose Menschen vergeuden.«

Sie ging federnd und selbstbewusst die wenigen Schritte zu Andreas, hob resolut den Arm und ließ den Kerzenständer schwer auf seine sandfarbenen Haare fallen. Ein Geräusch, als würde ein Baseballschläger gegen einen Hartgummiball schlagen.

Andreas lag wieder leblos ausgestreckt auf dem Teppich. An seinem Schädel öffnete sich ein zweiter, blutroter Mund.

Tanya schluchzte hilflos und empathisch.

Das Mädchen sprach monoton und tonlos weiter wie ein zutiefst gelangweilter Dozent.

»Das ist doch ganz offensichtlich. Es sei denn, man ist eine grenzenlos begriffsstutzige Polizistin. Anne konnte nicht verstehen, wieso ich nicht laufen kann, obwohl meine Reflexe und mein Tastsinn völlig in Ordnung und natürlich ausgeprägt sind und kein Muskelschwund vorliegt. Darüber hat sie, verständlicherweise, lange mit Mama diskutiert und gestritten. Und mein Mütterlein wollte natürlich nicht, dass das ans Licht kam, nicht wahr? Facebook wäre damit verloren gewesen. Und ich war ihre wichtigste Einkommensquelle, weißt du. All die Spenden für die arme, lahme Emma. Anne hat Mama die Facebook-Freundschaft gekündigt. Hat ihr gedroht, alles auffliegen zu lassen. Das konnten wir doch nicht hinnehmen, oder?«

»Und der Arzt?«

»Genau das Gleiche, zum Teufel. Mehr oder weniger. Er hat

Informationen von allen Kliniken zusammengetragen, in denen ich in Behandlung war, aber er hat nichts für mich getan! Die hätten doch erkennen müssen, wer da vor ihnen sitzt! Sie hätten mir helfen und mich vor ihr retten müssen! Warum haben sie das nicht gesehen?! Genau wie ihr. Warum seid ihr so blind? Alle Hinweise haben auf Mama gezeigt, oder?! Die Maske. Das Rezept. Das Medaillon. Mit dem Ziel, sie aus dem Weg zu räumen, damit Andreas und ich endlich hier rauskommen ... ohne sie töten zu müssen.«

Emma musterte nachdenklich den blutverschmierten Hammer auf dem Tisch.

»Ich bin nicht böse«, murmelte sie betrübt. »Das bin ich wirklich nicht. Ich wollte immer nur, dass Mama glücklich ist, aber auch, dass sie irgendwo ist, wo sie niemandem schaden kann. Wie in der Fabel mit dem Skorpion und dem Frosch. Und ich hab mir gewünscht, dass das endlich aufhört, damit ich mit Andreas zusammen sein kann, den ich wirklich geliebt habe. Aber ihr wart so debil. So grenzenlos dumm.«

»Aber wir haben doch die Maske gefunden. Und das Rezept«, widersprach Tanya. Warmes Blut lief über ihr Kinn. Sie hatte ihre Unterlippe aufgebissen.

Ein verächtlicher Ausdruck huschte über Emmas makelloses Porzellangesicht. Sie seufzte und machte eine ausladende Bewegung mit ihren blutigen Händen.

»Ja ... von da an habe ich begonnen, dich und Nordsted zu hassen. Ihr seid einfach zu langsam.« Sie zählte an den Fingern ab. »Maske aus Benin, Rezeptblock, for fucks sake! Didymus Thomas. Die Zahl 77, eine halbe Million Mal wiederholt! Du weißt doch wohl, dass Mama meinen Großvater umgebracht hat, oder?«

»Ja. Und ich weiß auch, wie. Sie hat ihn vergast.«
Emma klatschte ironisch in die Hände.
»Fantastisch, Sherlock. Aber ein bisschen spät, nicht wahr? Hast du sie in der Garage gefunden?«
»Natürlich. Mit Klebebandresten an den Handgelenken.«
»Sie wollte mich immer nur ganz für sich allein.« Emma nickte. »Aber nun habe ich sie. Und ich werde sie hier hochholen. Dann könnt ihr es euch zusammen gemütlich machen, während ich mich verabschiede.«

Tanyas Blick streifte ihre linke, zertrümmerte Hand, sie schaute schnell weg. Noch standen die verletzten Nerven offenbar zu sehr unter Schock, um Signale zu senden. Aber die Frist war begrenzt.

»Verabschieden? Wohin?«

Das Mädchen kam näher. Tanya starrte panisch auf den Hammer in ihrer Hand.

»Bitte nicht«, flehte sie erschöpft.

Emma sah sie an.

»Okay.«

Sie legte den Hammer weg.

»Wo willst du hin?«

Emma schnaubte verächtlich.

»Weg. Mit Mamas Auto. Andreas hat hundertfünfzigtausend Kronen gespart. Und ich habe Mamas Schmuck und ihre Uhr. Davon kann ich eine Weile leben. Ich werde mir irgendwo einen Pass kaufen. Mongolei? Falklandinseln? Das wirst du nie erfahren.«

»Sie werden dich finden«, murmelte Tanya.

Emma zuckte siegessicher mit den Schultern.

»Das glaube ich nicht.«

Sie tippte mit dem Zeigefinger gegen ihre Schläfe.

»Ich bin nämlich ziemlich clever, weißt du.«

Tanya versuchte zu lächeln.

»Das bist du ganz bestimmt. Und wie geht es jetzt weiter?«

Das Mädchen riss das Laken weg, das den Standspiegel in der Ecke abdeckte. Sie stellte sich davor und drehte selbstverliebte Pirouetten. Dann blieb sie abrupt stehen. Tanya konnte ihr fast komisch verzerrtes Gesicht im Spiegel sehen. Sie zog den blutigen Ärmel des Shirts von der Schulter und untersuchte die Wunde darunter.

Dann drehte sie sich um und ging zu dem Tisch mit dem Hammer, dem Kerzenständer und der Dienstpistole.

Tanya schloss die Augen und betete ein stilles Vaterunser.

»Du hast auf mich geschossen, du Miststück«, drang Emmas verwunderte Stimme an ihr Ohr.

Jakobs Beine brannten wie Feuer. Irgendwo unterwegs hatte er die Jacke weggeworfen. Die Krawatte. Das Hemd. Er hätte nicht gedacht, dass er so schnell laufen konnte. Da, endlich, endlich, tauchte das schwarze Dach des Apothekerhofs vor ihm auf.

Jakob riss das Gartentor auf und lief auf die Haustür zu.

Die massive Eingangstür war uneinnehmbar. Er beugte sich vornüber und schnappte nach Luft. Wischte sich den Speichel aus dem Gesicht. Der salzige Schweiß aus den Haaren brannte in seinen Augen. Er zog das T-Shirt hoch und wischte sich damit durchs Gesicht. Dann trat er ein paar Schritte von der Tür zurück, zielte und trat, so fest er konnte, gegen das Holz unter dem Schloss.

Emma spitzte die Ohren, während Tanya immer mehr der Mut verließ.

»Der Ritter auf dem weißen Pferd«, murmelte das Mädchen. »Ich hab euch in der Nacht gesehen.«

Sie kicherte hysterisch, schrill und angsteinflößend.

Jakob brüllte von unten Tanyas Namen.

»Wovon sprichst du?«

Tanya lauschte wie besessen in das große, verfluchte Haus. Sie musste jetzt weiterreden, immer weiterreden.

»Ich stand höchstens drei Meter entfernt neben seinem Auto, in dem ihr es getrieben habt, Tanya ... Das war nicht übel ... Wow!«

Tanya wurde rot.

»Mama hat gesagt, dass ich das nie mit Andreas machen könnte, aber das konnte ich! Ich kann alles!«

»Natürlich.«

Das Mädchen lauschte ebenfalls und entschied, dass sie noch genügend Zeit hatte, bis Jakob sich in dem Labyrinth des Hauses zurechtfand.

Sie schwang das gestreckte linke Bein bis ans Ohr wie eine Balletttänzerin, legte die Hand um den Knöchel und sah Tanya an.

»Siehst du?«

»Du bist fantastisch, Emma.«

»Ich habe jede Nacht zu YouTube-Videos trainiert. Eine Million Liegestütze, Squats und Sit-ups. Ich bin total durchtrainiert.«

Tanya lächelte beeindruckt.

Wo zum Teufel blieb er?

Die Rufe kamen immer näher. Er war nicht mehr weit weg.

Emma lächelte aufgeregt und neigte den Kopf horchend zur Seite.

»Jetzt ist er in meinem Zimmer. Und in fünf Sekunden entdeckt er den Schrank.«

Sie nahm Tanyas Pistole vom Tisch, zog routiniert die Ladeschiene nach hinten und fing die messingglänzende Patrone in der Handfläche auf. Ihrer Koordination fehlte es an nichts, dachte Tanya träge.

»Und klug«, sagte sie.

»Komplimente? Gute Idee, Tanya. Mich dazu zu bringen, Zeit und Raum zu vergessen, nicht wahr? Gleich sind wir alle hier vereint: Tanya, Jakob, Andreas und die kleine Emma. Und Marie unten in der Garage.«

Unten war es jetzt ganz still.

»Der Idiot kriegt es nicht raus«, sagte Emma. »Ich glaube, er kommt nicht weiter. Warum überrascht mich das nicht? Bring ihn dazu, hier hochzukommen. Ruf ihn, Tanya.«

Tanya starrte auf das rote Butterflymesser in Emmas Hand. Sie hatte keine Ahnung, wo das plötzlich herkam. In der anderen Hand hielt sie die Pistole.

Sie schüttelte den Kopf.

»Niemals«, sagte sie fest.

»Nein?«

Emma packte Tanyas rechte Hand, drückte sie mit dem Gewicht ihres Körpers auf die Armlehne und trieb das Messer durch ihren Handrücken tief in das Holz der Armlehne hinein.

Tanya schrie und schrie.

Am unteren Ende der schmalen Treppe krachte es dumpf. Tanya riss die Augen auf, sie musste jetzt wach bleiben. Für

Jakob. Sie durfte sich nicht in die Bewusstlosigkeit fallen lassen. Das war das Einzige, was zählte.

Emma riss das Klebeband von ihrem Handgelenk, ließ das Messer aber stecken. Im nächsten Moment wickelte sie das Tape um Tanyas untere Gesichtshälfte und verknotete es stramm im Nacken, beugte sich vor und flüsterte ihr mit ihrem kindlich frischen Atem ins Ohr:

»Ich werde mich um dich kümmern, Tanya. Ich werde deinen Körper mit edler Seife waschen, versprochen, und dein Haar. Du wirst genauso schön werden wie Mama.«

Sie kicherte.

Dann zog sie sich lächelnd in die pechschwarzen Schatten zurück.

Tanya hatte es gewusst: Jakob Nordsted konnte sich vollkommen geräuschlos fortbewegen. Er löste sich aus der Dunkelheit und sah sie unverwandt an. Er machte einen Schritt in den Raum hinein, dann noch einen, und Tanya wusste verzweifelt, dass das todbringende, wahnsinnige Mädchen direkt hinter ihm war.

Sie schaute auf das Messer. Auf die Hand.

Ein tiefer Seufzer entrang sich Andreas' Kehle.

Er lebte ...

Sie stellte sich vor, aus ihrem eigenen Körper herauszutreten. Sie biss die Zähne aufeinander, kniff die Augen zu und zog die Hand zu sich hin. Das Messerblatt durchtrennte Muskeln, Bänder und Sehnen in ihrer Hand, die fast in zwei Hälften auseinanderklaffte. Dann bewegte sie die Hand zu ihrem rechten Strumpf und dem Gerber-Messer hin. Mit letzter Kraft führte sie das Messer hoch an ihr Kinn und schnitt das Tape vor ihrem Mund durch.

»Hinter dir, Jakob. Hinter dir ...!«

Er streckte die Hand in das Dunkel hinter sich. Die Pistole war eine Verlängerung seines Arms. Staub von den Dachziegeln puderte Tanyas nach oben gerichtetes Gesicht, das Mündungsfeuer erleuchtete Andreas Ambrosius' blutleere Züge. Er hatte sich wieder in den Kniestand hochgestemmt. Seine Augenlider zuckten im Takt der Pistolenschüsse.

Emma sah sie nicht mehr.

Im nächsten Augenblick spürte sie seine Hände und begann zu schreien.

EPILOG

Aus ihrem Einzelzimmer hatte Tanya einen großartigen Blick auf den Fælledpark.

Sie hatten ihren Schädel aufbohren und einen Bluterguss absaugen müssen, der drohte, auf ihren Hirnstamm zu drücken und damit zum sicheren Tod zu führen. Offenbar hatte irgendwo in ihrem unnachgiebigen Schädel eine Arterie vor sich hin geblutet. Sie hatte nur noch lückenhafte, erschreckende Erinnerungsfetzen an die letzten Tage, und sie brachte nach wie vor manche Gegenstände noch nicht mit ihrem Namen zusammen. Zum Beispiel die runden Dinger in der Schale auf ihrem Nachttisch ... Apfelsinen, genau ... so hießen sie. Der Neurologe hatte sie beruhigt, dass sie die Sprache sicher komplett zurückerlangen würde, und er hatte sie aufmunternd angelächelt, aber Tanya hatte ihm das Lächeln nicht abgenommen.

Sie hatten ihr einen Spiegel gegeben, in dem sie ausgiebig ihren rasierten Schädel und die lange, hufeisenförmige Operationsnarbe an der linken Kopfseite bewundern konnte. Die Naht war kunstvoll und gleichmäßig mit Metallclips geklammert worden, als wäre sie in einer Roboterfabrik geboren.

Ihre Hände waren zu Pranken angeschwollen und steckten in Schienen, die wie ausgeklügelte Mausefallen aussahen.

Ihre Eltern hatten sie schon mehrfach besucht. Unter Tränen. Ihre Brüder und Schwägerinnen: bedrückte Sorge hinter einer Fassade aus Banalitäten.

Das Personal hatte erzählt, dass Jakob Nordsted rund um die Uhr bei ihr gewesen war, seit man sie ins Traumazentrum eingeliefert hatte. Und dass er unausstehlich gewesen war. Er hatte allen Schreckliches angedroht, wenn sie sie nicht durchbringen würden. Es waren mehrere Klagen wegen groben, einschüchternden Auftretens des Kriminalkommissars im Polizeipräsidium eingegangen.

Tanya saß in ihrem Bett, als die Tür aufging und Jakob eintrat. Wie üblich in seiner schwarzen Skipperjacke.

Er riss das Papier von einem schönen Strauß gelber Rosen, die er in einer Vase auf ihren Nachttisch stellte. Der Duft der Rosen kitzelte in ihrer Nase. Sie musste mehrmals nacheinander niesen.

»Kannst du deine Nase denn gar nicht beherrschen? Soll ich die verdammten Rosen aus dem Fenster werfen, oder was?«

Sie sah ihn unglücklich an.

»Nein, bitte nicht. Sie sind wunderschön.«

Nordsted setzte sich auf den grünen, durchgesessenen Stuhl, den er wie üblich so nah an ihr Kopfende heranzog, bis ihre Gesichter höchstens noch einen halben Meter voneinander entfernt waren.

»Du siehst gut aus«, murmelte er.

»Klappe. Ich seh aus wie ein … ein … ein Kriegsopfer.«

»Aber ein hübsches. Oder wie ein Statist aus *Fluch der Karibik*.«

Tanya knirschte mit den Zähnen, aber ihr fiel keine schlagfertige Antwort ein.

Er schaute auf ihre unförmige rechte Hand und lächelte munter.

»Und was für ein Glück, dass du nicht Laute spielst ... professionell, meine ich.«

»Du meinst, man muss lernen, das Positive in allem zu sehen.«

»Genau.«

Jakob schlug genüsslich ein Bein über das andere.

Die nächsten Minuten sagte keiner etwas. Bis Jakobs Blick von der Aussicht zurück zu ihrem Gesicht wanderte.

»Hast du gerade was gesagt, Tanya? Du warst noch nie die große Unterhalterin.«

Tanya stöhnte gequält und schaute an die Decke.

»Ich habe es schon einmal gesagt, dass du weißt, wer dein bester Freund ist, wenn du siehst, wer dich zuerst im Krankenhaus besucht.«

Sie nahm ungeschickt seine Hand zwischen ihre Verbände und führte sie an ihre Wange. Dabei sah sie ihm tief in die Augen und zwang ihn zu Aufrichtigkeit.

»Du hast mir das Leben gerettet«, sagte sie leise.

»Und das war das Beste, was ich je getan habe. Und du hast meins gerettet. Es war die ganze Zeit dein Fall. Ich habe dich nur begleitet.«

»Andreas?«

»Er ist gestern nach ein paar Bluttransfusionen entlassen worden. Ich soll dich grüßen. Es geht ihm besser als dir ... er weiß wenigstens, wie die Dinge heißen.«

»Oh ... Gott.«

Jakob stand auf.

»Gott, ja. Ich hole mal Kaffee. Willst du was dazu?«

Tanya richtete sich etwas weiter im Bett auf, stöhnte vor Schmerzen und nahm allen Mut zusammen.

»Kannst du weiterhin meine Unterstützung gebrauchen?«,

fragte sie gedämpft, weil diese Frage zu irgendeinem Zeitpunkt gestellt werden musste. Sie hatte sich lange darauf vorbereitet.

Er antwortete nicht und trat noch näher an das Bett heran. Dann legte er seine warme Handfläche an ihre Wange, und bei der Berührung begannen ihre Tränen zu laufen. Tanya schämte sich nicht dafür und fand es nicht schlimm, dass er sie sah.

Er lächelte.

»Ja, das kann ich, immer, Tanya aus Hundige. Du hast ein Talent, dich unentbehrlich zu machen.«

Steffen Jacobsen

»Es beginnt wie ein guter Thriller: bedrohlich
unheilschwanger. Doch dann entlädt sich das Gewitter.
Steffen Jacobsen versteht sein Handwerk.«
Berlingske

978-3-453-43762-3   978-3-453-43763-0

978-3-453-43883-5   978-3-453-27182-1   978-3-453-27267-5

Leseprobe unter **www.heyne.de**   **HEYNE ‹**